文春文庫

警視庁公安部・片野坂彰

伏《ふく》蛇《じゃ》の闇《あん》網《もう》

濱　嘉之

文藝春秋

警視庁公安部・片野坂彰

伏蛇《ふくじゃ》の闇網《あんもう》　目次

プロローグ　9
第一章　ロシア情勢　39
第二章　中国情勢　85
第三章　中東情勢　147
第四章　福岡　177
第五章　経過報告　215
第六章　新たな問題　245
第七章　事件捜査　313
第八章　海外警察の拠点摘発　358
エピローグ　376

都道府県警の階級と職名

階級　所属	警視庁、府警、神奈川県警	道県警
警視総監	警視総監	
警視監	副総監、本部部長	本部長
警視長	参事官級	本部長、部長
警視正	本部課長、署長	部長
警視	所属長級：本部課長、署長、本部理事官	課長
	管理官級：副署長、本部管理官、署課長	
警部	管理職：署課長	課長補佐
	一般：本部係長、署課長代理	
警部補	本部主任、署係長	係長
巡査部長	署主任	主任
巡査		

警視庁組織図

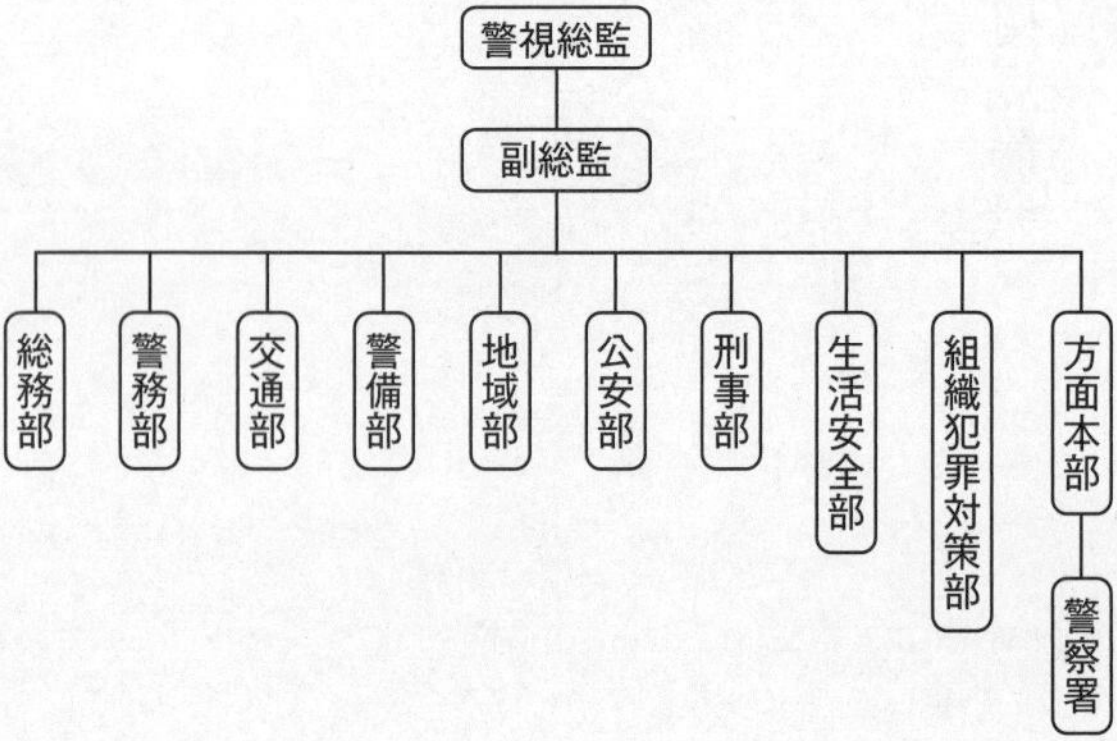

主要登場人物

片野坂彰……… 警視庁警視正。職名は部付。公安部長付特別捜査班を率いるキャリア。鹿児島県出身、ラ・サール高校から東京大学法学部卒、警察庁へ。イェール大留学、民間軍事会社から傭兵、ＦＢＩ特別捜査官の経験をもつ。

香川　潔……… 警視庁警部補。公安部長付特別捜査班。片野坂が新人の時の指導担当巡査。神戸出身、灘高校から青山学院大学卒、警視庁へ。警部補のまま公安一筋に歩む。

白澤香葉子…… 警視庁警部。公安部長付特別捜査班。カナダで中高を過ごした帰国子女。ドイツのハノーファー国立音楽大学へ留学。英仏独語など４カ国語を自在に操り、警視庁音楽隊を経て公安部に抜擢される。ＯＳＣＰ資格およびＯＳＥＥ資格を持つハッカー。

望月健介……… 警視庁警視。公安部長付特別捜査班。元外務省職員、元国際テロ情報収集ユニット所属。ジョンズ・ホプキンズ大学高等国際問題研究大学院を卒業した中東問題のエキスパート。かつてシリアでＩＳＩＬの戦士「バドル」として戦い、その経歴を買われて片野坂に引き抜かれた。警察庁に中途入庁し、警視庁に出向する形を取っている。

壱岐雄志……… 警視庁警部。公安部長付特別捜査班。元外務省職員で、北京の在中華人民共和国日本国大使館に６年間赴任。先輩後輩の関係だった望月の紹介で警察庁に中途入庁し、警視庁に出向。

ロヂオノフ…… ワグネルに潜入していた元ＫＧＢエージェント。かつて香川が自宅に潜入、彼のパソコンを直接ハッキングした。

ダジーノフ…… スペッナズの将校。かつて香川がサンクトペテルブルクの路上で痛めつけ、身分証と銃を奪った。

ジャック……… 在イスラエルアメリカ大使館外交官。望月のジョンズ・ホプキンズ大学中東研究所の同期生。

スタンリー・ベルトルッチ…… 望月がジョンズ・ホプキンズ大学留学時代に戦略国際問題研究所のアナリストとして知り合った、ユダヤ人エリート。現在はモサドの情報分析官。

伏《ふく》蛇《じゃ》の闇《あん》網《もう》

警視庁公安部・片野坂彰

プロローグ

風が頰《ほほ》を撫《な》でた。

石畳の坂道を下って、綺麗に打ち水がされたあたりで振り返ると、壮麗な五重塔がそびえている。

この年も七月終わりの古都は朝から暑かった。それでも、茶事《さじ》で客を迎え入れるための心遣いである「迎え水」と、坂上《さかうえ》から流れる風とが融合して、石畳からほのかに漂う清々しい香りが心地よかった。

片野坂彰《かたのさかあきら》は大きく息を吸って、店の暖簾《のれん》をくぐった。

「まあ、片野坂さん、暑《あつ》うおすな。朝からもうお仕事ですか？」

女将《おかみ》が驚いたように言った。

「打ち水が心地よいです。でも、もう日本は完全に亜熱帯に入ったみたいですね」

「京都の夏はいつも暑うおすけど、最近は毎年毎年暑うなってますなあ」

「これ、季節限定の新商品です」

「いつもお気遣いいただいて申し訳ありません。でも嬉しい」

女将が手土産の東京の洋菓子を受け取って相好《そうごう》を崩した。

「最近は夏と暮れにしか来る機会がないからね」

「でも、お顔を見せていただくだけで、私も元気になります。今日は珍しく坂の上からいらっしゃいましたけど……」

「ここから見る五重塔も好きなんだけど、裏から『文の助茶屋』の灯籠《とうろう》を入れて撮るアングルもまた好きなんですよ」

片野坂がスマホを見せて言うと、女将も笑顔で答えた。

「上からが最高のビューポイントと、プロ写真家さんもよう言うてはりますわ。春には、枝垂桜《しだれざくら》を手前に入れるんがええ言うてはりました」

「そうなんだよね。この時期は祇園祭《ぎおんまつり》の最後の仕上げで忙しいだろうと思って、朝イチでやってきたんですよ」

「それはよろしゅうございましたわ。今日は昼から祇園社さんの会で店を閉めるところでした」

「ああ、今日は『神輿洗《みこしあらい》』の日か……」

「へえ、片野坂さんは何でもようご存じですね。京都大好きなんがようわかります」

祇園祭は、貞観《じょうがん》年間（九世紀）から続く京都の夏の風物詩であり、八坂《やさか》神社（祇園社）

の祭礼である。この行事は八坂神社が主催するものと、山鉾町が主催するものに分けられるが、重要無形民俗文化財に指定されているのは山鉾行事のみという、本末転倒な現状である。

「この街を嫌う人は世の中にはほとんどいないと思うけどね。ところで、今年の夏のお勧めは？」

「今年はまた新しいものに挑戦して、南瓜《かぼちゃ》のピリ辛があります」

「南瓜を漬物にしてしまったの？」

「結構評判いいんですよ」

「食べてみたいな……」

「ちょっとお切りしまひょか？」

「えっ、いいの？」

「この暑さでは、お持ち歩きするのは無理どすからなぁ」

女将はパッキングされた袋を商品ケースから一つ取り出して奥に入ると、二枚ほど薄く切って小皿に載せて戻ってきた。女将に勧められて片野坂は楊枝《ようじ》で一切れを口に入れてゆっくりとかみ締めた。

口の中に出汁《だし》の香りに続き、品のよい辛みと南瓜の甘みが時間差で広がる。

「これは、名品だな」

「片野坂さんにそう言うてもらうと嬉しいわ。主人も喜ぶと思います」

「アキちゃんは、朝から配達なの？」

「お得意さんのお昼の御膳《ごぜん》に間に合うように行っています」

「偉いなあ……漬物屋さんは休みを取ることができない仕事なのに……」

「ですから、うちの代で終わりにします」

「そんな悲しいことを言わないでよ……まあ、僕が生きている間は大丈夫なんだろうけど……。ここのお漬物は日本の食生活文化の要《かなめ》に位置するものだと思うんだけどな……」

「京都の伝統工芸の職人さんの中には、弟子を取らない方も多いと聞いてます。最近、その気持ちがようやくわかるようになってきました」

「そういうものかな……確かに、客の我儘《わがまま》にいつまでも付き合っていると、ご自分の人生を削っているのでは……と案ずる気もするんだけど……そういう僕も京都駅から直行してこちらに来るくらいだからな……」

「ありがとうございます。ところで今日はお仕事どすか？」

「仕事もあるんだけど、やっぱり、ここに来なければ夏を越せないと思ってね。それよりも観光客も戻ってきたみたいだね。中国、韓国からが多いみたいだけど」

「そうですね。中国からは若い方が増えているようですね。留学生の方も多いですからね」

「留学生か……。京都は寺社と学生が多いから税収が少ないという話もあったけど……」

「市の財政は大変みたいですよ」

「他県からの車の流入をもっと減らせばいいんだよね。観光地の駐車場料金を三倍にするとかね」

「なかなか難しいでしょうね。京都は観光で持っている土地ですからね」

「桜と紅葉の時期だけでもオーバーツーリズムをある程度制限しないと、結果的に観光資源としての価値が逆効果を生むものなんだけどね」

「でも、この辺りは季節に関係なくオーバー気味ですけどね」

女将が笑いながら答えた。片野坂は自分用と実家用の発送を依頼して言った。

「次回はまた千枚漬の時期になってしまうかな」

「わざわざ、お運びいただかなくても、お正月に合わせて発送いたしますよ」

「ノープロブレム・イッツ・OK《オーケー》。顔を見に来るのも楽しみなんだから」

「そのフレーズ、好きやわ。元気が出ます」

女将の笑顔に送られて片野坂はもう一度八坂の塔を振り返ると、再び石畳の坂道を下った。

東山通を渡って、直進し建仁寺の角を右折すると祇園に出る。四条通を左折して南座を越え、鴨川に架かる四条大橋の上で夏の風物詩である納涼床《のうりょうゆか》の景色を眺めながら対岸に着くと、最初の路地にあるのが先斗町《ぽんとちょう》である。これを過ぎるとすぐに水路のようなせせらぎがある。片野坂が東京大学を卒業して学者や役人等になった者の中で「不遜《ふそん》とし か言いようのない思い上がりの連中の最たる存在」と忌《い》み嫌う、森鷗外《もりおうがい》の作品「高瀬舟」。その作品に出てくる「高瀬川」である。そもそも高瀬川の名称は、この水運に用いる「高瀬舟」にちなんでいる。

高瀬川を越えて最初の交差点が四条河原町だ。祇園祭のハイライトといってもよいのが「山鉾巡行」であり、その中でも見せ場となる辻回しが最初に行われる場所である。

京都の商業的中心部である四条通を歩いて堺町通との交差点まで来た時、片野坂は背負っていたリュックから白いゴルフキャップとレイバン製のべっ甲柄の丸眼鏡のサングラス、タブレット端末を取り出した。キャップを深めに被るとサングラスをかけ、もう一ブロック先の高倉通を右折した。

片野坂はアメリカに行く度にレイバンのさまざまな種類のサングラスを買っていた。彼の数少ない趣味の一つと言ってよかった。

彼がこのサングラスを気に入っているのは、これをニューヨークのジョン・F・ケネディ国際空港で見つけ、購入してFBIに行った際、同僚から「怪しい中国人のようだ」と言われたのを面白く感じたからだった。その後、仕事で出張する機会がある度に常に持ち歩いていた。

高倉通沿いにある六階建てのビル近くを物見遊山《ものみゆさん》でもするかのように周囲を注意深く確認すると、このビルに向かって八台もの監視カメラが設置されていた。

「目立ちすぎなんだよ」

片野坂は鼻で笑うようにつぶやくと、その先の路地に入って周辺を見回し、手にしていたタブレットで周囲の地図と航空写真を確認した。八台の監視カメラの中から二台を抽出すると早速、最初の一台が設置されている四階建ての商業ビルに向かった。路地から回り込んで監視カメラの設置場所を後方から確認すると、ケーブルがビルの一階に引き込まれていた。この商業ビルはざっと見ても築三十年は超えているようだった。ビルの通用口に防犯カメラは設置されていなかった。通用口の脇には出前の食器を置く棚があった。通用口のドアノブに手をかけると、思ったとおり施錠されていなかった。

片野坂は、頻繁に出前を取る会社が入っているビルの通用口は施錠されていないことが多いのを、経験則で知っていたのだ。そしてそういうビルには管理人室はあっても、管理人が常駐していることはほとんどない。監視カメラのケーブルが引き込まれている部屋も、予想どおり無人の管理人室だった。

片野坂は周囲を確認して管理人室入り口の施錠に中国人の窃盗団が使用していたといわれるオートピッキングを差し込むと、ものの数秒で解錠した。

オートピッキングとは、自動的に鍵を解錠する技術や装置を指す。これには、鍵やロックシステムに対して非破壊的に、かつ迅速《じんそく》に解錠するためのメカニズムや電子装置が使用される。片野坂の手元にあるのは、警視庁刑事部捜査第三課と公安部外事第二課が共同で中国人窃盗団のアジトを捜索した際に押収した証拠品の一つだった。

当然ながら一般販売されているわけではなく、中国本土でそれなりの技術者が研究開発したものをチャイニーズマフィアが日本国内に持ち込んだものである。その原理を解明するために、複数種類のオートピッキングが科警研に持ち込まれた。そこから複製されたものの一つを片野坂は手に入れていた。複製を作成したのは費用対効果を計算するためであり、大量生産ができるものであれば専門業者に委託して、数を限定して都道府県警に配るサンプルとして生産するのである。

「悪い中国人は、こういうことには実に頭が働くんだが……」

呟《つぶや》きながら、片野坂は屋外から引き込まれた監視カメラのケーブルを確認した。管理人室には監視カメラ用のモニターは設置されておらず、Ｗｉ－Ｆｉを使って監視カメラシステムに送られていることがわかった。

「Ｗｉ－Ｆｉ」が無線ＬＡＮに関する登録商標であることを知って使っている日本人はほとんどいない。Ｗｉ－Ｆｉに認定されるには、Wi-Fi Allianceという団体による認証が必要である。現在では多くの家庭でもＷｉ－Ｆｉルーターが使用されている。当然ながら、中国人犯罪組織が認証を受けているはずもなかった。

片野坂は自称「なんでもリュック」と呼んでいるビジネスリュックからコンパクトな機材セットを取り出して、この闇のＷｉ-Ｆｉルーターの裏ブタを開けると、専門技術者のように小さな細工を施して元に戻した。そして何食わぬ顔で管理人室を出て施錠《せじょう》してビルを出た。この作業をもう一度繰り返して腕時計を確認すると午後一時半近くになっていた。堺町通を三条通のあたりまでのんびり歩き、京都では必ずといっていいほど立ち寄る「イノダコーヒ本店」に入った。片野坂がまだ子どもの頃、彼を可愛がってくれていた叔父がいつも口にしていた「三条へ行かなくちゃ　三条堺町のイノダっていうコーヒー屋へね……」という歌の一フレーズが頭の中に残っており、初めて京都に来た時に本当にあることを知って驚いたことを懐かしく思い出した。

イノダの本店は一階、二階と離れの三カ所で構成されているが、片野坂は離れが好きだった。普段はブラックコーヒーしか飲まないのだが、ここでは初めからミルクと砂糖が入ったものを飲むのが常だった。また片野坂にとっては、ここの美味しいサンドウィッチの中でも、クラブハウスサンドウィッチが最高のご馳走《ちそう》だった。

「なんでもリュック」からタブレットを取り出した片野坂は、先ほど設定した監視カメラ画像を確認した。二台のカメラ画像が鮮明に映し出されている。監視カメラ画像についている時計を確認するとスマホを取り出して呟いた。

「向こうは午前六時半近くか……」

そこにコーヒーが運ばれてきた。カップソーサの上には小さな角砂糖が一つ乗っている。しかし、これと同じものが既にコーヒーの中に入っていることを知っている片野坂は、スプーンには手を付けず、コーヒーを混ぜることなく、ゆっくりカップを口に運んだ。

「どうしてこんなに美味しいんだろう……」

ご褒美にありついたかのように思わず笑顔になる。ゆっくり三口味わって姿勢を正したところにお目当てのクラブハウスサンドウィッチが届いた。

「美しい」

クラブハウスサンドウィッチは三角形に切ってあるのが本物……と、アメリカでは言われているが、イノダのそれは長四角に切られてツインタワー状態になり、一番上にカリカリのベーコンが二枚乗っている。しかしアメリカのどこで食べたものよりも、その味は群を抜いていた。

「京都に住んでいれば、これを週に一度は食べることができるのだが……」つまらぬことを呟きながら、最初に一段目のハム、レタス、キュウリのサンドに手を伸ばす。

「いいハムを使っているんだろうな……」二段目はトマトとベーコンのサンド、三段目がローストチキンとトマトソースのサンドである。トマトとベーコンの相性のよさ、しっとり柔らかいローストチキンがごろごろ入っていて、自家製トマトソースが絶妙に絡んでいる。これでツインタワーの一つが終わるが、二回目は順番を変えて楽しむことができる。まさにクラブハウスサンドの醍醐味《だいごみ》である。

サンドウィッチを半分食したところで、片野坂は周囲を確認してスマホを使った。三回目のコールで懐かしい声がした。

「部付《ぶつき》、お早うございます」

「おはよう。朝早くから申し訳ないね。ウィーンの朝はすがすがしいですか？」

「それが、今年はウィーンでも猛暑で、今月だけで摂氏三十四度を三度も記録しているんです」

電話の向こうの白澤香葉子《しらさわかよこ》の情けない顔が見えるようだが、片野坂は穏やかに答えた。

「ウィーンでもそうなんだ……ギリシャやイタリアの暑さはこちらでも聞いていましたけどね」

「南欧はすでに猛暑をとおり越した異常事態です。この異常気象はいつまで続くんでしょうね」

「地球温暖化がどこまで続くのかわからないけど、巨大隕石がぶつかって氷河期を迎えるようなことだけは避けたいですからね」

「すごい発想の転換ですね……」

「本音では、気候変動の危険性を警告する科学者を批判し、地球の気温上昇は人間活動が原因だという説を受け入れない男がまたしても大統領になろうとしている超大国の仲間には、もうなりたくないんですけどね」

「正気と狂気が混在している人物ですからね」

「それが二大政党の片側にあることを考えると、あの国の将来も見えてきたような気がするんだよね。そうかといって、その対極にある『ならず者三国』に地政学上囲まれた日本としては、身の振り方が大変だ。外交はもちろん大事だが、外交を行いながらも自国の防衛を整えていかなければならないですからね」

「部付との会話って、どうしていつもどんどん転がっていくんでしょう？」

白澤の困惑した声に、片野坂が笑って答えた。

「朝からすがすがしくなさそうだったからね。頭の体操をしてあげようと思ったんですよ」

「なるほど……頭の体操でしたか……ところで何か御用があったのではないですか？」

「そう。実は今、朝イチで京都に来ていて、ちょっと電機作業をしてきたところなんだけど、その後の追跡をお願いしたいと思いましてね」

「追跡って、ハッキングですか？」

「そう、パソコンはすぐに使える状態かな？」

「二十四時間、年中無休です」

「偉い、偉い。では今から現在画像を送るから、これが送られているシステムからサーバに入ることができるかどうか、そして、さらにその送り先までたどり着けるかどうか試してもらいたいんです」

「監視カメラか何かに侵入されているのですか？」

「さすがに理解が早いですね」

「現在画像とシステムと言われればそれしかありませんから。タブレットを見せてください」

片野坂はタブレット画面を操作し、白澤のパソコンでリモートアシストする設定にした。

「なるほど……見事に画像をインターセプトしていますね。監視システムは……八台あるのですね」

「全部見えるのですか？」

「はい。部付は今、イノダコーヒ本店にいらっしゃるのですね」

「仰《おお》せのとおり、ようやく昼食にありついたところですよ」

「ハンバーグサンドですか？」

「鋭いところを突くね……でも、クラブハウスサンドです」

「なるほど……イタリアンも美味しいですけどね」

「銀の器でなくてもいいんだけどね……」

片野坂は白澤の食の知識に舌を巻く思いだった。会話を続けながら、白澤は猛烈な勢いで作業を進めている様子だった。

「結構甘い管理ですね、監視カメラシステムとサーバは繋がっていて、一般電話回線ではなく無線通信で駐大阪総領事館に送られています」

「大阪か……その先は？」

「その先は侵入検知をされてしまいますので、一旦アクセスポイントを変えます。駐大阪総領事館から在日本中国大使館に送られています。一旦、アクセスを切ります」

「中国大使館のプロテクトはやはり厳重なのですか？」

「結構力を入れていますから、数千件の同時攻撃を仕掛けないと侵入しにくいのです。それでも、所詮《しょせん》は大使館ですから。大使館内のサーバには既にバックドアを作られています」

「作られて……？」

「私が作ったわけではなく、以前、中国のハッカー集団に攻撃を受けた企業集団が、その対抗策として作ったと言われています」

「企業集団……ですか？　それは世界中の……ということですか？」

「私もはっきりしたことはわかりませんが、例えば、かつて悪名高かった中国政府支援のハッカー集団『Winnti Group』が実施したとも言われる『Operation Skelton Key（スケルトンキー作戦）』と呼ばれる攻撃は、スケルトンキー・インジェクションという手法を用いて、ソフトウェア開発キットなどから可能な限り大量の知的財産を盗み出すことを目的としていました。この攻撃を防御したのは、サイバーセキュリティ企業……と言われています」

「そこに白澤さんはコンタクトを取ることができるのですか？」

「いえ、ただ、ＣＩＳＳＰ認定資格を有する仲間内の中でＯＳＣＰ（Offensive Security Certified Professional）も保有している者は、裏ネットワークで相互に連絡を取り合っているのです。そこからの情報だと思ってください」

ＣＩＳＳＰ（Certified Information Systems Security Professional）は、アメリカ合衆国に本部を置く非営利団体であるInternational Information System Security Certification Consortium（ISC2）によって認定された、情報セキュリティに関する国際標準の資格である。二〇二〇年五月には、英国全国学術認証情報センターがＣＩＳＳＰを国家資格フレームワークレベル７（修士号相当）に認定している。

一方、ＯＳＣＰは情報セキュリティの専門家にとって最もよく知られ、尊敬されている認定である。

「白澤さんはＯＳＣＰを取得してから長いですからね」

「趣味が高じると、ついつい資格が欲しくなってしまって……」

白澤が笑って答えた。

「白澤さんは在日本中国大使館のコンピュータにもアクセスできる数少ないハッカーですからね」

「はい、ただ一つ気になることがあります。大阪から画像データが届いた中国大使館のサーバですが、さらに数カ所からデータが送られてきています」

「その場所を追いかけることはできるのですか？」

「できると思います」

「やってみてもらえるかな？」

「了解。部付、質問はしない方がいいですよね」

「何の……ああ、撮影場所についてか……。あの場所は中国地方政府の公安当局が世界五十カ国以上、あわせて百カ所以上展開している秘密警察の拠点で、通称『海外派出所』と呼ばれている場所なんですよ」

「スペインのNGOが見つけた……というウィーン条約違反にあたる秘密警察ですか？」

「そうだと思います」

「部付が発見されたのですか？」

「僕の知り合いから相談を受けたんです」

「中国人の方ですか？」

「中国人留学生をアルバイトとして雇用して応援している起業家です」

「中国人留学生は日本でも優秀なのですか？」

「京都大学の留学生の中では圧倒的に優秀のようですね。うかうかしていると日本人の優秀な子たちも追い越される可能性が高い……ということです」

「ヨーロッパ各国でも中国人留学生は分野を問わず優秀だと有名です」

「国際数学五輪でも、中国チームは一位に輝いていますからね、日本は六位に沈んでいます。そんな国力の衰えを最も実感しているのが大学の教授陣なんですよ」

「日本の大学はどうなっちゃってるんでしょうね」

「志望校に入学した時点で燃料切れしているのでしょうね」

「そんなに余裕がないものなのでしょうか？」

「夢がない、夢を持つことができない環境がそうさせてしまうのかもしれません」

「ネット社会が拡大するにつれて、安易にお金を稼ぐことができる仕事が多くなっていますからね……その点で言えば、音楽の世界では皆無ですけどね」

白澤が笑って言ったので、片野坂も笑って答えた。

「そうだね……コンピュータで作曲はできても真のアーティストとして演奏はできませんからね」

「ところで、その中国人留学生のところにも秘密警察から連絡が入っていたのですか？」

「連絡というよりも寧《むし》ろ脅迫だね。友人の起業家がスマホをもう一台貸与《たいよ》して、アパートも変えて、最近は実家に連絡する時以外は中国から持ってきたスマホの電源を切っているようですけどね」

「京都の拠点には何人位のスタッフがいるのでしょうか？」

「彼は広東《カントン》省出身だから、京都の秘密警察は広東省公安の担当だと思うんだ。おそらく十人足らずだろうと思っています。ただし、京都にいる中国人留学生は京大が五割以上なんですよ」

「今、データを調べたら立命館大学が多い……という結果がでていますけど……」

「それは大分県にある立命館アジア太平洋大学のことだと思いますよ。ここだけで三百八十人を超える中国人留学生を抱えていますからね」

「そういうことでしたか……」

「ちなみに、先ほどの京都以外の数カ所の場所はわかりましたか？」

「東京都内二カ所、札幌、大阪、福岡で、計五都市六カ所になります」

「その五カ所にも、そんなに急がないけれどタイミングを見計らって侵入してみてもらえますか」

「了解しました。ところで他の皆さんはお元気ですか？」

「香川《かがわ》さんはロシア極東に行っているし、壱岐《いき》さんは単身中国に入っていますし、望月《もちづき》さんはインド行の準備中ですよ」

「ＢＲＩＣＳ対策なのですか？」

「一口にＢＲＩＣＳと言っても、国ごとに大きな差があります。目覚ましい発展を遂げているのは中国とインドで、他の国の経済成長は失速しています。おまけにプーチン、習近平《しゆうきんぺい》とも『ならず者路線』に入ってしまった気配が強いですからね」

「ならず者ですか……確かにＥＵ首脳もそのような見方をし始めているようですね」

「そうでしょうね……ところで、香川さんは常々、白澤さんのことを心配していますよ」

「香川さんは最近頓《とみ》にお父さんみたいな存在になってきていますからね。その香川さんは、またウラジオストクに行っているんですか？」

「ロシアと北朝鮮の接近が問題になっていますからね」

「以前、香川さんは『ロシアの太平洋艦隊の兵站《へいたん》はいつでも潰せる』とおっしゃっていましたけど、どうなんですか？」

「そうだと思いますよ」

あまりにあっさりと答えた片野坂に、白澤は驚いて訊《たず》ねた。

「それって本当なんですか？」

「今回のウクライナ侵攻で、太平洋艦隊の海軍歩兵がヨーロッパロシアに移されてウクライナ軍との地上戦闘に投入されたのですが、その際の移動手段はやはりシベリア鉄道だったのです。ついでながら、この時投入された第一五五独立親衛海軍歩兵旅団の約五千人は壊滅してしまったんですけどね」

「壊滅……ですか？」

「この旅団は東部ドネツク州ウグレダルに進撃したのですが、ウクライナ軍の猛攻を浴びたようです。この旅団は、訓練を受けていなかった兵ばかりというのが特徴だったようです。若い兵士がこれほど大量に死んでも、プーチンは何とも思っていないんです」

「酷《ひど》い……」

「まあ、そんな兵士でさえ移動に使われたのはシベリア鉄道ですから、冬の時期にこの輸送ルートが途絶えてしまえば、太平洋艦隊の兵站だけでなく、極東地域の食糧でさえ中国に頼らざるを得ないんですよ」

「シベリア鉄道のルートが途絶える……ということは、何らかの破壊工作が行われる……ということですか？」

「現時点でロシアには日本を攻撃するだけの余力はありませんが、一時期は、ウクライナよりも日本を先に攻撃しようという思惑があったのは確かです。その時点で日本も防衛体制だけは確立していなければなりません。かといって先制攻撃を仕掛けることもないわけですが、日本の領土に一発でもミサイル攻撃を受けたら、もしこれが何らかの敵方のミスであったとしても、敵地攻撃を行うのは防衛手段の一つです。その際には、むやみに相手国民に犠牲を出させることなく、最も効率が高い方法を選ばなければなりません」

「そういうことですか……香川さんはシベリア鉄道については熟知《じゅくち》していますものね」

「それだけでなく、ウラジオストクにも協力者をたくさん持っていますよ。先ほどの壊滅してしまった部隊がシベリア鉄道に乗車した情報は香川さんが向こうの協力者から入手したもので、見送りをしていた画像まで添付されていたのですからね。そして、五千人もの若者が亡くなった事実をウラジオストクの市民にいち早く伝えたのも香川さんだったわけです。プーチンは未だに報告していませんけどね」

「相変わらず、プロの仕事をなさっているのですね……香川さんは」

「そうですね。香川さんだけでなく、望月さん、壱岐さんも力を発揮されていますよ」

「新たなメンバーが増える兆《きざ》しはあるのですか？」

「今のところないですね。あまりやり過ぎても、公安部の担当セクションに迷惑が掛かりますしね」

「そうですね……今回の秘密警察の件に対して、京都府警は動いていないのですか？」

「どうなんでしょうね。ただ、僕の協力者のところには来ていないようです」

「中国の秘密警察は、日本ではどういう形で動いているのですか？」

「日本在住、もしくは留学、旅行等で訪れた中国人に対して、表面上は『海外110番』と名付けた事務所を開設して、インフォメーションセンターに偽装しているようですが、実際には現地に住む反体制派の中国人を監視しているという感じですね。コロナの時に中国国内外で起こった『白紙運動』に関わった学生を中心に、帰国要請を行っているようです」

白紙運動とは、中国政府のゼロコロナ政策に対する抗議として自然発生的に起きたデモ活動である。新型コロナウイルスの世界的流行の中、中国政府は感染を徹底的に抑え込むため、感染者が一人でも出ればその地域をロックダウンし封じ込める政策を三年間も続けてきた。この極端な方法に対し、市民の間で不満が爆発したのである。

「白紙運動の学生ですか……新宿駅前での活動はこちらでも放映されていましたね……でも、いくらマスクを着けていても、画像解析ソフトを使えば人物特定は簡単ですからね……」

「そうなんです。その点を留学生ならばわかると思うのですが、不思議ですね」

「部付に相談された学生の方もそのメンバーなのですか？」

「彼自身は特に活動はしていないのですが、反体制メンバーからの誘いは多いようです。スマホの発信記録からピックアップされたのでしょうね」

「可哀想《かわいそう》ですね……麻布の中国大使館のデータをもっと解析してみます」

「くれぐれも気を付けてくださいね」

片野坂は電話を切ると、残りのクラブハウスサンドを食べ終えて、留学生を雇っているＩＴ関連起業家の高橋隆介《たかはしりゅうすけ》に連絡を入れた。午後三時に、片野坂は高橋と四条烏丸の喫茶店で待ち合わせた。

「片野坂、久しぶりだな」

「高橋先輩、ご無沙汰しております。今回は突然の電話でびっくりしました」

この高橋隆介はラ・サールの先輩で片野坂が中学一年の時の高校一年時からの仲だったが、不思議と三年間、片野坂に目をかけてくれた。東大を中退してスタンフォード大学に進み、さらにカーネギー・メロン大学とイェール大学大学院でコンピュータと経営学を学んだ後、シリコンバレーに戻って起業していた。

「電話でも言ったけど、大内田《おおうちだ》に聞いたら、今は警視庁勤務だというので驚いて、連絡先を聞いたんだよ」

大内田久夫《ひさお》は現在警察庁長官官房人事企画官で、彼もまた中学時代からの先輩だった。

「ＦＢＩ勤務の時は本当にお世話になりました。高橋先輩が、ニューヨーク証券取引所に上場されたタイミングでしたから、僕も運が良かったです」

「いやいや、私も後輩がＦＢＩに勤務しているということだけで誇らしかったよ」

「高橋先輩が起業して大成功されていることは僕にとっての自慢だったのですが、日本本社を京都に移されていたのですね」

「東京は古巣との関係があって、取引先なんかとのしがらみも多くてな……」

「コンピュータの世界は幅が広いですからね、特に生成ＡＩの分野はこれから大変だと思います」

生成ＡＩの正式名称は生成的人工知能であり、これはGenerative Artificial Intelligenceの略称である。

生成的とは、ＡＩ自身が自ら学習を続け、人間が与えていない情報やデータをも取り込み、それを基に新たなアウトプットを生み出す技術を指す。これは、ＡＩが自身の学習データを基に新しい創作物を生成する能力である。

「生成ＡＩはスタンフォードとカーネギー・メロンの両方で研究してきたからな。まさか日本でスポンサーが見つかるとは思わなかったよ」

「関西は思いがけない資産家も多いですからね」

「そうなんだよ。東京の資産家というのは明治以降の話で、こちらには太閤《たいこう》殿下以来の歴史ある資産家も多い……驚かされるよ」

「ところで高橋先輩のところにいる中国人というのは優秀なんでしょうね」

「そうだな……京都大学大学院では極めて優秀だろうな。元々は中国の上海交通大学院でコンピュータサイエンスの修士号を取得して、国家情報通信研究機構の准研究員を経てスタンフォードに留学していた時に私と知り合い、日本について来たんだ」

「国家情報通信研究機構の准研究員を経験しているということは、中国のネット環境等にも精通しているのだと思います。京大大学院の博士課程なのですか？」

「工学部の博士課程なんだが、最近は日本文化に興味があるようだね。それに和食を気に入っている。広東出身なので魚介を食べることができるからね」

「なるほど……それなら京都の四季折々の和食を食べると驚くでしょうね」

「そうなんだ。春に長岡京の筍《たけのこ》料理を食べた時は絶句していた」

「筍の刺身を食べると、誰もが驚きますよ。それよりも中国の秘密警察からはどういう嫌がらせを受けているのですか？」

「まずは『国に帰れ』だ。アメリカでも富裕層の子弟の優秀な留学生が帰国傾向にあるらしい」

「その情報は私も得ています。彼には帰国の希望はないのですか？」

「海亀《ハイグイ》の時代は終わった……と言っていた。彼は富裕層の出身ではなかったが、中国では現代の科挙試験とも呼ばれている高考《こうこう》で極めて優秀な点数だったようだ。清華大学は上級共産党員の子弟ばかりだったため、コンピュータに強い地元の大学を選んだのだそうだ」

　海亀とは、海外で教育を受けたり、仕事をしていたりした中国人が、帰国して中国でキャリアを築くことを指す言葉である。

「それは優秀に決まっていますよ。中国にとっても重要な人材なのでしょうね。広東省の意志というよりも、それ以上に国家の意志が働いている……そう考えてよさそうな人材なのでしょう」

「彼の能力はスタンフォードでも有名だったんだが、そこでも中国の他の留学生がまるで監視役のようにくっ付いて回っていて、それが鬱陶《うっとう》しくて仕方なかったようだな」

「アメリカ企業からの引き抜きはなかったのですか？」

「アプローチは多かったな。私の会社と比較的仲がよかった大手企業も彼を狙っていたからな。ところで片野坂、彼に圧力を掛けているのは、ニューヨークでも問題になっているといわれる中国共産党の海外警察組織なのか？」

「そう思われます」

「彼が拉致《らち》されるようなことはないだろうな？」

「一度、身体をクリーニングした方がいいと思います」

「身体をクリーニング？　どういうことだ？」

「まず、中国から持ち込んだスマホやパソコンを使用しないこと。二台以上のスマホを使い分けること。中国への電話等は公衆電話もしくはホテルの電話を使うこと。クレジットカードは海外のものを使用すること。日本国内で転居すること等を、ほぼ同時期に行うのです。特にタクシーでの決済は現金で行うことが大事です」

「そこまでしなければダメなのか？」

「中国人の仲間を信用しないことも大事です」

「なるほど……ビザの切り替え等の場合はどうするんだ？」

「領事館に赴《おもむ》く際には、予約をすることなく、日本人の友人と一緒に行くことです。その際には郵便物を受け取ることができるダミーの住所を設定しておくことです。高橋さんのお知り合いが所有しているアパートの一室を、彼名義で契約しておけば大丈夫です」

「郵便物の受領《じゅりょう》はどうするんだ？」

「郵便局に転送届を出しておけば済むことです」

「なるほど……郵便ではなく、宅配便を使用された時はどうするんだ？」

「週に一度、アルバイトを使って鍵付きの郵便ポストをチェックしてもらえばいいんです。宅配便も保管期間に十日くらいの余裕をもっているはずですから」

「今回、お前が本人に会うことはできないのか？」

「京都では無理です。こちらも今日、捜査を開始したばかりですから、秘密警察の連中の面割《めんわり》もできません。奴らもまた日本国内にいる同胞を使っている場合もありますからね」

「なるほど……お前に相談しておいてよかったよ。時期を見て私も協力して彼の身を守るから、お前も力を貸してくれ」

「かしこまりました。ところで先輩、妹さんはお元気ですか？」

「世津子《せつこ》のことか？　突然どうしたんだ？」

「いえ、綺麗な方だった……という記憶はありますから」

「お前、結婚する気でもあるのか？」

「もう不惑《ふわく》に入りましたからね」

「すると人生の八割を終えた換算だな」

「ジャネーの法則ですか？　あれはマルクス・レーニン主義と同じで、コンピュータ社会という発想を持たなかった時代の話です」

ジャネーの法則とは、年齢を重ねるにつれて時間の経過が早く感じられる現象を説明する法則である。

「なるほど……面白い考え方だな。確かに未だに社会主義を本気で考えている連中には思いもつかない発想だろうな」

「そのジレンマに最も苦しんでいる国家が中国だと思います」

「確かにそうかもしれない。すると、片野坂、お前はまだ発展途上の真ん中近くにある……ということか？」

「まだ入庁二十年のひよっこですよ。挑戦することはまだまだたくさんあります」

「なるほど……それなら俺の弟になる可能性はまだあるな……」

高橋が声を出して笑った。

「世津子さんはまだ独身なんですか？」

「ああ、そろそろ周りも結婚話をしなくなっているな」

「今は、どうされているのですか？」

「ファンドの世界で世界中を飛び回ってバリバリ稼いでいるから困っているんだ」

「へえ、世津子さんがね……」

「あの商才は天性のものだな……世界中の有名投資家とも懇意《こんい》にしてもらっているらしい」

「それじゃあ先輩をお兄さんに、という機会はなさそうですね」

「いや、そうでもないんだ。お前がＦＢＩにいることを知った時、世津子の野郎にしては珍しくウキウキしていたからな。近々、連絡を取ってお前との再会を伝えておくよ。彼女は日頃から欧米の金融アナリスト気取りで『四十までにはマネージング・ディレクターを引退して趣味に生きる』とのたまっているからな」

「ついて行けそうにもありません」

片野坂は笑って答えたが、高橋は真顔で言った。

「うちのキャタリーナをならすことができるのは、片野坂、お前ぐらいのものかもしれないな」

「シェイクスピアは得意ではありません」

この返しに高橋が声を出して笑った。

第一章 ロシア情勢

「今年は冷夏なのかと思っていたら、八月はこれかよ」

「二〇二〇年頃から、ロシアでもようやく異常気象と地球温暖化が一般人にも理解され始めたところです」

香川潔《きよし》は、防衛省からサンクトペテルブルク総領事館に二等書記官として出向してきている上原《うえはら》武士《たけし》と、昼間からキンキンに冷えた白ワインを飲みながら情報収集を行っていた。

「お前も来年には帰国予定なんだろう？」

「三年いれば十分ですね。おまけにウクライナ侵攻のおかげでガスプロムとワグネルの本拠地がある、ここサンクトペテルブルクに世界中のマスコミの視線が集まりましたからね。香川さんが昨年こちらにいらっしゃったことは、ご帰国後に総領事から伺いました」

「ワグネルを見ておきたかったんだよ」

「それだけですか？」

「それしかないだろう」

「ガスプロムの大騒動は関係なかったのですか？」

「ガスプロム？　関係ないな。俺はＥＵの人間じゃないからな。ガスプロムで何かあったのか？」

「ガスプロム本社の地下ケーブルの変電施設が何者かに破壊されて、丸一週間、全てのコンピュータが止まってしまい、ロシア国内全体でもパニックになっていたんです」

「破壊された……穏やかじゃないな……事故じゃないのか」

「変電施設が爆破されたのは明らかだったようです」

「初めて聞く話だが、それはニュースになったのか？」

「ロシア政府も必死で隠したようですが、サンクトペテルブルクの軍と警察関係者から話を聞いたので間違いありません。おまけに、その事件以前には窃盗《せっとう》や強盗傷害事件が発生して、政府高官、というよりもロシア連邦国家親衛隊の情報担当将校が襲撃された上に丸裸にされて拳銃まで盗まれていたそうなんです」

「ロシア連邦国家親衛隊の将校といえば、スペッナズだろう？　そんな奴を襲撃できるような者といえば……ワグネルの仕業《しわざ》なんじゃないのか？　奴らは殺しだけでなく破壊活動のプロでもあるからな。その事件とガスプロムの件に、何らかの因果関係があるのか？」

スペッナズ（Spetsnaz）は、旧ソ連および現在のロシア連邦における特殊部隊の総称である。正式名称は「特殊任務部隊」であり、軍事や治安、対テロ作戦などの高度な任務を遂行するために訓練されたエリート部隊である。

「今となっては何とも言えません。何しろ、地下ケーブルの変電施設爆破事件が起きたのは、そのスペッナズ将校が襲われた十日ほど後のことなんです。現場検証の結果、ロシア製のタバコの吸い殻が現場に残されていたようで、当局は捜査を打ち切った……とも言われています」

「捜査を打ち切った？　それは内部犯だった証拠だろう？」

香川の問いに、上原が首を傾《かし》げながら答えた。

「警察関係者は未だにロシア連邦国家親衛隊の情報担当将校を不審に思っているようです」

「ガスプロム内には、ロシア連邦国家親衛隊の敵も多いようだからな。何しろガスプロムの主要幹部はプーチンがKGB《カーゲーベー》時代にリクルートした旧東ドイツのスパイだったわけだからな……」

「えっ、そうだったのですか？」

「おいおい、中央調査隊で学習しなかったのか？」

「私はご存じのとおり陸自の幹部候補生上がりですから、情報機関に関する基本は学びましたが、そこまでの教育は受けていないんです」

「別班《べっぱん》ではない……ということか？」

香川が笑いながら言うと、上原が憮然《ぶぜん》とした顔つきになって答えた。

「そんなもん、陸上自衛隊にあるわけないじゃないですか。からかわないで下さいよ。警視庁公安部とは違うんですから」

「まあな。おとぎ話が増えると、俺たちの存在のカモフラージュになるから楽しいっちゃ楽しいんだけどな」

「うちらは、あらぬ疑いを掛けられるだけで何も楽しくないですよ。マスコミのレベルが疑われますよ」

「真実は闇……それが情報マンにとっては大事な部分でもあるからな」

「闇ですか……たかが年間十数億の内閣官房報償費程度の予算で、本当の情報収集ができると考えているのがマスコミのレベルですよ」

「知る必要がない者は、知らない方がいいんだよ」

香川が笑って答えると、上原は呆《あき》れた顔つきになって言った。

「まあ、公安の世界も数年前までは悪の闇的存在でしたからね」

「だからいいんだよ」

平然と答えた香川に、今度は上原が怪訝《けげん》な顔つきになって訊ねた。

「自分の組織が悪役でもいいんですか？」

「どうせ本当のことは国会質問でも答えることができないんだから、知らせる必要もないだろう？　現に俺のような一介の警部補ふぜいが、こうやって単身で、今や敵国扱いになっているロシア第二の都市に入り込んでいるんだからな」

「そういわれると、確かにそうですが。香川さんの海外出張予算は東京都から出ているのですか？」

「そんなことまでは知らないが、都費ではなく、国費扱いのはずだ。現にグリーンパスポートで動いている時もあるからな」

「パスポートを使い分けているのですか？」

「グリーンは困った時に使えばいいんだよ」

「なるほど……いい手口ですね」

「ばか、犯罪でもあるまいし。手口じゃないだろう」

「すみません、つい。私たちにはできない手法ですから」

「グリーンパスポート慣れしていては、本当の仕事はできないだろう？」

「どういうことですか？」

「都市間を移動すれば、常に敵にマークされるということだ。だから俺がサンクトペテルブルクまで乗り込んでやったんだからな」

「確かに、サンクトペテルブルクだけは自由に動くことができる……という感じですね。でも、香川さんが国内で移動する際や、ホテルにチェックインする際はどうしているのですか？」

「空港以外は入国情報まで確認しないからな、中国やロシアでの国内移動はできるだけ鉄道を使うようにしているんだ」

「なるほど……確かにホテル等では身分証明書扱いですからね」

「中国人やロシア人の公務員や二流ホテルの従業員はそこまで賢くないからな。ちょっとチップをくれてやるだけで、滞在中は御《おん》の字《じ》なんだよ。おまけにこっちが訊ねる内容は、美味い食い物屋と隠れた風俗店くらいのものだからな、奴らはニッコリ笑顔でこっそり教えてくれるんだよ」

「怖い人だなあ。危険なものなどは持ち込んでいないのですか？」

「絶対にないな。ただし、職業がテクニカルエンジニアだから、相応の機材を所持していても誰も文句を言うことができないんだ。たまに危険物を持ち出すときはグリーンパスポートを使うけどな」

「危険物……ですか？」

「現地で仕入れた、いろいろな武器系のものがあるだろう？」

「武器系……ですか？」

「武器として転用できるような機材だな」

「公安部はそういう物も収集しているのですか？」

「そうだな、日本から武器を国外に持ち出すことはできないからな」

「そうですよね。我々武官ならばグリーンパスポートで持ち出すことはできますけどね」

香川は上原の生真面目《きまじめ》な性格を微笑《ほほえ》ましく思ったのか、笑顔で言った。

「逆に相手から身分が知られているのもいいことなのかもしれないな。しかしそうなると、ウクライナ侵攻の現場の視察に行くことはできないだろう？」

「今の時代は難しいですね。特に最近はドローン攻撃が主流になってきていますから、観戦武官のようなものを投入してもあまり意味がない状況になっていると思います」

「観戦武官か……過去の遺物のような話をするんだな。あれは第一次世界大戦で終わった制度だろう？」

「今どきＰＫＯだって休戦・停戦は、非武装の将校によって編成される監視団（Observer Group）が監視拠点で行うだけですからね」

「確かにそうだったな。それにしてもＰＫＯなんて懐かしい言葉だな」

「ＰＫＯなんて言っているのは日本だけで、正確にＵＮＰＯ(United Nations Peacekeeping Operations)と呼べばいいんです」

「しかし、国会でもＰＫＯ法案と言ってるじゃないか」

「その法案の正式名称は一九九二年六月に公布された『国際連合平和維持活動等に対する協力に関する法律』で、略しても『国際平和協力法』なんです。日本がUnited Nationsを『国連』と誤訳してしまった結果、『ＵＮ』を法律案の略称で使うことができなかったわけです。外務省のいい加減さを引きずっているだけのことです」

「なるほど納得した。外務省のいい加減さは今に始まったことじゃないからな」

「かつては伏魔殿とも呼ばれていたように、ご都合主義の権化《ごんげ》のようなものです」

「伏魔殿か……現職の外相自身が口にしていたくらいだからな。辞書で調べると『魔物の潜んでいる殿堂。転じて、美名に隠れて陰謀、悪事などが絶えずたくらまれている所。悪の根拠地』となっているからな」

「小説にもドラマにもなった、中途半端な事件でしたからね」

「当時の捜査二課の連中が哀《あわ》れだったよ。平成十三年に要人外国訪問支援室長による外務省機密費流用事件が発覚し、室長が詐欺容疑で逮捕された際、ご丁寧に外務省は事件に関する『Ｑ＆Ａ』を出したんだが、十年後、その内容が嘘っぱちだったことが閣議決定されたんだからザマないよな」

この時の「Q＆A」には、下記のように記されていた。

「『外務省報償費』は、外務省の責任において支出されており、内閣総理大臣の官邸に『上納』されているということはありません」

しかし、政権交代が行われたことにより、歴代内閣による否定を取り消し、〝報償費の一部は官邸の外交関係費に使われていた〟とする答弁書を閣議決定しただけでなく、身内であるこの時の外務大臣もまた虚偽の説明が行われていたという見解を示した。

「再び政権交代が起こるとは考えていなかったんでしょうね」

「そんな組織が集めた情報を『信用しろ』といくら言われてもな。省内にはチャイナスクールだのロシアンスクールだの、どちらを見て仕事をしているのかわからない連中が多いからな」

「ロシアンスクールに関しては、職務上私もよく知っていますが、日本に帰っても外交官やキャリア官僚、さらにはロシアで仕事をしていた大手企業のトップクラスが集まる『ロシア会』なんてものがあるんです。僕らのような下っ端《したっぱ》にはお呼びはかかりませんが、日ロ関係でプーチンと二十回以上も首脳会談を行った背景には彼らの動きもあったようです」

「それで日本には何の利益もなく、ポイされた上に、北方領土の返還はロシア憲法によってほとんど不可能にされてしまった……という、実に情けない結果になってしまったわけだな」

「かつて、ロシアの政財界から文化芸術界、マフィアにまで人脈を築き、その情報収集能力をアメリカの中央情報局（CIA）からも一目置かれ、日本外交政策に貢献した主任分析官にも見捨てられた組織ですからね」

「それも、彼がノンキャリだったことに嫉妬《しっと》した阿呆《あほう》な外交官どもが多かったせいだろうな」

「香川さんはどうしてそこまで外務省嫌いになったのですか？」

「いろいろ阿呆な外交官を見てきたからな。サミットの最中にナンパすることしか考えていない総領事なんかもいたよ。とはいえ、今、同僚になっているスーパーマンのような外交官もいるわけだが、彼らは昔の外交官試験組ではなく、まさに外務省機密費流用事件が発覚した年に外交官試験の歪《ゆが》みを糺《ただ》すために国家公務員採用Ⅰ種試験に統合された総合職組だからな」

「公安部に外務省出身者が二人もいるのですか？」

「そこがうちの懐《ふところ》の深さだな」

「そうだったんですか……防衛省出身者はいないのですか？」

「軍人は要《い》らないだろうな。防衛省自体がシビリアンコントロールというものを誤って理解しているからな」

「どういう意味ですか？」

「文民統制というのは、文民たる政治家が軍隊を統制するという政軍関係を意味することだろう？　それならば制服組が制服を着て国会答弁をすべきだろう。どうしてそれをしないで、『内局』と呼ばれている防衛省キャリアが出てくるんだ？

　警察も階級社会だが、警察官と一般職に分かれていて、国会答弁をするのは私服に着替えた警察官に他《ほか》ならない。一般職員が仮に答弁する場合は、極めて限定された金銭に関する場合だけだ。それもほとんどないだろうけどな」

「言われてみればそうですよね……防衛省内でも制服と内局に分かれていますが、制服組が国会に呼ばれることはありませんね」

「アメリカを見てみろ。制服組が堂々と議会で答弁しているじゃないか」

「なるほど……よくわかりました」

「警視庁の場合は幹部にキャリアが多すぎるから、都議会での答弁はほとんどキャリアが行っているが、地方ではノンキャリが答弁をやっているんだぜ。制服組が政治から逃げちゃダメなんだよ。政治から逃げるとそれだけ視野が狭くなる。組織というものは、そういう教育を日頃からしておかなければならないんだよ。特に幹部に対してな」

　香川の言葉に、上原はゆっくりと頷《うなず》いて訊ねた。

「香川さん、今回はどうしてサンクトペテルブルクにいらっしゃったんですか？」

「ウラジオストクからモスクワ経由でサンクトペテルブルクまで、シベリア鉄道を全線制覇するためだよ」

「はい？　それだけじゃないでしょう？」

「当たり前だろう。プリゴジン亡《な》き後のワグネルの連中を見てみたかったんだよ」

「プリゴジンは本当に死んだのでしょうか？」

「過去にも死亡を伝えられたことが何度かあったな。しかも、プリゴジン自身もプーチンから自分の命が狙われていることを知っていたはずだから、あんな死に方は実に不可解ではあるんだけどな」

「そうなんです。死亡したとされる数日前に、プリゴジン自身がアフリカで撮影した画像が流れましたが、本人自ら彼を狙っている者に対してメッセージを発信しています」

「真相はまだ闇の中なのかもしれないが、ワグネルの傭兵《ようへい》が未だにアフリカで活動していることは事実だからな。そして彼らが何の反乱も起こさないのも不思議だ。彼らは傭兵だからプリゴジンに対しては何の恩義もない連中ではあるが、今後の雇い主がロシア政府となると、これまでのような賃金が支払われるかが一番の心配事になるはずだ」

「プリゴジンにも側近がいたはずですよね」

「何人かはいたようだが、裏切り者がいたことも事実だ。そいつがプーチンと手を組んだ段階で何らかの動きがあれば面白いんだが……」

「ベラルーシに移ったワグネルメンバーは、すでにベラルーシを去りましたよね」

「プリゴジンはベラルーシでクーデターを起こそうとしていたのだろう」

「そうなんですか？」

「ヨーロッパ最後の独裁者と呼ばれていたルカシェンコ、そして彼とプーチンのつなぎ役を担っていたメドヴェージェフの二人をまず排除することが目的だったはずだ」

「メドヴェージェフですか？」

「メドヴェージェフはロシア・ベラルーシ連邦国家のナンバーツーを約八年務めていたからな、プーチンの側近中の側近の一人とはいえ、国内では汚職も摘発され、国民からの不支持が高いろくでもない野郎だ。それだけに、メドヴェージェフの排除は、ワグネルにとっては意義があるんだ」

「なるほど……プリゴジンが死んでいた場合、次にワグネルをまとめることができる者は誰なのですか？」

「そこまでは俺もよくわからないが、奴らのデータを分析した結果、プリゴジンが最も信頼していたのは中央アフリカの司令官になっている奴のようだ」

「アフリカですか……彼らの行動はいつ頃起きるのでしょうか？」

「ウクライナ次第だな。今年中に戦争が終結することはあり得ない。そしていつまで経っても内政を立て直すことができないゼレンスキーの政治力に対してＥＵ諸国だけでなく、アメリカ国内でも疑問を呈する有力者が増えているのは事実だ。ウクライナ支援を行っている立場上、ゼレンスキー政権の崩壊という結果を招くことはできない。したがってウクライナが大勝する必要はないが、ロシア国民に厭戦《えんせん》気分が蔓延《まんえん》するような大損失を、一度でも味わわせなければならない。もし、今度、ロシアがウクライナの首都キーウに一発でもミサイル等を打ち込んで死者が出た場合、今度は真冬のモスクワのあらゆるエネルギー関連施設とセレブが居住する地域、さらには大型住宅区域に対して集中攻撃が行われることだろう」

「そうなるとプーチンは核の使用をも辞《じ》さないのではないですか？」

「その時はロシアと北朝鮮が同時崩壊するだろうな。そして米中会談によってＵＮそのものが変わっていくことになるだろう。何事も引き際を誤ると、壊滅的な自滅になるものなのだよ」

「その時、日本はどうするのですか？」

「北方領土を割譲《かつじょう》させるだけでいいだろう」

「中国はどうなるのですか？」

「シベリアの一部とロシアになびいていたアフリカ諸国の利権をくれてやればいいだろう。極東地域はカナダ、アメリカ、ＵＮの管理地にしてしまえばいい」

「どうして、そんなに恐ろしいことを思いつかれるのですか？」

「別に俺が思いついた話じゃない。それくらいのことはプー太郎とロケット坊やが仲良しごっこをした時から、あるところでは話題になっていた話さ」

「中国はそれで納得すると思われますか?」

「ロシアがコケてしまえば、中央アジアのロシアシンパ諸国は完全な独立を希望することになる。そうなれば一帯一路なんかに協力する必要がなくなるだろう? ロシアの小麦とエネルギー資源を共有できるんだからな。それに、カスピ海西岸のアゼルバイジャンやチェチェンだって争いがなくなるだろう」

「ロシア国民はどうなるのですか?」

「プー太郎のような野郎に国政を任せきった責任は自ら負ってもらうしかない。特にオリガルヒの資産を全て凍結、差し押さえれば、ロシア国家のあらゆる産業が一時的に停止してしまう。さらにウクライナに対する賠償金だけでも、ボロボロになった国家予算の何年分かかるかわからないからな」

「ロシアがなくなってしまいますよ」

「国家をなくしてはいけない。生かさず殺さず、国民が最低限度の生活ができるようにしてやることが大事だ」

「そんなことをして、どこが喜ぶのですか?」

「地球上のあらゆる国家が喜ぶだろう? 戦争の大きな火種が一つなくなるんだからな」

「アメリカの武器商人が黙って見ているでしょうか？」

「だから、ロシアと北朝鮮を解体してしまう時に、たくさん使ってやればいいだけのことだ。武器はまだまだ世界中が自衛のために求めているし、国家がある限り、軍事は必要不可欠なんだよ」

「それでも、北朝鮮はなくなってしまうのですよね？」

「南朝鮮と一緒になって、あるべき姿にもどればいいだけのことだ」

「南朝鮮の一人勝ち……ですか？」

「北を叩く時には相応の苦労を伴うことになるだろうな。その時の後方支援を日本がどこまでやるか、そしてロシア太平洋艦隊を完膚《かんぷ》なきまでに叩き潰すことができるかが、その後の日本の立ち位置にかかわってくるからな。津軽海峡《かいきょう》に関しては中国船籍の航行を差し止めるくらいの力を持つことが大事だな」

「中国が黙って見ているとは思えませんが……」

「プー太郎が核を使った時点で、チン平野郎《ピラ》に国際的発言権はないんだよ」

「しかし、アフリカやミクロネシアには中国の息がかかった国が多いですよ」

「アフリカ諸国はＵＮＩＣＥＦが手を引いたら終わりだ。中国も世界第二の経済大国でありながら『途上国』であることを自称しているからな」

「自称ですか？」

「ご都合主義の二枚舌社会主義国家の姿を世界に晒《さら》しておけばいいんだ。今のままでは地方から崩壊していくからな」

「そうなんですか？」

「チン平の北京《ペキン》第一主義にゆがみが出てきたのは事実だ」

そこまで言うと香川は上原にドイツ製中古バイクとロシア製の中古小型パソコンを一台ずつ用意するよう依頼して、日本円で五十万円を手渡した。

二日後、上原から香川にバイクとパソコンの手配ができた旨、連絡が入った。香川が領事館に受け取りに行くと、上原は釣銭が入った紙袋も渡そうとした。

「領収書の要《い》らない金だ。今後また依頼することもあるだろうから受け取っておいてくれ」

「報償費ですか？」

「捜査費だよ」

「捜査費に領収書が要らないのですか？」

「これは都費じゃないからな」

「国費の捜査費は領収書が要らないのですか？」

「国家機密に関する業務に領収書を求めるのは愚かだろう？」

「それはそうですね」

「お前は外交官扱いだから領収書は必要ないだろう？」

「それはそうですが……与えられる金額が決まっていますからね」

「なるほどな……それにしてもＢＭＷ　Ｆ８００ＧＴか……いいバイクだな」

「ロシアでドイツ製バイクというとＢＭＷしかありません。七年物ですが、エンジンはいいそうです。ところで、帰国時にはバイクはどうされるのですか？」

「どっかで買ってくれるところはあるだろう？」

「私が買いますよ」

「じゃあ、適当に処分してくれ。約一週間後になるかとは思うが、その時はまた連絡する」

香川はバイクに跨《またが》ってエンジンをかけると、十年来の愛車でも扱うかのようにスムーズに加速してその場を離れた。

勝手知ったるサンクトペテルブルクの街中を制限速度で走りながら、時折エンジンを高回転に吹かし、並列二気筒のエンジン音を楽しんでいた。ワグネル本社前に行くと既にビルからワグネルの名前は消えていたが、ビル内にはまだ事務員らしきものの姿があった。その様子をしばらく確認して、香川はワグネルに潜入していた元ＫＧＢエージェントのロヂオノフが住んでいたマンションへと向かった。

駐車場の入り口を確認するとセキュリティシステムはあの時のままだった。周囲の監視カメラ等を確認して再び当時と同じ手口で地下駐車場に侵入した香川は、エレベーターで十五階に上り、かつてロヂオノフが滞在していた部屋の玄関にあるインターフォンのブザーを押した。完全なオートロック式に加えて、部屋の入り口にもカメラ付きのインターフォンが設置されている。日本では当たり前だが、ロシアではこのクラスのマンションにしかない珍しい設備だ。

室内からの反応はなかった。香川は周囲を確認して使い慣れたピッキングでいとも簡単に解錠するとおどけ気味に「おじゃまします」と声掛けして室内に入った。入ったとたん香川は一瞬背筋が凍るような感覚に襲われた。室内の景色が全く変わっていないのだ。瞬時に周囲を見回して監視カメラの有無を確認したがそれらしいものはなく、さらに腰を低くかがめて各種センサーの設置を確かめたが、それもなかった。玄関ドアを施錠して靴を脱ぎ、靴を手にして慎重に室内に入った。２ＬＤＫの室内家具や調度品は一部替わっていたが、相変わらず上等なものが置いてあった。そして見覚えのあるアンティーク調のデスクの上には、新しいノートパソコンが二台置いてあった。

「ロヂオノフ、お前はまだここにいたのか……」

香川は呟きながら二台のパソコンの蓋《ふた》を開けた。相変わらず両方とも指紋認証によるセキュリティシステムだった。香川はいつもどおり、指紋センサーに残されている遺留指紋を採取して複製の指紋データを作成し、前回作成したロヂオノフのそれとスマホで照合した。その結果、このパソコンの使用者が間違いなくロヂオノフであることが確認された。さらに二台のパソコンがつながれているルーターを確認すると、それぞれ別のルーターであることも判明した。

「二方向にデータを送っている……ということか……」香川は二台のルーターの無線LANのコードを調べると、二本とも窓の外から屋上方向に向かっていることがわかった。窓を少し開けて、コードの状況をスマホで撮影しておいた。

二台のパソコンのデータを香川が常時所持しているハードディスクに転送する間、再びデスクの側板の左右にあるスライドを動かして隠し二重底になっている隠し戸を開いた、そこには新たなパスポートと北朝鮮のスパイが使用しているような乱数表が入っていた。

それら全てをスマホで撮影していると、パスポートの中に前回、香川が格闘して拳銃と身分証明書等を奪った、スペッナズの男の顔写真とその履歴書のようなものが挟まれているのを見つけた。

「奴《やっこ》さん、ナホトカに飛ばされて何をしているのかな……」

しかし、香川はロシア語に精通していなかったため、内容は白澤に解明してもらうことにしながら、ふと、その男の名前すら覚えていなかったことに気付いた。

「また、こいつと闘うことがあるかな……」

予感めいた思いが頭の中に浮かんでいた、パスポートと乱数表を元に戻して隠し戸を閉じた時、ハードディスクへの転送が終わった。

香川は玄関から表に出て施錠すると、エレベーターで最上階に昇り、そこから階段で屋上に上った。新しいマンションらしく、携帯電話用と思われる複数のアンテナが建物の角に立っていた。その脇に二台のパラボラアンテナが違う方向を向いて設置されており、それぞれに複数のコードが接続されていることがわかった。

「このビルはスパイのネグラなのか……」

香川はスマホの写真を確認して、屋上に届いている右手のコードが業務用のものだと判断した。

「パラボラの大きい方が業務用となると、中継している衛星も大きいのだろうな」

ふと香川は中国でパラボラアンテナをスリングショットで破壊した時のことを思い出していた。少なくともこのパラボラアンテナには二十本のＷｉ－Ｆｉ用のコードが接続されていた。香川はこの中から数本のコードを選んでハブを取り付けると、その場で上原が用意してくれた中古パソコンに同期させ、白澤に電話を入れた。

「香川さん、ウラジオストクのお友達と楽しい時間をお過ごしですか？」

白澤の明るい声が飛び込んできた。

「お馬鹿チンだな、誰がウラジオストクなんだ。今は真反対のサンクトペテルブルクにいるよ」

「えっ、そうなんですか？　帰りにウィーンに寄って下さいよ」

「そうしたいのはやまやまなんだが、ちょっと急ぎで調べてもらいたいことがあるんだ」

「ちゃんと、いつもどおりにお仕事していらっしゃるんですね」

「当たり前だろう。俺のパソコンをリモートで開いて、現在接続している無線ＬＡＮから取れるだけのデータを取って欲しいんだ」

「ちょっと待って下さい。香川さんのパソコンのデータはどこ経由ですか？」

「在サンクトペテルブルク日本総領事館から入ることができるはずだ」

「了解。それにしても香川さんは本当に神出鬼没ですよね。ウラジオストクからどのルートでそちらに入られたのですか？」

「今回はシベリア鉄道の北ルートだ。モスクワからは高速列車サプサンを使った」

「すると、今回は何か危ないものを持ち込んでいるのですか？」

「飛行機を使っていないからか？」

「これまでの香川さんの行動パターンを分析してみた結果です」

「ネエチャンはいつから管理職になったんだ？　俺の業務管理をする暇があったら、何か面白い情報でも教えてくれよ」

「ＥＵとイギリスがウクライナ問題で揺《ゆ》れていますよ」

「EUはそろそろウクライナに愛想をつかし始めたか？」

「その傾向は大きいです。特にフランスはアフリカからどんどん撤退を余儀なくされていますから……。その点で、イギリスは戦後の状況を分析し始めました」

「戦後？　ウクライナが負ける時期を計算し始めた……ということか？」

「何か情報を摑《つか》んでいるようです」

「その何かを調べてくれよ」

「鋭意、情報収集中です」

そこまで言って白澤が驚いた声を出した。

「香川さん、ちょっとお伺いします。香川さんのパソコンからではなく、変なW‐Fiを通して、人工衛星につながってしまうのですが……どういうことなんですか？」

「ああ、そっちから行ってしまったか……実は今、ロヂオノフのマンションの屋上にあるパラボラアンテナにつながっているんだ」

「えっ、大丈夫かな……違うパソコンのデータを拾ってしまうんです」

「そうか……このマンションの住人でロヂオノフ以外の誰かがパソコンを使っている……ということか」

「そういう人ばかり住んでいるマンションなのですか？」

「そうだろうな、屋上にある二つのパラボラアンテナには二十本以上のW‐Fiからのコードが接続されているからな」

「そこは新しいマンションなんですか？」

「サンクトペテルブルクでは新しい方だろうな。日本総領事館は目と鼻の先だ」

これを聞いた白澤が、どういうわけか小声になって訊ねた。

「今見ているロシア大統領府情報は相当重要な内容なんですよ。香川さんはパラボラアンテナのコードにどんな接続方法をしているんですか？」

「どうして、電話で小声になる必要があるんだ？」

「あっ、そうか……極めて重要な国家情報にアクセスできたので、つい緊張してしまいました」

「これは去年、ガスプロムとワグネルのデータをインターセプトする際に、片野坂から習った二本のケーブルカット手法だけど、ダメなのか？」

「部付スタイルならば大丈夫だと思います。ノイズが入ることは少ないはずです」

「そうか……それならいいが、ここは早めに離脱した方がいいかもしれないな」

「そうですね……でも、おかげさまで大統領府へのアクセスコードがわかりましたから、後は、このパソコンを裏口にしていつでもアクセスすることが可能だと思います」

「大統領府？　そんなところにつながっているのか？」

「はい。しかも、いまゲットできている情報はおそらく、アメリカも知らないロシアの内部情報だと思います」

「例えば？」

「クリミアのロシア黒海《こっかい》艦隊が機能不全に陥っているようです」

「ほう？　何が起こっているんだ？」

「黒海艦隊司令官と下士官の間で意見の乖離があるというのです」

「軍隊は上意下達《じょういかたつ》が原則だろう。おまけに司令官はソコロフ大将のはずだが……」

「ウクライナによるセバストポリ攻撃による被害に対応できていないというのです。しかも、黒海艦隊の下士官の中にロシア義勇軍に対する内通者がいて、黒海艦隊の動きがウクライナ軍に筒抜けになっているという情報まで入っています」

「ロシア義勇軍か……あってもおかしくはない状況だろうな……いくら海軍とはいえ、ワグネルの影響は少なくはないからな」

「ロシア海軍の攻撃力は大きいのですか？」

「セバストポリにある黒海艦隊はロシア海軍最大の艦隊だからな。既に旗艦の『モスクワ』が沈められているとはいえ、ウクライナに対して言えば影響力だけでなく攻撃力も大きいだろう」

　そこまで聞いて白澤が解析データの中からまた新たな情報を見出したように言った。

「大統領府にはプーチンの影武者が三人いるようで、状況に合わせて使い分けているようです」

「そんなことまでデータ化されているのか？」

「クレムリン内での会談でも、大きなテーブルの端と端に座って報告を受けるだけの時は影武者だそうです」

「なるほど……それで、あんなでかいテーブルを使っているのか……それから、俺のパソの中の『ロヂオノフⅡ』を開いて、そこの中の乱数表と、この前俺が身分証明書等を奪った奴のデータに関するものを訳してもらいたいんだ」

「ナホトカに飛ばされたスペッナズのダジーノフのことですね」

「ダジーノフ……そんな名前だったっけ」

「香川さんが名前を忘れるってめずらしいですね」

「スペッナズ将校の割にはチョロい野郎だったから、あまり印象には残っていないんだが、なかなか入手困難なおもちゃを残してはくれたな」

「身分証明書の他に……ですか？」

「まあな、それよりもダジーノフ……どこかで聞いたことがある名前だな……」

「あれっ、ダジーノフはもうナホトカからモスクワに戻ってきています」

「ほう、あれだけのチョンボをして、よく生き延びたものだな……待てよ、ダジーノフ……こいつの個人情報を取ることはできないか？」

「個人情報ですか……？」

「家族関係とか、親の名前とか……」

「親……ですか？」

「今思い出したんだが、俺が知っているダジーノフという名前は大物なんだよ」

「同姓……は多いんじゃないんですか？」

「ロシア国内ではあまりある名前じゃないと思うんだ」

「承知しました、入り込んでみます。それにしても、このパソコンから得ることができる情報には驚きます」

「たっぷり分析して頂戴な。白澤ちゃん」

「はい、香川先輩」

電話を切ると香川はパラボラアンテナへの接続部分を一見目立たないように補修して、その場を去った。

一時間後、白澤から電話が入った。

「ダジーノフは旧ソビエト連邦のいわゆるノーメンクラツーラのメンバーで、今回、ナホトカからのサンクトペテルブルク帰還も大統領府からの指示のようです」

ノーメンクラツーラ（Nomenklatura）は、旧ソ連や東欧諸国において重要な役職に任命される共産党員のリスト、またはそのリストに基づいて選ばれたエリート層を指す用語である。共産党による人事管理システムの一環であり、権力と特権を持つ支配層の形成に寄与したものである。

「なに？　奴はサンクトペテルブルクにいるのか？　それに、ノーメンクラツーラに載っているダジーノフと言えば、やはり奴の末裔《まつえい》ということになるな……もしかしたらスターリンの血を引く男なのかもしれない」

「スターリンの血……ですか？」

「プー太郎の目標はスターリンだという話を聞いたことがあるからな……」

「そうなんですか？」

「特に情報、諜報《ちょうほう》組織はかつてのＫＧＢを目指しているようだ」

「香川さんは、ダジーノフの弱点をお持ちなんですよね」

「ああ、奴のスペッナズ将校としての身分証明書、奴の銃を預かっている」

「えっ、銃……ですか？」

「前回、一度は捨てて帰ろうと思ったんだが、なかなか入手困難なイジェメックＭＰ－４４３だったからな。銃弾は９×19㎜パラベラム弾フルメタルジャケットが十八発も内装されていたし、さらに、これもお宝もののホローポイント十八発が装填《そうてん》された専用カートリッジもあったんだ。まずは科警研に持ち込んで、イジェメックＭＰ－４４３の銃身を３Ｄプリンターで作成した上でライフルマークを採取して、大阪の業者に頼んでガンドリルで同じ銃身を作ってもらったんだ」

「何のためにそんなことをしたのですか？」

「どこかで発射された9×19㎜パラベラム弾フルメタルジャケットの銃弾に残されたライフルマークが一致すれば、奴が盗まれた銃が使用された……ということになるだろう？」

「また何か悪いことを考えているのですか？」

白澤が呆れた声を出したので、香川が答えた。

「敵の組織を混乱させることが大事なんだよ。そのための手段は幅広いに越したことはないだろう？」

「確かにそうではありますけど……人を撃つのはちょっと……」

「銃を使うターゲットは人とは限らないだろう？　例えばダジーノフの友人かもしれないロヂオノフの車に打ち込むことだって面白い結果になるかもしれない」

「二人は友人同士だったのですか？」

「何とも言いようがない関係かもしれないんだが、一緒にストリップを観に行くくらいだから友人ではあるんだろうな。ただ、ロヂオノフは一緒に飲んでいたダジーノフが急にいなくなっても意に介さずにナンパに出かけるくらいだから、不思議な関係と言えばそこまでだけどな」

「一緒にいたところを襲撃したのですか？」

「襲撃じゃねえよ。向こうから言いがかりをつけてきたから、表に出てファイトしただけのことだ。そうしたら、銃は持ってるわ、予備弾は持っているわ……だから身分証明書と一緒に預かってきただけのことだ」

「そういう経緯だったのですか……。そうなると二人の関係は立場上、どちらが上なんでしょうね」

「ダジーノフの今回の異動で俺もわからなくなった……というところだな。おまけにダジーノフがスターリンの血脈にあるとすれば、結果は火を見るよりも明らかだが……ダジーノフがまた失敗してしまえばどうなるか……だな。もうお前さんにはロシアの情報ルートにつながりはないんだろう？」

「はい。クチンスカヤも無事アメリカの力を借りて第三国に逃げ延びましたし……」

「そうか、クチンスカヤと親しかった関係で、ロシアから目を付けられてはいないか？」

「東京都の職員ですし、ベルギー、スイス、オーストリアを転々とする生活ですから、それを追ってロシアの情報関係者が動けば目につきやすいのです。おまけにロシアのウクライナ侵攻以降、各国の情報員がロシア人や、これに近い人物をけん制しているようですから、大丈夫だと思います。クチンスカヤが亡命したことも、私にとっては却《かえ》ってプラスに動いているみたいです」

「そうか……それならよかった。対ロシア情報は二次情報でいいから、しばらくの間は接点を持たない方が賢明だろう。ダジーノフの件も片野坂ルートで調べてもらうことにするさ」

「部付は現在日本にいらっしゃるのですか？」

「あいつこそ神出鬼没だから、どこにいることやら……だな。ウクライナに入っていた時にはこちらの方がびっくりしたくらいだ。おまけに商売というより、ドローン戦略システムの営業をしていたんだからな」

「そのおかげで、ファーストクラスで往復することができました」

白澤が嬉しそうな声を出して答えたので、香川は諭《さと》すように言った。

「ファーストクラスか……あまり他で言うんじゃないぞ。しかし、年に一度は乗りたいものだな。片野坂の話ではその時のドローン戦略システムに生成ＡＩを搭載していたようで、未だに一機も撃墜《げきつい》されていないらしく、使い回しできるので、ウクライナ軍の南部方面では最終兵器の様相を呈《てい》しているそうだ」

「生成ＡＩですか……コンピュータ自身が学習するのですから、恐ろしいくらいに早く理解して実戦に応用していくのでしょうね。でも消耗しない武器ということは、今、このドローンを作っているアメリカの軍事産業にとっては痛し痒しなのではないですか？」

「軍事産業と言っても、単価が安すぎるから本気で作っちゃいないさ。ただ、これを仮に十セット保有していれば、とてつもない戦闘能力を有することになるからな。すぐに真似をする国が出てくるだろうな」

「中国やイラン、北朝鮮ですか？」

「そうだな。そこを片野坂がどこまで考えているのかよくわからないんだ」

「でも、部付のお考えはもっと深いところにあると思いますけど……」

「片野坂はドローン戦略システムの開発段階ですでに日本が誇るスパコンの富岳《ふがく》を活用していたのだからな。これに生成ＡＩを開発させる発想だったようだから、レンタルしたミニ富岳でも十分に活用はできたんだろうな。しかしその影響でロシアの若い兵士が命を落としていることを考えると心が痛むな」

「そうですね……プーチンもまさかここまで泥沼化するとは思っていなかったのでしょうけど、実際に闘っているのはロシアとウクライナの兵士だけですからね。引くに引けない状況になってしまったのでしょうね」

「独裁者の末路とはそういうものだろうな。来年中には終わって欲しいものだが、難しいだろう」

「歴史的に国家間で戦争を起こす原因は『土地』ですから、特に地続きの国家間では永遠の課題になってしまうのでしょうね」

ため息交じりに言う白澤に香川が話題を変えた。

「そういえば白澤ちゃんはいつの間にか警部に昇任していたんだったな。ますます嫁に行けなくなってしまうぞ」

「ブッブー。はい、セクハラ発言でーす。警視庁女性警察官の地位保全委員会の委員でもあるんですから、人事第一課監察係に通報しなければいけません」

「監察か……友達がいない可哀想な連中の集まりだな」

「そのセクションが組織を守る最後の砦《とりで》なんです」

「監察が最後の砦？　その割には不祥事があまりにも多すぎるんじゃないか？　警察には危機管理のプロを育てるセクションがないからダメなんだ。監察に捕まる連中は脇が甘い、俺に言わせりゃ、ちょっとおつむの弱い連中ばかりで、結局は諭旨免職《ゆしめんしょく》で口止め料代わりの退職金を貰って再就職の斡旋までしてもらっているわけだろう？　本当の悪は悠然と泳ぎ回っているんだよ」

「香川さんがおっしゃる本当のワル……というのはどういう人を言うのですか？」

「組織の中で派閥を作って、その中でうごめいている連中だな。公安部にだって閥はあるし、『親子二代公安部』なんて、おかしな話だろう？」

「でも優秀な方もいらっしゃるじゃないですか？」

「お前さんの優秀の判断基準はどこにあるんだ？　学校、講習、昇任試験の成績か？」

「管理能力が優れているっていうこともあると思いますよ」

「管理能力が試されるのは警部以上だろうが。警部補までは本来業務をどこまで真剣に取り組んで、結果を出してきたか……なんだよ」

「香川さんのような特殊な人は滅多にいませんよ。香川さんご自身を基準にしてはいけないと思います」

「別に俺自身を基準になんかしちゃいないさ。ただな、俺の情報を使って自分の立身出世に動いてきた連中もたくさん見てきたからな。実家が金持ちならともかく、田舎から高卒で出てきた、たかだか管理官クラスが一戸建ての他にマンションを二戸所有するなんてありえないだろう」

「そんな人がいるのですか？」

「お前さんは、警部に昇任しても組織のいいところにばかり目がいってしまう傾向がある。居座り昇任だから余計にそうなるのかもしれないが、部下を管理するには組織実態もきちんと把握していないと、本来の人事管理はできないぜ」

「確かにそれはあると思いますが、香川さんは、そういう不正を行っている人に対しては何もなさらないのですか？」

「そんなことは俺の仕事じゃないからな。ただ当然、そんな連中には情報の重要な部分に関してまで伝えはしなかったさ。まあ、言っても理解できない連中だったがな。警察組織内の中間管理職は、かつては警部補だったが、今や警部がその立場になってしまった。これは質の低下というよりも、本来あるべき警部以下のピラミッド型の階級制度を釣鐘《つりがね》型にしてしまった弊害だな。警部補と巡査部長、巡査がほぼ同数なんて異常な世界で、もしこれが軍隊なら全滅してもおかしくない構造だ」

「確かにそれは私自身も警部試験の管理論文を書いていて感じていたところでもありますが、国内の治安状況の変化から警察の階級と軍隊の階級は制度的に違ってしまったのだと思います」

「しかし、これから日本国内には海外から多くの労働者がやってくる時代になるんだぜ。しかも、彼らの多くは高度な教育を受けていない者だ。現在、日本国内で多く生まれている中国人やベトナム人の不良グループが十倍以上になると考えていい状況になりつつあるんだ。さらには地方自治体の財政を脅《おびや》かしかねない不良外国人による生活保護受給だな。特に人口比でフィリピン人とベトナム人が多すぎだ。こんな状況を放置したままで警察は今までどおりの甘っちょろい体質で奴らと闘うことができると思うか？」

「それは難しい問題ですね」

「お前さんは警察署の第一線の現場を見ないまま、しかもヨーロッパで単独行動による情報収集という極めて稀《まれ》な扱いを受けているわけだ。そのかわりに日本警察ではお前さんにしかできない厳しい試練もあると思っている。その経験を今後の警察人生でどこまで世のため人のため生かすことができるかを考えながら仕事をしてもらいたいんだ。次回、お前さんが異動する時は、所轄《しょかつ》の課長なんだからな」

「私も警察官である以上、常に世のため人のためという意識を忘れたことはありません。ただ、香川さんが一番ご存じのとおり、現在の業務に就《つ》いて六年目に入りますが、私が一番末席にもかかわらず、決して他では経験することができない仕事を与えていただいています。そして、公安講習や、麻布での外事係長としての二年間で学んだことは、ほとんど役に立っていないほど戸惑いが多い世界であるのも事実なんです」

「そりゃそうだろう。うちに来てからハッカーになってしまったんだからな」

「部付を始めとして皆さんのお役に立てていることを自認することで、何とかモチベーションを維持していくことができているんです」

「新たな道を歩んでいる時は誰でも同じだ。片野坂だってそうだと思う。自分の発想で作ったドローンシステムが今やウクライナだけでなく、世界中の紛争地域で使われているんだからな。本来、日本の防衛目的であったものが殺人兵器になってしまったことに忸怩《じくじ》たる思いもあるはずなんだが、本人は全くそれを表情に出さないからな」

「そうですね……望月さんだって戦場生活を続けておられたのですからね」

「結局は運命に生きて、運命を活かすしかないんだよ」

「香川さん、なんだか哲学的で素敵です」

「アホか。つい今しがたまでセクハラだなんだと言っていたじゃないか」

「それとこれは別です。でも、香川さんとこうしていろんなお話ができるのは、私の精神衛生上、一番救われていると思っています」

「惚《ほ》れるんじゃないぞ」

「その心配はご無用です」

「まあ、健康に気を付けて面白い仕事を続けてくれ」

「香川さんが切り拓いたパラボラアンテナ情報は継続して解析しておきます」

長電話を切った香川は大きくため息をつくと、片野坂に電話を入れた。

「片野坂、プリゴジンは本当に死んじまったのか？」

「まだ何とも言えません。プーチンが自分を許していないことは十分知っていましたから。死亡したとされる二日前に撮影された画像を解析したところ、やはりアフリカで撮られたものに間違いなかったようなんです。そこからわざわざ再びモスクワに戻って、いわくつきの飛行機に乗るとは考えられないんですよ」

「アフリカで生きている可能性もあるんだな……」

「ウクライナ侵攻でロシア軍は十七万人の兵士を再起不能にしてしまっています。この補償だけでも今後ロシア政府に重くのしかかってくることになります。プーチンが思っている以上のボディーブローになるはずですよ。またプーチンは現在七十歳で、バイデンやトランプに比べれば若いものの、ロシアの男性の平均寿命が六十七歳であることを考えると、ロシア国民からは『爺さん』と揶揄《やゆ》されてしまう年齢であることは間違いないことで、来春までロシア経済には何の光明も見出すことができないのが実情です。ですから、北朝鮮のロケット坊やや、中国の独裁者と手を組んで、新たな悪の枢軸にならざるを得ないのです。加えて、アフガニスタンの地震等の自然災害対策でもUNが完全に機能不全になってしまっている現在、世界中で何が起こっても不思議ではない状況になりつつあります」

「中国はどうなんだ？」

「明日、壱岐さんが上海《シャンハイ》に入る予定です。習近平も人民解放軍がボロボロで新たな攻撃ができないことにいら立ちを感じているようですね」

「当面、台湾有事は大丈夫……ということか？」

「中国の損失があまりに大きくなる試算が出ているようです。空母三隻は確実に沈没してしまいますし、艦載機が全滅してしまった時のことを考えただけでも国家予算の数パーセントの被害になります」

「ミサイル攻撃もできない……ということか？」

「習近平が今一番欲しいのは、台湾の半導体と故宮博物院にある『中国の宝』なのです。下手な攻撃はできません。一発のミサイル発射だけで、その数百倍のミサイルが上海に撃ち込まれることになるでしょう」

「数百倍？」

「台湾はそれほど本気ですし、こと台湾問題に関してはアメリカも本気なんです」

「そして北京ではなく上海なのか？」

「北京は政治都市ではありますが、そこを攻撃しても瞬時のダメージにはなりません。また香港《ホンコン》には今でも多くの自由を望んでいる香港人がいます。中国経済に最大のダメージを与えるとすれば上海以外にありません」

「なるほど。しかし中国経済は相当行き詰《づま》っているんじゃないのか？」

「それはすでに二〇一六年七月の段階で中国国営『新華社通信』が『全国の新都市計画人口は三十四億人、誰がそこに住むのか』と題する記事を配信したことからも明らかです」

「三十四億人？　どういう意味なんだ？」

「中国の人口は約十四億人なのに、本当に三十四億人分の住宅が作られる必要があるのか？　という素朴な疑問ですね」

「二十億人分も余ってしまったらどういうことになるかくらい、小学校低学年でもわかるだろうに……。しかもそれを国営の新華社通信が発信したとなると大問題になったはずだろうが……どうしてその後もバブルが続いたんだ？」

「そこなんです。中国には、そもそも報道の自由がないため、不動産市場を始めとして、さまざまな国内事情をリアルに知ることができるのは、数年先といわれています。それでもその後二〇二〇年頃まで中国国内で不動産バブルを膨《ふく》らませ続けたことは、まぎれもない事実です。そして新型コロナウイルス感染が始まってしまいました」

「中国国内で『鬼城《グエイチヨン》』と呼ばれる幽霊マンションが有名になり始めたのも二〇一六年頃じゃなかったか？」

「鬼城だけでなく、多くのゴーストタウンが生まれ、いまもなおそれが放置されているのです。それに関して中国国内では報道されていないのも事実です」

「チン平野郎にはあらゆる報告が忖度《そんたく》されたものだという認識は全くないのか？」

「あそこまで粛清《しゆくせい》を重ねていくと、裸の王様でしかないのでしょうね。世界中で習近平に正論をぶつける者は皆無でしょうし、当然ながらG7のトップは告げる気もないのが実情でしょう」

「BRICSの中では、インドはやや立ち位置が違うだろう？」

「モディ首相は賢い人ですからね。それでいてUNでヨガを行って世界平和を訴えることまでできる人でもあります」

「UNでヨガをやるのと、中国の公園でお年寄りが太極拳をやるのとでは、全く意味合いが違うからな」

香川が笑って言うと片野坂はため息をついて答えた。

「中国の年寄りは深刻なんです。特に農村部に行くと、子どもから『元気で生きている』と言われるよりも『まだ死なない』と言われる人の方が多いようです。年寄りの自殺者も増えているようですからね」

「農村から都会に出て行った子どもたちにとって、親を養う余力がなくなっているのは事実だろう。この傾向は農村部だけではなく、次第に都市部にも広がっているらしいからな」

「そのようですね。最近では『工場二世』と呼ばれている世代にも、その波が押し寄せているようです」

現在、中国の経済成長を支えてきた製造業において、創業者の親から経営を引き継ぐ「工場二世」と呼ばれる若者たちが増えている一方、コロナ後も続く景気の低迷に直面し、厳しい現実を経験している者も多い。

「中国の製造業の創業者たちは、日本のバブル期の町工場のおっちゃんたちと似ているな。彼らは仕事もしたが、会員権を買ってゴルフ三昧《ざんまい》を続けながら、子どもに仕事を任せていた人も多かったな。バブルがはじけて潰れた会社はだいたい、そういう経営者が多かったからな」

「中には地上げ屋に土地家屋まで取られてしまった中小企業の経営者もいましたからね。ただ、中国の場合は一人っ子政策の影響もあって、ある程度成功していた企業の子どもの中には留学していた者が多く、それゆえ現在の中国の国家体制に不満を持っている者も多いようですね」

「中国共産党はそういう連中を徹底して潰しにかかるからな。生き残るのも大変だろう。おまけに中国は『中国版インダストリー4・0』とも称される『中国製造二〇二五』を発表し、『ものづくり』のあり方を変えるための野心的な新興産業政策を打ち出したからな。その結果、ロボットの導入など新しい産業形態が生まれつつあるんだ。二世に相応の能力と資産が伴わなければ破綻するのは、火を見るより明らかだろう」

「香川さん、さすがに……というか、大嫌いな中国に関してもよく勉強されていますね」

「孫子の兵法だよ。『敵を知り……百戦危うからず』だな」

「おそらく、その点も含めて、軍部の崩壊についても望月さんや壱岐さんが調べていることと思います」

「軍部か……最近は武器の横流しができなくなって、その間隙《かんげき》を北朝鮮が担っているようだな」

「北朝鮮はミサイル技術と弾薬には定評があるのですが、銃器やドローンの技術はまだ中国のそれに遠く及ばないようですね。特に中東地域やアフリカ中部の戦場で使用されているカラシニコフは中国製が主力のようです」

「ロシアの技術をライセンス生産しているだけのことはあるな」

「ところで香川さんは何か用件があったのではないのですか？」

「おう、ロシアのスペッナズ将校の人定を確認したいんだ。白澤のネエちゃんはクチンスカヤがいなくなって、ロシア関連の情報ルートがないらしいんだ」

「クチンスカヤですか……元気でやっているみたいですよ」

「連絡が入るのか？」

「他人名義のプライベートなメールアドレスに時々報告があります」

「案外、お前に本気で惚れていたんじゃないのか？」

「全く興味の範囲外ですから、コメントにも及びません」

片野坂が歯牙《しが》にもかけない……とでも言いたげに答えたため、香川がそれ以上の追及を止めると、片野坂が訊ねた。

「人定を送っていただけますか？」

「先ほどのメールに載せている」

「ああ、これですか……『ダジーノフ』あのダジーノフと姻戚《いんせき》なのでしょうか？」

「ナホトカに飛ばされて一年も経たないうちにモスクワに戻っているんだ。奴の身分証明書、銃を預かっている」

「あの時のスペッナズ将校ですか……銃に関してはライフルマークの複製まで作っていらっしゃいましたね。承知いたしました。すぐに調べてみます。それにしてもノーメン

「そこなんだよ。もし、奴があのダジーノフとつながっていたとしたら、今度、どういうタイミングで再会してやろうか……と考えているところなんだ」

「なるほど……珍しい姓ですから確率は高いかと思います。おまけにダジーノフはウクライナ出身ですからね。今後のウクライナ侵攻にも影響が出てくる可能性を秘めていますね」

「お前さんはやはり天才なんだろうな。そんなことまで覚えているのか？」

「彼の母親を最後まで保護していたのはＦＢＩですからね」

「そうだったか……。俺が知っているダジーノフは、そこまで愛国心があるような奴には思えないんだが……」

「人は見かけにはよりませんよ。特に故郷に対する思いというのは、その地を飛び出すような嫌なことがあったとしてもなかなか払拭《ふっしょく》できないものがありますからね」

「お前さんは鹿児島にそんな思いがあるか？」

「別にそんな思いがあるわけではありませんが、長男でもありませんし、鹿児島に帰る意思は大学時代に既になくなっていましたね。鹿児島は鹿児島市内であっても、大分市ほどではありませんが、地域によって全く考え方が違いますからね。特に下級士族の子孫の間で未だに大久保派と西郷派に分かれているほどですし、警視庁の初代トップだった川路利良《かわじとしよし》に対しては未だに否定的な見方が強いですから」

「しかし、警視庁では未だに鹿児島人脈は大きいし、県警にも銅像が立っているんだろう？」

「まあ、あの銅像を建てた人物に対しても、警察内では否定的な見方をする人が多いですからね」

「野党を渡り鳥して、最後は落選だから仕方ないと言えば仕方ないが、お前さんは鹿児島市内じゃなかったのか？」

「私は薩摩半島の南西部、野間半島という田舎出身です。鹿児島市とは縁もゆかりもありませんし、士族でもありませんから」

「そうか……そういえば鹿児島からは明治、大正時代以降、国のトップを目指すような政治家が出てきていないな」

「そうですね。大正末の山本権兵衛《やまもとごんべえ》が最後ですね。昭和の後半には有名な官房長官を出してはいますけど……県民性というのは変わってくるものだと思いますよ。香川さんはどうですか？　やはり神戸には特別の思い入れがありますか？」

「神戸も変わった街だからな。ただし、阪神淡路大震災があってから、思い入れというよりも郷土愛が生まれたような気はするな。警察内の兵庫県人会は地方グループとしては大派閥だからな」

「それは灘校出身が多いからじゃないんですか？」

「まあそれはあるが、ノンキャリ人脈も、やはりあの震災以降、結束した感はあるな」

「それは先輩が幹事長を務めているからでしょう」

「まあ、日本は第二次世界大戦後のアメリカ支配以外に、他国から完全に侵略されたことがなく、国を奪われた経験がないから、郷土愛を持ちにくいのかもしれないな。ヨーロッパの国々のような辛い思いをしたことがないのは事実だからな」

「逆に日本は他国を侵略してきたのですから、それらの国々に対する意識も低いと言われても仕方がないです」

「そういうことか……確かにな……。まあ、その話はここまでにしておこう。ダジーノフの件はできるだけ早く頼むよ」

第二章　中国情勢

「一般市民にとってチンピラの評判はどうだ？」

「習近平政権は今や一枚岩ではないのですよ」

「何？　そうなのか？」

香川は上海に入っていた壱岐雄志《ゆうじ》に電話を入れて、中国の情勢を聞いていた。

「地方出身者は本当に苦労をしていて、習近平はいつ寝首を掻《か》かれるか心配で仕方がない……という情報が届いています」

「不動産とＥＶのミスだろうな……」

「それもありますが、治水《ちすい》問題で大きな敵を作ってしまったようです」

「北京を守る決断に失敗した……というわけか……。片野坂もそう言っていたな」

「部付って本当に凄い人ですね。私が数日前に聞いた情報の裏取りをしている時に、もうそこまで見抜いてしまうんですから……」

「中国は共産党の方針で漢字の簡略化を進めた結果、漢字本来の意味を国民が知らなくなってしまったんだ。漢字は表意文字だったのに、現在の中国文字は単なる記号になってしまったからね」

「どういうことですか？」

「今、壱岐ちゃんは治水という言葉を使っただろう？　この治水という言葉は『政治』と『決断』という二つの言葉と関連しているんだよ」

「政治と決断……どちらも大事な言葉ですが……」

香川が中国最古の王朝である「夏《か》」の始祖「禹王《うおう》」が行った治水の話を伝えた。

禹王は学問と工夫により、蛇行する河川の一部を意図的に低くして大洪水の際に特定の土地に水を溢れさせ、下流の大規模な被害を防ぐ手法で治水に成功した。つまり、禹王は一部の村や田畑を犠牲にするという「決断」によって大規模な被害を回避したのである。「決」の字義を調べると、「夬」は手で分ける様子や割る様子を描いた象形文字であり、これに「さんずい」が付くことで「堤を切る」という意味になる。また、「断」は田んぼを斧で壊す象形文字である。どこで堤を切り、どの村を犠牲にするかを決めるには覚悟が必要であり、これが「決断」の語源となっている。「政治」は、正しい文民が堤防を造って川の氾濫を治めることを意味する。

「なるほど……習近平はこれに習って『北京を守るために周辺の街を堀にした』というわけでしたか……実際に指示を出したのは習近平本人ではなく、北京市に隣接する河北省のトップ倪岳峰《げいがくほう》ということですが、習近平に対する忖度以外には考えられませんね」

「倪岳峰は河北省を『堀』として犠牲にして首都北京の豪雨被害を減らしたのだからな」

「北京には、習近平が熱心に推進する副都心プロジェクトがあります。その一つにメタバースパーク建設があるのですが、中でも最大のプロジェクトが北京市副都心駅総合交通ターミナルプロジェクトです。今年中に主要部分の八十五パーセント以上が完成し、来年には全てが完成する予定なのです」

「倪岳峰がアジア最大の地下総合交通ターミナルが水没するのを防いだ……ということか。そもそも北京市副都心は沼沢地《しょうたくち》で、浸水しやすい地域であることは地元住民なら皆知っていることなんだけどな」

「中国共産党の悪《あ》しき慣例として、地方をドサ回りさせた後に党中央政治局入りさせますから、どうしても北京よりも地方に目が行ってしまうのかもしれませんね。現在の中国共産党中央政治局常務委員会の中に北京市出身者は習近平だけなんです」

「チャイナセブンか……チンピラ野郎だって親父の権力のおかげで北京生まれだったわけだが、その結果として下放《かほう》されているし、奴が政治家として実力を付けたのは上海だったわけだからな」

「確かに中国共産党幹部の中で、北京生まれの北京育ちで、北京の大学で学んで北京で仕事をした者は、数えるほどしかいないでしょうね」

「しかし、治水と言えば、去年あたりから中国の水害は尋常ではないんじゃないか？香港や上海でも地下鉄が水に浸かった……と報道されていたが」

「三十年前の東京の地下鉄赤坂見附駅が水没したのを思い出してしまうほどでした。ただ、今年の六月から九月にかけての三カ月間は中国のほぼ全域で水害が発生したと言っても過言ではないようです」

壱岐の言葉には、被害を受けた多くの中国人に対する思いがあるようだった。

「地球温暖化に伴う異常気象は、中国にも大きな影響を与えている……ということか」

「そうですね……今回の沿岸部の被害は近年、日本各地で起きている被害を思い起こさせます。私の母の故郷である熊本県の人吉市《ひとよし》を思い起こしてしまいました」

「人吉市か……あそこも大変だったからな」

「過去にも何度か暴れ川である球磨川《くまがわ》による水害が起きていますが、日本各地で問題になっている線状降水帯の威力をまざまざと見せつけられた感じでした」

「中国の水害はあまり日本では大きく報道されていないようなんだが、中国政府も報道管制を行っていたのか？」

「そうですね。国家に不利益なことはあまり報道しないのがこの国の常ですから」

「中国の原発は大丈夫なのか？」

「それを表立って話題にしないために、日本の処理水処分にクレームを付けているのだと思います。中国国内の原発から排出されている処理水の方が、圧倒的に数値が高いのは周知の事実ですからね」

「水害による農作物への影響はどうなんだ？」

「それもあって、ロシアへの接近を強めているのだと思います。現在の中国はロシアにとって最大の輸出国ですからね」

「しかし、買い叩いているんだろう」

「石油、ガスはインド同様にその傾向ですが、農産物についてはそうでもないようです。中国は日本同様に小麦よりも米文化が根強いですからね」

「そうか……ロシアの最大の農産物は小麦だったな……。中国はロシアに対して武器関連は輸出していないのか？」

「現時点では確認ができていません。ただし、中ロ間の貿易に関して、中国サイドの支払いは米ドル建てにしている模様です」

「なるほど……ロシアの外貨準備を助けてやっているわけだな」

「ロシアの主要オリガルヒの海外資産の多くが凍結されていることもあって、オリガルヒが経営する企業群の利益も同様の扱いを受けているわけですから、ロシア国内の外貨獲得は非常に困難になっていると思われます。ところで香川さんは今、どちらにいらっしゃるのですか？」

「ロシアのサンクトペテルブルクだ」

「ほう、昨年、大暴れした……また何か新しい案件があったのですか？」

「一度行った処《ところ》だからこそ、その後の検証をしなければならないんだ。そうは言っても、俺のようにまともに中国に入ることができなくなってしまえば、元も子もないんだけれどな」

「その話は外務省経由で聞いています。上海空港でドンパチ騒ぎになったとか……」

「まあな、しかし、その結果上海マフィアが総崩れになって、一時的ではあるが上海は日本警察が情報を取るのには魅力のない場所になってしまったんだ」

「中国では政権が変われば、これに合わせてアンダーグラウンドも動くのが当然のことです。特に中国経済の中心としては凋落《ちょうらく》が著《いちじる》しいのですが、情報活動の中心と言って決して過言ではない上海は、世界中の諜報機関の注目の的であることは確かです」

「上海の経済はそんなにだめなのか？」

「すでにコロナ前の面影はないくらい、人、物、金が欠乏しているのが、二日もいればわかります」

「それでも情報は入るのか？」

「中国が打ち上げている情報衛星の情報集積地ですから、その面だけは今のところ残っています」

「そんな街になってしまったのか……そして情報の中心か……。どうして海南島《ハイナンとう》のような政治的裏部隊の拠点が問題にならないのか……。中国分析の専門家である壱岐ちゃんは、これについてどのように回答するんだ？　俺のように高校時代にきちんと日本史を勉強して来なかった者にとっては、チン平野郎がのたまうアヘン戦争後の中国史と、当時の世界の列強と一緒になって清国に攻め入った日本の暴力的抑圧主義の対比が難しいんだ」

「アヘン戦争はイギリスをはじめとする欧州各国による植民地獲得のための言いがかりですから、何の正当性もありません。ただ、日本はそれまで大国と思っていた清朝が、あまりに無様な姿になってしまったのを見て、脱アジアを目指して、江戸時代に欧米列強と結ばされた不平等条約の廃棄を求めるために、清国と闘わざるを得なかったのだろうと思います」

「清朝の末期はまさに内憂外患《ないゆうがいかん》だったのだろうな……」

「清朝の全盛期は乾隆帝《けんりゅうてい》までですね」

「乾隆帝か……その名前は知っているが……」

「第六代皇帝です、日本では徳川吉宗の時代と被《かぶ》りますが、その当時で八十九歳まで生きて、六十年間皇帝の座にいたのですから、全盛期を造ることができたのでしょうね」

「なるほど……そういう歴史的な対比ができるとわかりやすいな」

「鄧小平《とうしょうへい》以降の中国の経済政策である『社会主義市場経済』そのものが経済学上説明することができないもので、民間企業かと思えばいつの間にか国営企業のようになってしまう企業形態なのです。そんなものと今後タイアップしようとする先進国の企業はなくなると思います。中国との合弁会社で最も馬鹿を見たのが日本で、鉄鋼、自動車、新幹線と、基幹産業の多くの分野でその地位を奪われてしまったのですからね」

「市場経済というのは、市場を通じて財・サービスの取引が自由に行われる経済のことだからな。そこに共産主義の国家が介入してくるとなると、俺の発想としてはどうしても対立概念である計画経済と結びついてしまうんだが……」

「それが通常の考え方だと思います。中国国内で創らせた民間企業が上手くいけばこれを国家のものとしてしまい、失敗すれば国家の敵にしてしまう……という、常にいいとこ取りの発想だと思えばいいのでしょう。しかし、その最大の失敗が現在の不動産問題になっていると思います」

「バブル崩壊前夜……というところか？」

「私も現在、その検証を行っているところです。中国不動産大手三社は確実に崩壊すると思っていますが……」

「日本のバブル崩壊どころではないな」

「中国政府にとっては民間企業の経営者を捕まえて、資産等を差し押さえてしまえばたいしたことはないのでしょうが、これに投資をしてきた地方政府と国民は壊滅的被害をうけることになるでしょうね」

「国家は損をしない……という逃げ方か……」

「そういうことです。所詮、共産主義国家にとって土地は国のものですから、そこにいくら高級マンションを建てたところで、土地の価格自体には何の影響も及ぼさないのです。しかも、不動産業者が儲かっている時はさんざん税金で搾《しぼ》り取っていますし、経営者が海外に投資した資産も差し押さえれば済むわけです」

「共産主義の怖さだな……」

「現在、ロシアのオリガルヒの中に不審死を遂げている者が多いと聞いていますが、ある意味ではそれと似ているのかもしれません」

「勝ち逃げはさせない……とでもいうのか？」

「次世代に対して勝ち残る場面を国家が作ってやるだけの話ですね」

「地方はどうなるんだ？」

「地方はトップと担当者を切ればいいだけの話で、そんな連中も裏では稼いだ金を隠匿《いんとく》しているはずです」

「なるほどな……嫌な世界だが、そこが中国共産党の生き残る術《すべ》……というところなんだな」

「ただ、都心部で行われていた一人っ子政策のつけが回ってくることは確実です。ですから、どうしても国家としては海外に対して拡大政策を取って行くしかないのだと思います」

「そうか……そのあたりの構図がわかったらまた教えてくれ。ところで望月ちゃんはインドなのか？」

「シンガポールからマレーシア経由でインドに入ると聞いています。おそらくその後中東に回ると思います」

「俺の最も苦手な地域だな」

「そうでしょうね、酒と女は自由にならないところのようですから」

「そういう意味じゃないよ」

香川は笑って電話を切った。

壱岐は上海を中心とした長江河口地域で現地視察と情報収集を行っていた。

「中国サイバー軍」と称される中国の電子戦部隊は、中国人民解放軍総参謀部第三部二局（中国人民解放軍六一三九八部隊）が中心となっており上海市浦東《ほとう》新区に牙城《がじょう》がある。

この浦東新区は、副省級市轄区に相当し、国務院によって「国家の重大発展と改革開放戦略の任務を受け持つ総合機能区」とされている。国家級新区として設置されて以来、経済的には衰退したものの、上海新都心としての地位を確立している。浦東新区はさらに十二街道、二十四鎮に分かれており、その中でも高橋鎮は特に厳格な管理が行われている地区であった。

壱岐は手始めに高橋鎮の大同路二〇八号にある十二階建てビルの入り口を望む三カ所に監視カメラを仕掛けて、このデータをリアルタイムで通信衛星を使って白澤に送っていた。さらに壱岐は在上海日本総領事館を通じて、このビル周辺のインフラインの地図を入手していた。しかし、このビル周辺には異常なほどの監視カメラがセットされており、壱岐もその画像解析技術を熟知しているだけに、そう簡単に近づくことはできなかった。

壱岐は中国国内では流行らなくなったが、上海でもこの地域ではまだ利用されていたネット式のレンタサイクルを使って周辺を散策し、既に周辺の地理を予《あらかじ》め頭に入れていた。

目的のビルの一ブロック先の保育園の裏手にある公園に、金属ネットフェンスで囲まれているライフライン坑道への入り口がある小屋が建っていた。幸い、保育園に対しては多くの監視カメラが向けられていたが、公園内にはほとんど設置されていなかった。

周囲を慎重に確認しながらオートピッキングを使ってフェンスの入り口の鍵を十秒ほどで解錠して小屋の前に立った。小屋の入り口にもハンドル式の取っ手にクレッセント錠が施されている。壱岐はサムターン回しを使ってこれを数秒で解錠した。

壱岐がカギに関する知識を持ったのは学生時代に「鍵の一一〇番」という店で、あらゆる鍵の開け方をマスターしていたからだった。外務省勤務中はほとんど役に立たない技術だったが、時折デスクやロッカーのカギを忘れた者の錠を自作のピッキングで開けてやって感謝されたものだった。サンクトペテルブルクで香川と行った、今回と同様のケーブル対策で、その隠れた才能を思い出したのだ。壱岐も思わず舌を巻く香川の手際の良さに、帰国後、保管していた鍵開扉セットを自宅のクローゼットの奥から取り出して再訓練を積んでいたのだった。

地下のインフラ用トンネルは、この年さすがに新しく開発されたものらしく、サンクトペテルブルクのそれとは雲泥《うんでい》の差だった。コンパスはスマホに内蔵されているものを利用したが、ほとんど方向感覚だけで中国サイバー軍のビルに辿り着くことができた。

ところが、このビルの壁は異常とも思える厚さだった。しかもビルへの入り口は電子式二重ロックがセットされており、壱岐の技術をもってしても容易に解錠できるものではなく、さらにセキュリティシステムも施されていた。

「流石に国家機密の最先端だけのことはあるな……」

思わず壱岐は腕組みをした。裏からの侵入を一旦諦め、公園の入り口に戻っていると、サイバー軍のビルにつながっているケーブルと同じ仕様のものが、ある建物に接続されていた。地図で確認すると、それは保育園へつながっていた。壱岐は迷うことなく保育園への地下扉をオートピッキングで解錠して侵入した。普通の保育園にしては、地下二階に設置されているコンピュータシステムはあまりに仰々《ぎょうぎょう》しいものだった。壱岐はそのコンピュータシステムに侵入する小道具を秘匿に設置してその場を離れた。

公園の小屋から出る際には、入る時以上の警戒を怠らず、十分な安全を確認してレンタサイクルに乗ると、借りた場所とは全く別の方向にある返却場所で返納の手続きを行った。壱岐が上海で使用したスマホは総領事館の来客用に使われているもので、いわゆる「ジャンクショップ」で購入されたものだった。

日本系のホテルに戻ってパソコンを開き、先ほど設置した保育園のコンピュータシステムに侵入を試みた。職員録はすぐには見当たらなかったが、園児名簿はクラス別にすぐに見つけることができた。〇歳児から六歳児まで合わせて三百人もの園児が通っている。しかも、その親の連絡先は内線電話になっていた。壱岐は不思議に思いながら、ストリートビューで保育園の様子を確認した。そこには「六一三九八保育」の表示があった。

「六一三九八部隊専用の保育園か?」

壱岐は園児名簿を詳細に調べた。そこには園児本人の顔写真だけでなく、父親と母親の顔写真まで掲載されている。これは子どもを保育園に預け、あるいは迎える時の写真照合のために必要なものだろうと推測できた。日本や海外では常識となっている祖父母やベビーシッター等は登録されていなかった。親の連絡先をさらに確認すると、この保育園を利用している両親のほとんどが職場結婚であることがわかった。

「これは珍しいな……」

壱岐はすぐにこの園児名簿をコピーするとともに、白澤にもデータ送信を行った。

するとすぐに白澤から折り返しの電話が入った。

「壱岐さん、凄いことをやっていますね。その保育園に私もアクセスしたいのですが、お願いできますか？」

「ああ、いいですよ。その方が私も助かります。私の業務用パソコンにリモートアシスタンスして、一旦そこから侵入してみて下さい。後は白澤さんにお任せします」

「了解、それではリモート準備をお願いします」

すぐに白澤が壱岐の業務用パソコンを乗っ取った形になった。

「壱岐さんがあまり長時間アクセスしているのは危険ですので、いったんこれでリモートを切って、あとは私が引き継ぎます。その結果は改めてこちらから情報をバックいたしますね」

リモートアシスタンスが終わると、壱岐はやや残念な気持ちにはなったが、壱岐が入り込んでしまった相手は中国選り抜きのハッキングのプロであることを考えると、白澤の言うことはもっともだった。壱岐はたまたまの結果ではあったが、自分自身の運のよさに満足感を覚えていた。壱岐がさらにつぎのターゲットを探そうとパソコンのキーボードに手を触れた瞬間、壱岐のPフォンが鳴った。片野坂からだった。

「壱岐さん、いいものを見つけたようですね」

「ありがとうございます。我ながら運がよかったと思っています」

「六一三九八部隊は中国人民解放軍総参謀部第三部二局の中でも極めて厳しい個人情報の管理がされている分野なんです。よくぞそこに到達できたと私も驚いています」

「若く優秀な人材が集まっている組織であることが、この部分を見るだけで理解できました」

「そうですね……ところで、実は僕も今、中国の国外警察活動を調べているのですが、その一つが六一三九八部隊に情報を送っていることが、今回の壱岐さんが見つけたアドレスからわかったんですよ」

「そうなんですか。アメリカのニューヨークでも同じような活動をしていて摘発されていましたよね」

「日本も同様ですね。留学生の監視が主な狙いのようです」

「日本にも東京以外にあるのですか？」

「主な拠点となっているのは京都と福岡ですね。そして、まだほかにも札幌、大阪にあります」

「留学生をいくら見張っても、中国国内の優秀な学生でさえ、最近は就職難のようです。逆に海外で就職する若者が増えていくような気がしていますが……」

「中国共産党幹部としても人材の流出を最も気にしているのではないかと思います。これまでＩＴ以外では不動産バブルで財を蓄えた者が多い中、今やそれがあだとなって、高齢者を中心に苦境にあるようです」

「そうでしょうね。上海はまだしも、近隣都市の不動産は壊滅的な被害を受けていると聞いています」

「そのあたりも壱岐さんの目で確かめておいていただけませんか？　特に不動産関連の理財商品がどうなっているのかも知っておきたいのです」

「承知しました。幸い、上海の総領事館に後輩がいていろいろと手を貸してくれています」

「それはよかったです。壱岐さんのご人徳でしょう。中国経済の浮き沈みは世界経済にも影響してきますからね」

「そう考えると、最近の日本経済はどうなってしまうのか心配でなりません。今の借金体質を修正できるトップは出てこないのでしょうか？」

「そこもまた人材不足ですね。アベノミクスもある意味でコロナとオリンピックのダブルパンチによって失敗して、それを何とか立て直せる政治家が不在ですからね。さらに追い打ちをかけたのがロシアによるウクライナ侵攻です」

「世界から戦争はなくならないのでしょうね」

「独裁者は必ず戦争をしたがるものです。平和ボケしてしまっている日本人には、これを対岸の火事ではなく他山の石としてとらえてもらいたいものです。今回のロシアによるウクライナ侵攻も、本来ならばターゲットは日本になっていたのですから」

片野坂は、壱岐がここから香港に向かうという報告を受けたのち電話を切って、白澤に電話を入れた。

「白澤さん、先ほどの六一三九八部隊のコンピュータから、上部組織の中国人民解放軍総参謀部第三部二局のコンピュータもしくはサーバに侵入することは可能ですか？」

「実は私も慎重にそれを進めているところなのです。完全に内部回線で、ちょうど警察庁と警視庁間の警察電話システムと同じなんです」

「すると中国人民解放軍総参謀部の本体サーバに入ることも可能ですか？」

「警察庁の場合、本体サーバに入る前に別サーバでスクリーニングされてしまいますので、総参謀部第三部二局のコンピュータに拠点を設定しておく必要があります。いいポイントを探しています。ただ、先日部付がおっしゃった中国の公安当局との接点がわからないのです」

「そうでしたか……中国の警察制度はやや複雑で、共産党の最高指導機関である党中央委員会の下に司法・治安関係業務を担当する党中央政法委員会があります。しかし、この委員会に重要な情報はあまり期待できません。それよりも、その下位組織である国務院の公安部が、中国全土の司法警察活動を指導・指揮しています。また、情報機関である国家安全部も、防諜《ぼうちょう》の必要から公安警察を主体とした司法警察活動を行っており、国家安全部は中国人民解放軍総参謀部と情報を共有しているはずですから、そこから国務院の公安部に遡《さかのぼ》ってみてはどうかと思います」

「そういうルートを使えばいいのですね。部付が現在狙っている中国の省が運営している海外警察を直接管理しているところにはどうやって入ればいいのでしょうか？」

「省級行政区地方政府の公安機関は、省・自治区には公安庁が、直轄市には公安局が設置されています。この中で必要なところは僕が情報をもう少し分析してから連絡しますが、とりあえず国務院の公安部から香港と上海、大連《だいれん》の三カ所の公安庁、公安局に侵入を試みて下さい」

「了解」

片野坂は白澤の能力に託すしかなかった。

数日後、白澤から連絡が入った。

「部付、中国警察の有線システムは驚くほど日本の警察通信と似ていました」

「セキュリティシステムはどうでしたか？」

「機密性、完全性、可用性とも、まるで日本の警察情報管理システムを応用しているような感じでした」

白澤が言ったように、情報セキュリティの確保には三つのポイントがある。機密性は情報の利用者権限の設定を、完全性は情報の処理や伝達が正確であることを、可用性は情報を必要とする者が必要な時に利用できることを意味する。

「すると警察通信内では抜け穴を設定できる……ということですか？」

「はい。ここにも拠点設定しておきました。組織内からの特定内線から補助サーバ経由でメインサーバに入ることができました。それから香港の公安庁と上海、大連の公安局にも拠点設定ができました。ただし、こちらサイドも万が一のことを考えて、ハッキングの中継ポイントを増やしました」

「それはよかったですが、友好国内のサーバに設定したのですか？」

「いえ、香川さんが設定したロシアのサーバを使って、ロシアと北朝鮮経由でロシアの通信衛星を使うことにしました」

「ロシアにバレないですか？」

「ロシアの数ある通信衛星の一基の中の一億分の一の回線を使いますから、現在のセキュリティシステムではまず、見つかる可能性はないと思います」

「さすがですね。いざとなればロシアと北朝鮮が組んで、中国の国家データを盗もうとしていた……ということや、他国の衛星を攻撃する、通称『キラー衛星』と呼ばれる『衛星攻撃衛星』の開発を進める中国に対して『ロシアもやってるぜ』という主張にもなるわけですね」

「そうですね……撤収する時はその兆候だけを残して、こちらは遮断すれば済むことです」

「怖い世の中になってきたものですね」

片野坂の言葉に、白澤が思わず笑って答えた。

「一番怖いのは部付だと思いますけど……」

これを聞いて片野坂も笑って、

「香港、上海、大連のデータだけとりあえず送って下さい」

と、言って電話を切った。

白澤から送られた香港の公安庁と上海、大連の公安局のデータを解析した片野坂は、香港と上海の公安当局が京都にある警察拠点と連絡を取り合っていることを確認した。

片野坂はもう一度、壱岐に連絡を入れた。

「壱岐さん、香港に行った際に一つやっていただきたいことがあるのですが」

「私でできることでしたらなんでもやりますが……」

「在香港日本総領事館で親しい方はいらっしゃいますか？」

「はい、数人いますが。コンピュータ関係の仕事ができるのは一人だけです」

「ほう、そういう方がいらっしゃるんですね」

「中国では北京、上海、深圳《しんせん》、広州の四都市が引き続き都市の発展を牽引《けんいん》するとされています。このため、この四大都市の戦略的新興産業の発展の事情がわかるように専門官を派遣しているのです」

「外務省も情報収集を盛んにやっているのですね……その方と壱岐さんが連絡を取って、ご本人に迷惑をかけることにはなりませんか？」

「それは大丈夫です。彼は今の私の立場をまだ知りませんが、私同様に、現在の日本の情報体制を憂《うれ》えながらも、習近平による中国独裁をも憂えている人物なんです」

「そうですか……それでは香港の公安庁について話を聞いていただきたいのです」

「公安庁ですか？　香港の公安庁の主要メンバーは公安と国家安全部門のエキスパートですよ。中国への反体制的な言動を取り締まる香港国家安全維持法が施行されて、中国政府の出先機関である悪名高い『国家安全維持公署』の延長線上にあるわけで、現在なお米国務省に制裁対象に指定されている者も数人います」

「さすがに壱岐さんもよくご存じなんですね」

「実は私はこの連中との付き合いが嫌で、現在の中国共産党嫌いになってしまったのですから」

「すると、そのお知り合いの方も同じなのですか?」

「いや、彼は私なんかよりも専門職だけあって、その道のプロ意識が強いのです。中国が開発するあらゆる戦略的新興産業に目を光らせていますし、これに協力している日本人や日本企業に対して、いつか鉄槌《てっつい》を下すことを夢見て職務に邁進《まいしん》しているんです」

「実に頼もしい人材ですね……」

「それで香港公安庁の何を調べればよろしいのですか?」

「実は……」

片野坂は京都の海外警察拠点と香港公安庁との繋がり、さらに香港系と思われるチャイニーズマフィアとの接点と、彼らが日本国内で行っている多くの特殊詐欺事案について話をした。

「な、なんと……奴らは中国国内から金を持ち出すことも、海外で稼いだ金をそのまま持ち込むこともできないので、そういうことをやって稼いでいたのですか……きっと、その金は仮想通貨に変わって中国国内や、海外のタックスヘイブンでマネロンされているのだと思います」

「おそらくそうでしょうね。そこで、私が知りたいのは香港公安庁から日本に送り込まれているであろうエージェントの存在なのです」

「人定ですか？」

「できれば顔写真も欲しいところです。もし、そのエージェントが偽造パスポートで入国してくれていれば、こちらとしても徹底的に叩くことができますからね」

「偽造パスポートだと徹底的に叩くことができるのですか？」

「もちろんです。外交特権享受《きょうじゅ》者ではありませんからね」

「なるほど。日本で外交官等身分証明票と免税カードを発行しているのは、外務省の大臣官房儀典官ですからね。外務省が知らないと言えば、在日本中国大使館や領事館も何もできませんね」

「しかも、チャイニーズマフィアや日本のヤクザ等との繋がりが暴露されれば、これまた面白いことになります」

「実に愉快なことが起こりそうですね。さっそく総領事館の本人とコンタクトを取ってみます」

壱岐の嬉々とした声を聞いて、片野坂は新たな展開を期待して電話を切った。

数日後、壱岐は香港に入った。

香港は民主化運動が本国政府によって鎮圧されて以来、若者の活気が失われた街になってしまっていた。壱岐は在北京日本大使館勤務時代から度々《たびたび》香港を訪れていたし、かつてのこの街が好きだっただけに、自己満足に陶酔《とうすい》した悪しき共産主義者の巣窟《そうくつ》に陥ってしまった結果のような現在の香港の街の姿に、何度もため息をついて歩いた。

「これが共産主義国家の行き詰った世界か……」

それは建物の外観が如何《いか》に新しいものに変わっても、その多くがイミテーションに包まれているようにしか、現代中国の急発展を間近で見てきた壱岐には思えないのだった。街の魅力のなさは、かつての活気があった魚市場周辺にも全く違った形で影を落としていた。日本からの海産物が全面的に受け入れできなくなった影響がそこにあった。その影響を最も受けているはずの市場関係者も、店の前に「击中日本鬼子《ジジョンリーベングイズ》」の文字を掲げていた。「日本鬼子」とは日本人に対する蔑称で「化け物と同じ日本人」の意味である。「击中」は「叩け」の意であるため、「日本人を叩け」ということになる。

「もともと教養のない連中だから、上からの指示を鵜呑みにするしかないんですよ」

日本で本物の和食を食べてきたばかりの中国人IT企業オーナーの李克哲《りかってつ》が笑いながら壱岐に言った。李克哲とは壱岐が在中国日本大使館勤務時代に中国のIT関連イベントで知り合い、その能力の高さに驚いた壱岐がアメリカ留学を勧めたことがきっかけで、李はスタンフォード大学に留学し、そこから本格的に連絡を取り合う仲になっていた。

壱岐は片野坂から下命《かめい》を受けた在香港総領事館の友人に会う前に、香港を中心とした現在の中国の問題点を聞いておきたかったため、李とコンタクトを取ったのだった。

「ブーメラン現象とはまさにこのことですね」

「そうですね。広東料理に魚介類は欠かせません。その中でも最高の食材と言われていた日本のフカヒレ、乾燥鮑《あわび》、乾燥ナマコ、ホタテ、さらに最近の流行になっていた本マグロが入手できないのですからね」

「彼らは日本の処理水放出を本当に危険なものと思い込んでいるのでしょうか？」

「真偽はわかりませんが、漁師や市場の関係者は大した教育を受けてきたわけではありませんからね。その点で言えば一流の中華料理人の方が困惑していることでしょう。彼らは香港だけでなく世界を見てきていますし、海外の一流料理人とも連絡を取り合っていますからね」

「一流の中華料理の料理人ともなれば、いろいろな研鑽《けんさん》を積んでいるでしょうからね」

「特に香港はそうですね。その点で言えば北京の中華料理人は中国各地の代表者が集まってきているので、確かに腕はいいのですが、世界を知らない人が多いのです。ですから、いつまで経っても『井の中の蛙《かわず》大海を知らず』ですよ。取り残された人たちですね。その点で言うと日本の和食は確かな伝統の中に洋食や中華を実に巧みに取り入れています。本来の和食の中には牛や豚はなかったのでしょう？」

「そうですね……明治以降の文化と言って決して過言ではありません。日本食の代名詞のようになってしまった『すき焼き』はその最たるものですね」

「おお、すき焼き。世界的に有名な日本の歌のタイトルにもなっていますからね」

「日本では『上を向いて歩こう』というタイトルが、どうして『スキヤキ』になってしまったのか、実はよく知らないんです」

壱岐が笑って言うと、

「この曲を聴いたイギリス人ミュージシャンが知っていた日本語が『ＳＵＫＩＹＡＫＩ』と『ＳＡＹＯＮＡＲＡ』だけだった……という話を聞いたことがあります。それにしても、和食が世界の無形文化遺産になるのは遅すぎる気がしないでもないですが、魚文化、それも刺身のような生魚に欧米人が順応するのは難しかったのでしょうね。その点で中国人は保存食として乾物を使うのに長けていたから、日本から輸入する海産物の多くが乾物になっていたのでしょう」

「そうですね……フカヒレにしても鮑にしても乾燥したものをさまざまな手法を駆使して元の姿に戻した時の味わいには、中国四千年の食の歴史を感じます」

壱岐が答えると李も頷いて答えた。

「私も今の中国共産党は好きではありませんが、中華料理はやはり一番好きですし、中国の各地を訪れてそこの市場や、片田舎に行った時に素朴な農民の老人たちが出してくれた、年に一度帰ってくる子どものために振舞うという、実に手の込んだ優しい料理に驚嘆《きょうたん》したのを覚えています。その子どもたちが帰ってこないので、たまたま訪れた客をもてなしてくれたんですね。相応のお礼をすると驚いた顔をして涙ぐんでいました」

「いい話ですね……日本の田舎でも似たような経験をすることができますよ」

壱岐が答えると李が寂しげな表情になって言った。

「そういう農民が今一番困っているのだろうと思います。無理やり故郷を捨てさせられたばかりか、農業ではなく慣れない労務者として見た目だけは上等な住まいをあてがわれているのですが、定まった仕事もなければ、家にはガス、水道も通っていないんです」

「まだそんなことをやっているところがあるのですか？」

「中国共産党の下級党員のやることはその程度なんですよ。おまけに育てた子どもは帰ってこないばかりか、自分の生活でいっぱいいっぱい。親は子供からも捨てられているんです」

「中国人から孝行《こうこう》の精神がなくなったのですか」

「そういう教育を受けてきたのだから仕方がありません。特に優秀な子どもは親よりも国に忠誠を尽くすことを求められているのですからね」

「それが中国の共産主義ですか……」

「親次第……ですね。親が自分の子どもに何を求めているのか……将来、自分たちを養ってもらうために懸命になっている親も多いのが実情です。それを子どもに見透かされてしまうと、子どもは親から心まで離れてしまうのですね。特に高考で失敗してしまった子どもは可哀想です。本人以上に親が落胆してしまうのですからね」

これを聞いた壱岐は高考をトップクラスで合格していた李に訊ねた。

「李さんのように、いわゆる勝ち組のご家庭というのはどうだったのですか？」

「私は北京大学の現在で言う情報理工学科から上海交通大学の人工知能研究所を経て中国企業で働いていた時に、壱岐さんからアメリカ留学を勧められた結果、スタンフォード大学で情報工学を学びながらシリコンバレーで起業しました。大学時代から民間企業が経済的支援をしてくれたので、学業に専念できたと思っています。支援してくれた企業とはいまだに仕事上の付き合いがありますし、恩返しもできていると思います。親に対しては子どもの頃からコンピュータを与えてくれたことに感謝していますし、まだ私が恩返しする必要がない程度の収入もあるので、楽しい人生を送っているとは思いますが、そろそろアメリカかオセアニアでのんびり楽しみながら暮らしてもらいたいと思っています。年寄りにとって中国は決して環境的にも住みやすいところではありませんからね」

「環境ですか？」

「はい、金はあっても空気も水もきれいではありませんし、最近は年寄りを敬う文化がなくなったような気がします。その点で言えば日本はインフラストラクチャーにしっかり金を掛けているようですね。これは観光立国のフランスなどでも足元にも及ばないと思いますよ。公衆トイレ一つ見ても、あれほど清潔な国はないでしょうね。街にゴミも落ちていませんし、アメリカや中国の各地で見られるスラム街も見当たりませんね」

「そう言われれば、確かにそうですね……これは国民性の問題もあるでしょう」

「ただ、日本に問題があるとすれば、海外からの移民……というよりも難民の受け入れの少なさには、途上国からの厳しい目が向けられていることかもしれませんね」

「日本の難民認定法は厳しい基準が設けられていますからね」

「紛争が起こっている途上国の難民には、さまざまな宗教の中でも原理主義者や少数派の人たちが多いのです。さらに、これが影響して、基本的な教育を受けていないため、受け入れ国内で独自のコミュニティを作って、組織的に問題を引き起こしやすいという問題はあります」

「国内で虐《しいた》げられた人たちですからね。国を捨てる……という決断をしなければならなかった人の気持ちをもう少し理解しなければならないのでしょうが、その国だって外交は行っているのですよね。そうなるとUNの存在意義が問われるのではないですか。今やUNに存在意義も存在価値もないと思いますけどね」

「しかし途上国にとっては必要不可欠な存在であることは間違いありませんよ」

「途上国というのは、先進国に比べて経済発展や開発の水準が低く、経済成長の途上にある国のことでしょう？　さんざん核やその他の兵器を作っておいて、途上国面《づら》している大国もありますからね。その国が途上国の代表のようにふるまいながら、金や食料を貸し与えてUN内での発言力と支持を得ている。先進国でも途上国でも一票は一票。まさに買収された汚れた汚れた一票です」

「汚れた……壱岐さんとは思えないような発言ですね。それはロシアや中国を指しているのでしょうが、そんなに両国が嫌いになってしまわれたのですか？」

「両国の現在の政治体制は嫌悪しますね。白を黒だと平気で口にするスポークスマンが多いですからね」

「なるほど……しかし、それはアメリカもそうではありませんか？　大統領選挙の際の罵《のの》り合いを聞いていたら、あの国のリーダーには知性というものがないのではないかと思ってしまいますよ」

「確かにトランプという人物が登場してから、アメリカ大統領に対する見方が変わってしまったのは事実ですし、それに絶対服従するような日本国の首相がいたのも事実です。ただし、アメリカと中国・ロシアとの最大の違いは、アメリカ人が亡命するということは一握りの犯罪者を除いてないということです」

「自由の国ですからね……中国、ロシアのような独裁国家との違いがあるのはよくわかります。中国国内でも現在の香港を見れば、その将来に危機を感じている市民も多いんです。十二月に行われる香港区議会選挙の投票率は三割にも満たないのではという予想もありますからね」

「やっても意味がない選挙であることを七割以上の香港市民が感じ取っているのでしょうね。私も、今回、香港に来てあまりの活気のなさに驚きました」

　壱岐の言葉に李が頷いて答えた。

「香港に憧れて本土から押し寄せてきた人たちの逃げ場がなくなってしまったのですよ。通貨の香港ドルこそ世界有数の取引高があり経済価値はまだ高いとはいえ、政治環境は欠陥民主主義と酷評され続けている現状は如何ともし難いものです。平均寿命が男女とも世界一の香港市民ですが、大気汚染は世界有数ですからね」

「結果的に優秀な若者が逃げ出す名前だけの行政特別区に陥ってしまったわけですね」

「まあ、返還当初からこうなることはわかってはいたのですが、ここまで露骨な民主主義排除の手法を執《と》るとまでは思ってもみませんでした。習近平の焦りが最初に露呈した現実でしたね」

　李が思わぬことを言ったので壱岐が訊ねた。

「そして次が台湾ですか……」

「それが習近平にとって当面の第一の目標でしょうからね」

「一帯一路はどうなると思われますか？」

「ゴール地点のＥＵ諸国がＮＯの意思表示を出しているのですから、結果的には無理でしょう」

「すると台湾だけはなんとしても……という空気なのでしょうね」

「あとは台湾の人々の意志次第ですね。中国本土からの金を目当てにしている観光地の人は多いですからね。中国の傘下に入らずとも、政権交代はした方がいいと思っている若者も多いのは事実です」

李の話を聞いて、壱岐は現在世界各地で行われている戦争や紛争の被害者となっている国民の姿を思い起こして呟くように言った。

「戦争だけは誰もしたくないですよね……」

すると李が壱岐に訊ねた。

「壱岐さんは香港で何を見たいのですか？」

「見たいというよりも、現在の香港の人々の空気を感じたかったのです。そして香港公安庁の動きも見てみたいですね」

「香港よりも深圳を見てきた方がいいと思いますよ。活気が違いますから。それに香港公安庁ですか……。今以上に中国共産党嫌いになってしまうと思いますよ」

李は香港公安庁のことは自嘲的《じちようてき》に笑いを浮かべて言った。

「深圳ですか……経済特区に指定されて、北京、上海、広州と共に、中国本土の四大都市に成長したのですからね。それに香港公安庁はそんなに威圧的なのですか？」

「先に香港公安庁について言えば、あまり近寄らない方がいいと思いますよ。あらぬ嫌疑をかけられて身柄を拘束されでもしたら、数カ月は出てくることができなくなります。香港公安庁の内情についてなら私が教えますよ。他方、深圳については『北上広深《ベイシャングエンシエン》』の一つであり、今や『一級都市』に分類されています」

中国の行政区分は、省級、地級、県級、郷級という四層の行政区のピラミッド構造から成り立っており、省級には「省、自治区、直轄市、特別行政区」が含まれている。この行政区分とは別に、全国的な政治活動や経済活動などの社会活動で重要な地位を持ち、指導的役割を果たし、波及力《はきゅう》・牽引力を持つ大都市を「一級都市」と呼ぶ。北京、上海、広州、深圳の頭文字を取って「北上広深」とも称される。なお、省級行政区の中で最も重要とされる直轄市は、北京、上海、重慶《じゅうけい》、天津《てんしん》の四市である。

壱岐は李の意を汲《く》んで香港公安庁のことについては、以降口をつぐんだ。

「深圳は一時期中国のシリコンバレーと呼ばれていましたが、最近では北京市の海淀区が頓に有名になってきたようですね」

「中関村のことですか？　まだまだアメリカのシリコンバレーの足元にも及ばないのが現状です。ただ、北京市の中で海淀区と、これに隣接する朝陽区、西城区の三つの区の中に、中国四大軍需産業の本社があるのは注目されるところです」

「軍需産業ですか……中国はロシアを抜いてアメリカに次ぐ世界第二の武器製造大国になっているようですからね」

「さすがに情報が早いですね」

李の目がキラリと光ったのを壱岐は見落とさなかった。壱岐が冷静に答えた。

「先ほども言ったように、私は戦争が嫌いなのです。アメリカやロシアがかつての東西問題を引き起こしていた最大の原因が武器の製造だったわけです。そこに最近では北朝鮮の武器輸出が注目されているだけでなく、日本までもが武器輸出をしようとしている中で、中国が世界第二の武器生産国になってしまったことに、ある種の絶望感を持っているのです」

「絶望感……ですか？」

「中国、ロシア両国が途上国だと主張していることを忘れてはいけないと思っています」

「途上国ならば、自国の国民を豊かにするための産業を育てよ……ということですか？」

「中国は世界の警察になることはできないからです」

「どうして中国が世界の警察になってはならないのですか？」

「これまでの中国がアフリカ等に行った経済支援のほとんどが債務《さいむ》の罠に結びついているからです。しかも南スーダンでは内戦に乗じて油田利権を獲得しているじゃないですか」

「そんなことまで知っているんですね。しかしあれはUNがバックで動いたんですよ。中国は南スーダンの敵対国家であるスーダンの最大の支援国でありながら、国際連合アフリカ連合ダルフール派遣団にも中国人民解放軍を参加させ、南スーダンでも積極的に国連平和維持部隊を派兵してインフラ整備に携わるという、二枚舌外交を巧みに行った結果だったのですからね。そんなことよりも中国の軍需産業の実態を見てきた方がいいのではないですか？」

「中国の軍需産業と言えば、筆頭は中国航空工業集団なのでしょうが、あの会社はあまりに守備範囲が広すぎるんですよね」

「確かに中国航空工業集団には二百社を超える子会社がありますが、その中でもナンバーワンは『南昌《なんしょう》飛機製造公司』でしょうね」

「ナンバーワン……軍需産業として……ですか？」

「そうです。江西省の省都である南昌市にあるこの会社は、軍用航空機、巡航ミサイルなどの生産、研究を行っているのです」

「中国共産党にとって江西省は特別な地でですからね」

「さすがによくご存じですね。毛沢東の井岡山革命根拠地ですし、江西省の瑞金《ずいきん》は『現代中国のゆりかご』と、呼ばれた特別な地ですからね」

「その江西省の省都の南昌市ですか……」

「南昌は工業都市で、中国で最初の飛行機、最初のトラクター、最初のオートバイ、最初のミサイルが誕生した地なんですよ。最近では情報産業やバイオテクノロジーなどの新産業も次々に生まれています」

「そうだったのですか……見てみたいですね」

壱岐はまだまだ知らない中国の奥深さに身が引き締まる思いだった。

「南昌飛機製造公司を見学することはできないにしても、その地の空気に触れることは勉強になるかもしれませんよ」

「香港から空路でどれくらいですか？」

「香港からは直行便がないのですが、隣の深圳からだと二時間弱だと思いますよ」

「そうですか……一度、足を延ばしてみたいですね」

壱岐は礼を言って李と別れた。その足で在香港日本国総領事館に電話を入れ、元同僚の杉野《すぎの》利男《としお》参事官を呼び出してもらい、香港島の中環にある総領事館が入っているビジネスセンター内のバーで待ち合わせた。

「壱岐さんお久しぶりです。たまに中国にもいらっしゃるのですか？」

「いい方に拾われて、現在はコンサルティングの仕事をしながら中国を中心として世界各地の情勢分析を行っている最中なんだ」

「世界を股にかけた仕事ですか……羨ましいなあ」

「決して楽な仕事ではないんだが、紛争地に行かなければならないこともあって、アメリカで傭兵のトレーニングまで受けさせられたよ」

「傭兵……ですか？　そんな危険なところにも行かれるのですか？」

「まあ、これからだろうけど、仲間にも恵まれているから何とかやっていけるだろう」

「どれくらいの規模の会社なのですか？」

「親会社は、それなりに大きいんだが、新しく創ったセクションなので、今はまだ試行錯誤だな」

「うちのＯＢは他にはいないのですか？」

「いや、君が知っているかはわからないけれど、中東担当にいた望月さんがいるよ」

「望月……って、国際テロ情報収集ユニットにいた望月健介《けんすけ》のことですか？」

「ほう、よく知っているな」

「辞める時に副大臣をクビにした人……と聞いていますが……」

「クビにしたのは政府だろう。望月さんがそうさせたわけじゃない」

「ジョンズ・ホプキンズ大学出の変わった人だという噂は聞いたことがあります。現在も中東にいる……とも」

「中東だけじゃなくて、アメリカやヨーロッパを転戦しているな」

「転戦って、やっぱり傭兵として闘っているのですか？」

「いや、シーア派原理主義の連中とは闘っているようだけど、今は武器を持っていないようだね」

「今は……ですか……。ところで、今回は香港にはどのようなご用件でいらっしゃったのですか？」

杉野とは一時間の約束だったため、杉野もモヤモヤを晴らす前に本題を切り出したかったようだった。

「全世界で中国共産党が海外警察を展開しているのは知っているだろう？　実はその海外警察を拠点としてさまざまな特殊詐欺を行っていることがわかったんだ」

「特殊詐欺……ですか？」

「アメリカでは不動産詐欺、日本では投資詐欺、欧州では古美術品詐欺等々だ。しかもそのバックにチャイニーズマフィア等の反社会的勢力が介在している。中でも日本では香港系のチャイニーズマフィアとヤクザが複雑に絡んでいて、その連絡が、どういうわけか香港公安庁に届けられていることがわかったんだ」

「わかった……って、捜査機関からの情報なのですか？」

「アメリカのＣＩＡやＦＢＩ、そして警視庁公安部からの情報もある」

「警視庁公安部……そんなところからの情報が入るほど、大きな組織なのですか？」

「警視庁公安部も重要なクライアントだということだよ」

杉野は腕組みをして壱岐の顔を覗き込むような姿勢になって訊ねた。

「そうなんですか……すると、香港公安庁のエージェントも日本に入り込んでいる……ということですか？」

「今はその事実を否定できない程度の情報なんだが、すでに国内の一都市で数百億円の被害がでており、その金の流れを追っているところらしい。そうかといって、警視庁公安部が香港に乗り込んで捜査をすることはできないので、コンサルティング会社の調査部がわかるところまで探ることになったんだ」

「なるほど……面白い仕事ですね……香港公安庁のエージェントの名前等はわかっているのですか？」

「現在解析中のようだな。そこで……だ。杉野は香港公安庁とは付き合いはあるのか？」

「一応、連絡は取り合っていますよ。お友達にはなれませんが、日本国民が事件等に巻き込まれることもあるため、お互いに必要最低限度の情報交換はできるようにしています」

「それは表面上のことだろう？　協力者をつくるのが杉野の本来の仕事なんじゃないのか？」

「相変わらず厳しいなあ、壱岐さんは。僕も早く壱岐さんのようになりたいですよ」

「それで、どうなんだ？」

「数人の協力者は金を摑ませて飼っていますよ」

「飼ってるのか……」

「ただ、まだ単に金についてきているだけで、本当の意味の協力者には育っていません。適度に餌《えさ》をまいて喰わせている程度です」

「金はこちらで用意するから、ちょっとだけ特別な仕事をさせることはできるか？」

「仕事内容はどういうものなのですか？」

「香港公安庁の数人の職員の職場内に関する個人情報だ」

「なるほど……その程度ならできるのではないかと思います」

「数週間後に二、三件用意するから、どこの部署でどんな内容の仕事をしているのかだけを知りたいんだ」

「わかりました。そうすると、壱岐さんはその間、こちらにいらっしゃるのですか？」

「中国国内を転々としているつもりだ」

「なんだか自由人のようでいいですね。僕も壱岐さんのことをもっと聞きたいです」

「次回はゆっくり話をしよう」

二日後、壱岐の姿は南昌市にあった。

「これが二千二百年の歴史を持つ都市か……」

あらかじめネットで検索はして一応の情報は得ていたが、その地に立つと、これまで見てきた中国の「国家歴史文化名城」の大都市とはまた違った趣があった。

「二千年の歴史といえば西安《せいあん》も航空部門で有名だったな……」

西周から秦、漢、隋、唐の時代にかけて十三の王朝の都であった長安《ちょうあん》は、明代に西安と改称された。唐代末期の戦乱で荒廃したため都が洛陽《らくよう》に移された。この「西」は、長安から洛陽への移転を示しており、洛陽を中心として「東西南北」の「京」の名が付けられた。

現在の西安には西安飛機工業公司があることもあってか、中国人民解放軍空軍関連の施設等が多く、大学でも中国人民解放軍エアフォース大学、同ロケット軍工学大学、同空軍西安飛行学院の三つがあり、これに付随《ふずい》した病院も、最高等級（ＡＡＡ）病院として、中国人民解放軍空軍軍医大学西京病院、空軍軍医大学唐都病院、空軍軍医大学航空病院が置かれている。

壱岐は南昌市の書店で買い求めた市の地図を広げて南昌飛機製造公司の場所を確認したが、予想したとおり地図には記載されていなかった。そこで南昌市に入る前に香港でインターネットを使って確認した航空地図の画像をプリントアウトしたものを参考にして、気になっていた場所にレンタカーで向かった。南昌市の中心近くにある八一広場から地図上では真東に伸びているはずの国道三五三で約二十キロメートルにある二千メートル級の滑走路がある場所である。中国の地方都市では、地図と実際の地形が全く異なるところも多く、特に軍の基地や国防関係施設が置かれているところは、その傾向が顕《けん》著《ちょ》である。このため、地図を信用することなく、衛星写真を参考にするのが現地在住者でない者にとっては当たり前のことだった。

高速道路を使って大きく迂《う》回《かい》するルートを採《と》って、約四十分で現地に辿り着いた。そこが商用航空機開発会社の研究所の表示がありながらも、明らかに軍関係者の車両と輸送機数機がエプロンに駐機しているのが確認できた。

滑走路は厳重に二重の柵で囲われており、周囲にはネズミ一匹見逃さないという姿勢を示すかのように監視カメラが設置されている。さらに周囲に壱岐の車以外にはほとんど通行していなかった。安易に車から降りてその場を写真撮影するのは危険であることは明らかだった。このため壱岐は小型カメラを運転席の右窓に養生テープで固定して、移動しながら動画撮影を行った。滑走路を四分の一ほど過ぎた時、空軍の戦闘機であるJ—一六が五機編隊で轟音《ごうおん》と共に着陸した。すると前方三百メートルの地点に日本の地方の有料道路にある料金所のような設備があるのに気付いた。

「これ以上深入りしない方が賢明かな……」

壱岐はそう呟きながら車を左折して農道に入れ、滑走路からいったん離れた。幸い、追ってくる車両はいなかったが、早めにレンタカーを返却する方がいいと判断した。

南昌駅近くのレンタカー会社に車を返却していると、係員からレンタカーの通行ルートがプリントアウトされたものを示されて訊ねられた。

「こんなところに何をしに行ったのか？」

「友人が勤めている会社がここにあるはずだったのだが、道に迷ってしまい、地図をホテルに忘れていたのを思い出して帰ってきたんだ」

「何という会社だ？」

「南昌商用航空機公司だ」

壱岐が流暢《りゅうちょう》な北京語で会話をし、しかも北京市発行の運転免許証を示していたため係員もそれ以上訊ねることはなかった。そこで壱岐は地図を係員に示して訊ねた。

「江西革命烈士紀念堂と南昌八一起義紀念館に行きたいのだが、そこが載っている道路地図を売っている店はないか？　香港で買ったこの地図は嘘ばかりで困る」

係員はそれを見て笑いながら答えた。

「その地図は外国人用の地図だ。そりゃ道に迷うはずだ。気の毒なことをしたようだから、この地図をやるよ」

係員はレンタカー会社が作成したと思われる折り畳み式の地図をカウンターの下から取り出して壱岐に示した。壱岐はそれを広げて見て、驚いたように大袈裟《おおげさ》に言った。

「この地図では八一大道も全く違うところを通っているし、南昌駅さえ載っていないんだな。こんな地図を作った会社を訴えてやらなければいけないな」

「まあ、こんな田舎町に来る外国人は少ないだろうし、中国人でも共産党幹部くらいのものだ。あんたも江西革命烈士紀念堂と南昌八一起義紀念館に行きたいと言っていたが、共産党幹部なのか？」

「幹部というほどでもないが、全人代には出ている」

「そりゃ大幹部だ」

係員が驚いたように言った。

「まさか。大幹部が自分でレンタカーを借りて道には迷わないだろう？」

「いやいや、そういう自分の足で現地を見て回る人が本当の大幹部なんだ。未だに現場を知りもしないで偉そうに言う幹部が多いのが現状だ」

「そのあたりのことを正さなければならないというのが我々の仕事でもある。この地でそのようなことがあっては先達《せんだつ》に申し訳ないことだ」

「これからホテルに戻って、また車を使うのなら、そのまま使ってもらってもいいのだが……」

「一応、友人に電話を入れてから改めて伺うことにしよう。相手を驚かせようと思った自分が間違いだった」

係員が笑顔で頷いたのを見て、壱岐はカード決済をしてレンタカー会社を離れた。

一旦ホテルに戻った壱岐は撮影した画像を確認してデータ化すると、ＵＳＢ記憶媒体に移してカメラのデータを抹消《まっしょう》した。地方都市のホテルの電話は全て盗聴されていることは常識だった。さらにホテル内のＷｉ－Ｆｉも同期されているし、中国国内でのインターネット接続も監視対象であることは自明の理だった。北京や上海でも、日系ホテルしか使わないのが日本の外交官としての常識だった。このため壱岐は衛星通信ができない場所では一切の通信手段を使ってはならないことを自覚していた。

壱岐が南昌で確認したかったのはバイオテクノロジー企業とミサイル関連企業だった。バイオテクノロジー企業は江西革命烈士紀念堂の近くにあることを調べていた。

この十年の間、中国のバイオテクノロジー分野での躍進はめざましく、既にアメリカを追い越しているとも伝えられている。これは新型コロナウイルスワクチンに関しても注目され、中国は独自のワクチンを開発して国内需要を自国製ワクチンだけで賄《まかな》っていた。中国製新型コロナウイルスワクチンに関して壱岐は片野坂から「新型コロナウイルスが武漢の中国科学院武漢ウイルス研究所から始まったことは世界中の誰の目から見ても明らかなのに、中国はこれを公然と否定している。僕が中国のウイルス政策を信用していない最大の理由は、中国政府が発表している中国国内における新型コロナウイルス感染者と死者の数なんだ。感染者数は世界で四十九位の約四百万人。そして死者数は世界十六位の約八万七千人なんだけど、死亡率は四パーセントを超える、世界でもワーストテンに入るような比率なんだよ。だいたい、中国全体の感染者数が香港よりも少ない……というのも笑い話のような話なんだけどね。それを堂々と発表しているＷＨＯのレベルも疑われてしまう」と聞かされていた。

その中国科学院武漢ウイルス研究所の四つの主要研究部門の一つであるウイルス学は、中国の大学ランキングでトップテンに入る武漢大学のチームによって主導されていた。中国中央部で戦略的に重要な湖北省の省都武漢市と、湖北省に隣接する江西省の省都南昌市に位置する「南昌国家バイオ産業基地」は、南昌市の中心部にある東湖区の江西革命烈士紀念堂近くにあった。この地域には日本企業も数社進出していた。

壱岐はＪＥＴＲＯ（独立行政法人日本貿易振興機構）の友人に連絡を取って日本企業の中国総経理を紹介してもらった。

「南昌ハイテク技術産業開発区、南昌経済技術開発区の二つの国家級開発区があるのですが、後者の中に南昌国家バイオ産業基地が含まれているのです」

四十代後半に見える、ガッチリした体軀の医療関連企業の中国支店長（総経理）がオフィスで概要の説明を始めた。

「確かにとてつもない広さですね」

「そうですね。南昌市は江西省経済の三割を超えているんですよ。それだけでなく中国国内で調和がとれた都市のベストテンにも選ばれているんです」

「調和……確かにそうですね。この地を少し回っただけで、北京や西安とは違った、歴史と文化を感じることができました」

「その感覚はよくこの街を言い当てていると思います。ところで壱岐さんが南昌に来られた目的はやはり進出目的ですか？」

「クライアントからの事前調査の依頼なのですが、いま世界がこういうご時勢ですから、中国に進出していいものなのか判断に迷っている状況です」

「壱岐さんは外務省の外交官として北京の日本大使館に勤務されていらっしゃったと聞き及んでおりますが、外交のプロからみても判断しがたいものなのですか？」

支店長が真顔で訊ねたので、壱岐も正直に答えた。

「最近の外交や経済政策に関して習近平の本意が伝わってこないのが原因なのです」

「不動産バブルが与える影響は大きいかとは思いますが、産業全体では思ったほど落ち込んでいないようですが……」

「不動産バブルといっても、中国の場合、都心の物件は大した下落はないのですが、地方は壊滅的な打撃を受けています。当然ながらこれに投資をした人は都心部に住んでいる人ですから、この投資のミスが今後じわじわとボディーブローのように効いてくる可能性がありますね。そしてこの不動産開発に金を出した地方政府にも同様のことが起こると考えられています」

「数万人単位での粛清が始まるのかもしれませんね」

「共産党内の粛清は残酷ですからね……」

壱岐の言葉に支店長は思わずゴクリと生唾《なまつば》を飲み込んで言った。

「私も仕事の関係上、多くの共産党幹部の方とお付き合いがあります。その中には今、壱岐さんがおっしゃった地方都市で前任者から引き継いだ不動産の不良債権処理に追われている方もいるのですが、そういう方も影響を受けるものなのでしょうか？」

「一概には何とも申しようがないですね。中国共産党の幹部序列の維持の面から考えると、引継ぎを受けた段階で中央に対して事実関係を申告しているかどうか……によって連帯責任を免《まぬが》れることもあるようですが、それがなかなかできない体質が残っているのも現実です」

「連帯責任……ですか……厳しいですね」

「中国共産党の伝統的手法ですからね。特に高齢幹部のミスは絶対に許されない……下手をすれば獄に入る場合もあります」

「そうなると一家離散のようなものですね」

「もしそこに何らかの不正があったとすれば、そうなりますね」

「中国にも北朝鮮のような収容所施設はあるのですか？」

「そう聞いています」

支店長は大きなため息をついて数秒間目を閉じた後、壱岐に訊ねた。

「現在、わが社はサプライチェーンの一部を担う子会社を中国との合弁でやっているのですが、どういうわけかこの分野の業績が向上せず、現在、縮小を検討中なのです。そういう場合に、政府からの何らかの圧力を受けるものなのでしょうか？」

「全て数字で明らかにしておくことが大事で、合弁先の企業と言っても、国家プロジェクトにかかわる企業ですから、必ず党中央から派遣されている者が幹部になっているはずです。その者の性格をよく摑んでおくことですね」

「合弁相手は眼中にない……というか、やや見下しているような態度で、常に中央ばかりに目が行っている人物なんですよ」

「しかし、御社は業績を上げていらっしゃるじゃないですか」

「子会社の問題点はよくわかっているので、その点についても合弁先企業の幹部と話をしているのですが、本当にやる気がないので、別会社を敢えて作ったほどなんです。合弁企業というのはそういうものなのでしょうか？」

「業種によるかと思います。御社のような製薬・バイオテクノロジー業界、さらには防衛や宇宙産業分野の伸び率は著しいものがありますから、技術を盗もうとする連中にとってはやる気を出すはずなんですけどね……。知的財産の漏洩《ろうえい》は起こっていないのですね？」

「知的財産分野は合弁の外にあるため、彼らもそれを取り込もうとしていたのですが、それは企業としての生命線なので、全て日本国内から持ち込んでいるのです」

「なるほど……先方からすれば思惑《おもわく》が外れた……というところなのでしょうね。それでも業績が伸びているので引くに引けないお家の事情があるのでしょう。いっそのこと、期限を設けてやるかやらないかを先方に判断させてはどうですか？　負の遺産を抱えておく必要はないですし、新人採用の見直しをこちら側でやってみるのも一つの手かもしれません。やる気のある若者はたくさんいますよ」

「そうですね……確かに大事なことですね」

「それはそうと、危機管理面についてのお伺いなのですが、日本本国との通信連絡はどうされているのですか？」

「それは全て日本の通信衛星を使っています」

「なるほど、中国国内の一般通信回線は使っていないのですね」

「それは怖くてできません。メインコンピュータは単独で外部からのアクセスは全くできないようにしていますし、内部のアクセスも外線とつながっていないパソコンしかできませんし、使用者権限も厳重に設定しています」

「さすがですね」

「それくらいやっておかなければ中国に進出する最低限度のリスク管理にはなりません」

「社員の人事管理や業務管理も厳重なんでしょうね」

「そこに最も気を遣《つか》っています。かつて日本国内でも一時期問題になった学術会議ＯＢの方を採用していたのですが、いつの間にか中国の千人計画のターゲットになってリクルートされてしまったんです」

千人計画（Thousand Talents Plan）とは、海外に住む科学者、学術関係者、起業家を中国に呼び戻すことを奨励する計画である。この計画により、二〇〇八年以降、約七千人の専門家がリクルートされ、そのうち千四百人は特にバイオテクノロジーや生命科学への関与を理由にリクルートされた。

「学術会議会員の千人計画によるリクルートですか……それだけ日本の大学の研究機関や企業に金がない……ということなのでしょうが、なんとも情けない話です」

「日本企業の場合、優秀な人材は手放さない……というのが原則なんですが、アメリカをはじめとして優秀な人材ほど転職するのが当たり前ですからね。終身雇用なんていうくだらない制度は、ダメな社員を残すだけの悪しき慣例になっていくことでしょう」

「それは公務員の中にも大きい問題です。ただ、公務員の場合には一般国民の個人情報に触れていますから、どうしても切ることができないのです」

「なるほど……私も日本の役所の人の多さに呆れてしまうことが多いですよ。今後、生成ＡＩが発展していくと、どれだけの職員が淘汰《とうた》されるのだろうと思いますね」

「それは案外早い時期に来るかもしれません。そのために公務員の解雇条件を緩和することが前提になりますし、公務員の労働組合に多くいる左翼系の排除が大事になってくることでしょう」

「公務員の中にもまだそういう人がいるのですか？」

「始末に負えない連中もいるのが実情です。彼らもまた『利権』によって組織を守るために必死なんでしょうが……。それはそうと、この地域、というか国家バイオ産業基地のインフラストラクチャーはどうなっているのですか？」

「これは中国国内の国家産業基地はどこも同じのようですが、集中地下設備が充実しています」

「電気や電話等もですか？」

「そうです。Ｗｉ－Ｆｉ、上下水道、ガスも含めて、東京の銀座にある共同溝の数倍はある大掛かりな地下トンネルですよ」

「そうなんですね。インフラが整っているのは工業団地のような地域には最低条件なんでしょうね」

「そのとおりです。最近の日本の工業団地もそうなっているようですが、やはり中国は規模がでかいですね。日本も見習うところは大きいと思いますよ」

「そうですね……相手は国家ですから。日本ではどうしてもこぢんまりとしたものになってしまうのでしょうね。そのために万博のような国家事業の跡地をそのような場所に利用しようとしているのでしょう」

「万博……もうそういう時代じゃないと思いますが、やはり何らかの利権を連想してしまいます。オリンピックも同様ですけどね」

「日本には世界有数の広告代理店という仕切り屋がいて、政治家とズブズブの関係になっているのも問題なんですよ。そんな政治家もそろそろ淘汰される時期になってきていますけどね」

「そうあってもらいたいものです」

ようやく支店長の顔に落ち着きが出てきているのを壱岐は感じ取ったようだった。

「ところで支店長、この南昌ハイテク技術産業開発区の地図のようなものはあるのですか？」

「ありますよ。南昌市が作ったものと、南昌ハイテク技術産業開発区が独自に作ったものがあります。ただし、前者は新規参画企業募集用にできているので、地図上の面積等があまり正確とは言えませんが……」

「それは中国で市販されている地図のいい加減さを見ればよくわかります。市販の南昌市の地図も実にいい加減ですからね。レンタカー会社が作成したものが一番だということがやっとわかりました」

「中国の国内地図でしっかりしているのは北京と上海、香港ぐらいのものですよ。国家が載せたくない場所は地図に載せないのが原則なのですが、最近は衛星写真地図が出てきているので、ごまかしようがないのですけどね。南昌ハイテク技術産業開発区が独自に作った地図を差し上げましょうか？」

「ありがとうございます。部外秘にしておきます」

「日本企業の信用できる方にならば大丈夫ですよ。隣に敵対企業がいるのも嫌でしょうからね」

支店長が笑いながら言うと秘書に新しい地図を持ってくるよう、インターフォンで伝えた。

壱岐は地図を受け取って謝意を伝えると、支店長が壱岐の携帯電話番号を訊ねてきたので警察電話でない方の日本国内での番号と、中国国内用の携帯番号を伝えて別れた。

レンタカーの中から壱岐は香川に電話を入れた。

「おう壱岐ちゃん、中国旅行を楽しんでいるかい？」

「今、南昌市に来ています。上海では先輩に習った地下のインフラ共同溝からターゲットに入ることに成功したのですが、南昌市の場合はハイテク技術産業開発区内なので同じようなことができるものか心配になって連絡してみました」

「いいタイミングだった。中国に新たにできたハイテク技術産業開発区には多くの監視カメラが設置されているはずだ。むやみに入るとすぐに公安にキャッチされてしまう。やめた方がいいな」

「何か手立てはありませんか？」

「そのハイテク技術産業のターゲットはどういう企業なんだ？」

「バイオテクノロジー関連企業です」

「バイオテクノロジーか……そこを狙って、日本にとって何の利益があるんだ？」

「中国は世界中からバイオテクノロジー分野の専門家を集めています。彼らが何を狙っているのかわかるかもしれません」

「千人計画か……日本人化学者も金に釣られて、相当やられているみたいだからな。壱岐ちゃんがその企業の中で絞り込んでいるのは、新型コロナウイルスのような新たな脅威についてなのか？」

「それも含めてですが、今の習近平は何をやらかすかわかりませんからね」

「チンピラは毛沢東を意識し過ぎているからな……文化大革命までも毛沢東の『錯誤』から『苦労と探索』にすり替えられるくらいだ。もはや中国の民主主義の根は枯れてしまったというしかないだろう」

「自分の名前を中国史に残すだけのためにやりたい放題……ということですか？」

「このままでは世界史に『愚の独裁者』として名前が残ることを認識できていない……としか言いようがないな。だから、軍部のバカ幹部までが勝手な発言をするようになってしまう。しかし、新型コロナウイルスが拡散した中国科学院武漢ウイルス研究所には、中国だけでなく、フランスやアメリカも資金提供をしていたわけだからな。新型コロナウイルスは当面闇から闇……で幕引きするしか仕方がない問題なんだ」

「そうなんですか……片野坂部付は武漢ウイルス研究所から人為的ミスで流出したことは間違いない……という表現でしたが」

「それは事実ではあるんだろうが。それを今さら立証しても仕方がないだろう。中国に損害賠償を請求できるわけでもないんだからな。そのバイオテクノロジー関連企業から何らかのデータを確認するのだったら、その企業と合弁している日本企業からのルートもあるだろう？」

「日本企業を利用するのですか？」

「一番楽じゃないか。おまけに中国で儲けようとしている会社なんだろう？　当然、リスクも負っているわけだ」

「心苦しいですね……」

「その日本企業だって、どれだけ中国から情報を盗まれているかわからないぜ。なんなら、その盗まれているだろう情報を見つけてやればいいじゃないか」

香川の発想に壱岐は驚くやら呆れるやらの思いだったが、確かにその言葉に一理あるようにも思えるのが不思議だったようだ。

「香川さんはそうやってこれまで仕事をされてきたのですね」

「中国やロシア相手に仕事をしていて、リスクを考えない企業なんてあってはならいんだが、それを見誤ってしまう企業や団体があるのも事実だろう？　中国相手の仕事を八割なんて会社は経営そのものがハイリスクであることを当然のように認識しておくべきなんだ」

「なるほど……北海道のホタテのような場合ですか？」

「そうだな、最後には国におんぶにだっこ、ですり抜けようとしている。『地元には売らない』とふんぞり返っていた業者も実際にあったようだからな」

「その話は有名ですね。『ホタテ御殿《ごてん》』を建てたり、国内価格を三倍に釣り上げていたりした連中もいたわけですからね。かつての鰊《にしん》御殿の二の舞ですね」

「まあ、ホタテはともかく、マグロ一匹に中国の業者と競り合って三億の値を付けるような馬鹿な連中が、漁師をダメにしてしまうことも忘れてはいけないんだ」

「その件は大批判を浴びて、翌年はキロ単位で十分の一以下になってしまったのでしたね」

「そうだったな……くだらない争いをしていると、常識ある世界の国から馬鹿にされてしまう。今や、殻付きホタテの値段も欧米向けは大幅下落しているようだけどな。ま、そんなことより日本企業を使わせてもらうんだな。そういう企業は危機管理も結構甘いからな」

電話を切った壱岐は自分なりの文章を考えて警察通信システムを活用して白澤宛にメールを送った。

翌朝、白澤からメールの返信があった。いくつかの質問事項が記載されており「チャットでも電話でもいい」との記載があったため、壱岐は直ちに電話を入れた。

「白澤さん、仕事がお忙しいところ恐縮です」

「いえいえ、私は皆さんのような協力者をたくさん持っているわけではないので、時間はあります」

「それでも協力者を獲得されているのですね？」

「一応、公安部員ですから……」

「警部に昇任されたのでしたね」

「昇任試験は警視庁内の全体テストですから、公安部員として評価されたわけではありません」

「そんなことはないと思います。公安部内の序列も付くわけですから、上位でなければ最終合格はしないと聞いています」

「階級に応じた仕事ができるように、これからも精進したいと思っています。ところで、返信したメールをご確認いただいていると思いますが、壱岐さんも面白いことをお考えになるものだと感心しております。そのご相談に対する質問事項にご回答をお願いしたいのですが。まず、壱岐さんは相手方のコンピュータに対してスパイウェアもしくはバックドアを仕掛けたいのですよね」

「そうですね。相手方のコンピュータを壊してしまっては何の情報収集にもなりませんからね。しかも継続的にそれを続けたいとも思っていません」

「なるほど……現時点での社内の生産実態と、党本部への報告状況を短期スパンで知りたいのですね」

「そのとおりです」

「それなら、新たなマルウェアを作る必要はなくて、既存のものを少しいじるだけで済むと思います。スパイウェアは正確にはマルウェアではありませんけど……。ただし、そのスパイウェアもしくはバックドア型を送受信する際には新たなパソコンが必要です」

マルウェア（malware）とは、不正かつ有害な動作を意図して作成された悪意のあるソフトウェアや悪質なコードの総称であり、コンピュータウイルスもその一部である。スパイウェアは、「利用者や管理者の意図に反してインストールされ、個人情報やアクセス履歴などの情報を収集するプログラム」と定義される。セキュリティ対策企業の中には、スパイウェアをマルウェアに含まないところもあるが、特に犯罪行為を目的とするプログラムの総称であるクライムウェアの一つとされる。このため、世界中の情報機関でもイリーガル部門で活用されている。バックドアとは、外部からコンピュータを操作するために設けられた不正な侵入経路のことで、RAT（Remote Administration Tool）とも呼ばれる。バックドアを仕込むマルウェアはバックドア型と呼ばれる。

壱岐は日本の政府機関や企業が中国やロシア、北朝鮮の組織的ハッカー集団からさんざん攻撃を受けながらも防衛一辺倒になっている実態に違和感を覚えていた中で、同僚となった香川が当然のようにこれを仕掛けていることを知って留飲《りゅういん》を下げた旨を片野坂に告げていた。これを聞いた片野坂は笑いながら「ようやく日本の防衛も攻撃拠点への破壊工作を口にするようになっているじゃないですか。これも一種の防衛ですよ」と言ってのけていた。

「中国製のジャンク商品でいいのですか？」

「いえ、中国製のパソコンを中国国内で使用すると、当局にすぐに足がついてしまいますから、面倒でも他国製のものをお勧めします」

「わかりました」

「では壱岐さんが作成した文章を参考にして、ターゲットが引っ掛かりやすいメールにして、添付データを送りますので、添付データは間違っても開かないようにしてください」

「承知しました。相手が引っかかったかどうかは、どうやって判断するのですか？」

「それは別ルートで私のところに届くように細工しておきます。その段階でバックドアのアクセス方法をご連絡いたしますので、それから一週間ほど待ってから深圳や上海のような若者人口が多いところでアクセスして下さい」

「なるほど……南昌市では見つかる可能性がある……ということですか？」

「それもありますが、万が一マルウェアを発見された場合に、公安当局だけでなく、情報通信局が動く可能性がありますので、一応逃げ道は用意しておいた方がいいと思います」

電話を切って一時間後に白澤からメールが届いた。その文章を読んで、壱岐は白澤の文章能力の高さに驚いた。どれだけ多くのマルウェアを含んだ文章を読んできたのか……「あなたの会社、ひいてはあなた自身の将来に光明を与えるこの企画書の冒頭五行だけでも一読してみれば、あなたは人事管理、業務管理に関して目から鱗《うろこ》の思いに浸《ひた》るであろうことを私は確信して、このメールを送ります。あなたに栄光あることを祈念します　中央経済工作会議企画官」となっていた。壱岐は直ちに中国語に翻訳して添付データを付けて、合弁会社の総経理である中国共産党幹部に対して発信して南昌市を後にした。

第三章　中東情勢

その頃望月は、シンガポールとマレーシアの国境にいた。最終的にイスラエル入りする前に、中国の現在の経済状況を周辺国の様子から探るためだった

マレーシア南部のジョホール州に位置するフォレストシティーは、シンガポールの対岸にあるマレーシア・シンガポール・セカンドリンク（Laluan Kedua Malaysia-Singapura）という橋に接している。このプライベートタウンの最終的な構想は、狭い海峡に四つの人工島を建設し、七十万人を呼び込むことで、面積と人口の両面でニューヨーク市マンハッタンの約半分の規模にすることだった。しかし、現在では約十五兆円の投資計画が頓挫し、ゴーストタウンになりつつある。

「これを本気で考えていたのですか？」

望月が現地案内をしてくれたシンガポールで実業家になっている知人に訊ねると、彼

もまた苦笑しながら答えた。

「かつて、マレーシアのマハティール首相がフォレストシティーを『外国人のために建設されたもので、ほとんどのマレーシア国民には手が届かない』と批判したことでも有名になったんですよ」

「中国政府が海外不動産を購入しようとする自国民を締め付けたことも影響しているのではないですか？」

「そうですね。習近平が忌み嫌う汚職の逃げ道になる可能性が高い案件の一つですからね」

「そうなると、中国政府に潰されてしまった感もあるんじゃないですか？」

「狙いを間違えた……というところが本音じゃないですかね。つい最近まで不動産の成約額が中国一位だったディベロッパーの碧桂園控股（カントリー・ガーデン・ホールディングス）が開発したのですからね」

ディベロッパーとは、不動産開発業者を指し、大規模な宅地造成、リゾート開発、都市再開発事業、オフィスビルの建設やマンション分譲、物流不動産の開発などを主に手がける企業や団体のことである。

「なるほど……単なる不動産会社ではなく、リゾート開発までやっていた結果、ここに辿り着いた……ということですか……」

「中国政府による救済スキームが動いて、しかもシンガポールとマレーシア両国の支援を得ない限り、今後の展開は難しいでしょうね」

「中国不動産バブル崩壊の現場を目の当たりにしたような気がします」

望月はこれからの中国の政府一体型経済がどう進むのかという中国経済の将来の最初のメルクマールとして、このフォレストシティーの成否を見ればよいのではないか……という思いを持っていた。

シンガポールに戻った望月は、今後の一帯一路の中国の拠点になると思われるモルディブに向かった。

モルディブ共和国は、インド洋上に位置するモルディブ諸島を領土とする島国である。インドとスリランカの南西に点在する千百九十二の島々（うち有人島は約二百）から構成されており、いずれも小さな島や環礁である。総人口は約五十一万人で、そのうち十三万人以上が外国人である。

ロシアのウクライナ侵攻後、モルディブは対ロシア経済制裁の回避ルートとして利用されていると報道されている。ロシアの米国製半導体の輸入額は、約七十五億円がモルディブからであり、香港を含む中国やトルコに次いで多く、取引件数では二番目に多かった。

「ここもダメか……」

習近平の一帯一路の海路の「帯」として重要な拠点であったスリランカは、中国による「債務の罠」に陥り、二〇二二年には国家として破産を宣言した。その一例として、南部ハンバントタを見ると、中国の援助の下、大規模な港湾・空港整備が行われ、その結果、同港は二〇一七年から九十九年間にわたり中国国有企業の招商局港口にリースされる。

スリランカと日本の関係は古くからあり、それなりに深かったが、今後、その関係が修復される可能性は不透明と日本の外務省でも考えられている。望月はスリランカの旧名セイロン産の紅茶「ウヴァ」をミルクティーにして飲むのが好きだったが、国家破産宣言以降、一切口にしなくなった。

そしてまたモルディブ共和国もスリランカと同じ道を辿ろうとしている姿を目の当たりにしたわけだが、国家が選んだ道であるため他国が何を言おうと仕方がないことだった。

中国に侵蝕されていく国家に共通するのは、政治指導者による放漫な財政運営やそれに伴う内戦などの混乱である。これらの状況にタイミングよく介入する中国の外交や情報分析能力の高さは、望月も評価せざるを得なかった。

十月七日、パレスチナのガザ地区を支配するイスラム組織ハマスがイスラエルに向けて数千発のロケット弾を発射し、戦闘員を侵入させ、約二百人が人質として拉致された。ハマス戦闘員の一連の行動により、イスラエル史上最大の民間人虐殺が発生した。これに対し、イスラエルのベンヤミン・ネタニヤフ首相は「我々は戦争状態にある」と声明を発表し、イスラエル軍も報復作戦を開始、さらに十一日には「戦時内閣」を発足させた。これにより「二〇二三年パレスチナ・イスラエル戦争」が勃発した。

望月はこの戦時中にイスラエルを訪れたことになる。望月が現地入りする際に連絡を取ったのはジョンズ・ホプキンズ大学時代に知り合った友人で、一人はイスラエル人でモサドの情報分析官、もう一人はパレスチナ問題に詳しい在イスラエルアメリカ大使館の外交官だった。

訪れたタイミングを考えて、望月は最初にアメリカ大使館の外交官と接点を持った。

「ハイ、ジャック久しぶりだね」

「ハイ健介、こんな戦争の最中にどうしたんだい」

「この戦争がいつまで続いて、その後のholy landがどうなるのか……と思ってね」

「holy landか……厳密に言えば、ガサ地区はholy landではないけどな」

「『holy land（聖地）』という用語は通常、現代のイスラエル国家とパレスチナ国家にほぼ相当する領域を指すのではなかった？」

「まあ地中海とヨルダン川の東岸の間に位置する地域で、伝統的に聖書のイスラエルの地とパレスチナ地域の両方だが、厳密にはエルサレムのことだな」

「そういう解釈なのか？　ホワイトハウスの報道官は『holy land』という言葉を使っていたけどな」

「報道官はなんでも幅広く話す癖があるからな。それで、この戦争がどういう形で終わるか……そして、現在のイスラエルの反撃がジェノサイドに該当することになるのか……が問題なんだが、世界中の誰もが知ってのとおり、今回の戦争を引き起こしたのはハマスだからな。最初の攻撃で罪もない二百五十人以上の、それも音楽祭に来ていた一般市民を虐殺したうえに、二百人もの市民を拉致して人質に取ったんだ。こんな連中に対しては問答無用で総攻撃をすべきだろう」

「ジャック、イスラエルはこの戦争を中断することはないんだろうな」

「そうだな、今回ばかりは、あのネタニヤフが弱腰を見せることはないだろうな。ネタニヤフの名前そのものが、ヘブライ語で『ヤハウェが与える』という意味だからな。ネタニヤフにとっては総攻撃をする大義名分があるわけだ」

「そして、ハマスにガザ地区の政権を握らせていた住民にも責任があった……というわけか？」

「結果的にそうなるな。我々のように本格的に中東を学んだものは別として、アメリカの政治家でもパレスチナをよく知らない者の方が多いのが実情なんだ。ましてやパレスチナ人、アラブ人、ユダヤ人の違いなどほとんどの人が知らない」

ジャックが生真面目な顔つきで言ったので望月も頷いて答えた。

「ユダヤ人もパレスチナ人も元々の『出身地』という範疇《はんちゅう》の中ではアラブ人だからな。そこに宗教が入ることによって分断されるし、結果的に国家も分断されてしまったわけだ」

するとジャックが笑いながら返した。

「イスラエルという国も、確かに紀元前十一世紀には古代イスラエル国があったのは事実だが、紀元前のうちに滅亡しているからな。アメリカなんぞ存在もない時代だから、笑ってしまう話だな。しかし、その時日本はすでに存在していたんだろう?」

望月も笑って答えた。

「神代の話だ。ユダヤ教・キリスト教・イスラム教を信仰する『啓典《けいてん》の民』の始祖は同じアブラハムに始まって、預言者の違いによって違う宗教に発展して、戦争をしているわけだ。神はそんなことを願っているはずはないんだが、僕のような無神論者にとってはギリシャ神話と同じで笑い話で終わってしまう」

「相変わらずだな、健介は。しかし現実はそうはいかないことも知っているはずだ。現在のイスラエルは第二次大戦後、イギリスを中心として興《おこ》ったシオニズム運動がその発端なんだからな」

「あまり他宗教のことは言いたくはないんだが、ユダヤ教の中にも最右派の超正統派というのがあって、男は世俗職に就かず女性が働くため、貧困層が四割を超えているくせに出生率だけは極めて高いため、イスラエル国内では超正統派の信者が近い将来最も多くなると言われているんだろう？　しかも、彼らの多くはシオニズムそのものを認めていない。こんなバカげた現状から目を逸らしていては、イスラエルの本質を捉えることはできないんじゃないかと思っている」

望月の言葉にジャックも頷くしかなかったようだった。

「なるほど……確かにそのとおりかもしれないな」

「その超正統派は兵役を拒絶しながらも国庫から生活補助を与えられているのだからな。シオニズムを認めていない、つまりイスラエル国家そのものを認めていないにもかかわらず生活補助は受け取っている……。即、国外追放してもいい連中だと思うんだが、それができないのだから、超正統派以外のユダヤ教信者から見れば獅子身中《しししんちゅう》の虫に餌を与えている……という感覚だろうな」

「どんな宗教でも宗派が分かれていて、その原理主義的な立場にある者が事件を起こすのは世の常だし、世界中から嫌われる存在になっている」

ジャックが言うと望月は頷いて答えた。

「イスラム教にも原理主義が多く、その中でもアルカーイダやタリバーンの分派の行動は一般的なムスリムからもテロと捉えられて異端視された挙句《あげく》、一部地域では内戦にまで発展していたからね」

「内戦は長かったものな」

「二〇一八年から一九年にかけて、僕も現地で戦っていたよ」

「戦っていた？　日本の外交官が情報戦をやっていたのか？」

「それなら安全でいいんだが、僕自身のミスが原因で反政府勢力に拉致されてしまったんだよ」

「な、なんだって？　拉致？　そんなニュースは聞いていないぞ」

「外交官の行方不明なんて公表できないよ。それも女性と一緒となるとね」

「彼女だったのか？」

「いや、一人は敵のエージェントになっていたようで、もう一人は観光客だったんだ」

「それで、どうやって解放されたんだ？」

「たまたま、日本の情報機関がこの案件を察知《さっち》して救出作戦が展開されたんだ。なんとか無事に救出されたんだけど外務省にはいづらくてな」

「それで、今の会社に入ったのか？」

「ああ、僕を救出してくれた情報機関のキャップが就職を斡旋《あっせん》してくれて、今、こうして自由に中東に足を運ぶことができている……というわけだ」

「情報機関のエージェントになっているわけじゃないんだな？」

「エージェントがこうして君の前に現れることはないし、自らの失敗談を語ったりはしないさ。そして、この後、モサドのスタンリーとも会う予定なんだ」

「スタンリーか……時々連絡を取り合っている。奴はスーパーエリートになっているぞ」

「何をやっても実にスマートな奴だったからな」

「そう、政権が変わっても常に政府の中枢で動いている、実に優れた情報分析官だ。『歩く生成ＡＩ』と呼ばれているよ」

ジャックがスタンリーのことを笑って言った時、望月はふと片野坂の顔を思い浮かべながら訊ねた。

「この戦争はイスラエルとハマスの戦いだけでは終わらないだろうな？」

「ハマスだけでなく、パレスチナの原理主義者のバックにイランの存在があるのは中東人なら誰もが知っている。紅海の海賊、イエメンのフーシのようなゴミはともかく、軍事組織が出来上がっているレバノンのヒズボラとの全面戦争になれば、長期戦は覚悟しなければならない」

「その間に冬から春になれば、ロシアのウクライナ侵攻が再び本格化してしまうわけだな……中東とヨーロッパが戦場になってしまうわけだ」

「ウクライナ軍があそこまで戦争下手だとはアメリカやＥＵ諸国も思っていなかったの

だろう。ロシア軍の素人戦も酷いが、ウクライナ軍も相当な被害を受けているはずだ。健介は中東だけでなくウクライナまで気にしているのか？」

「世界で戦争をやっている間に、中国は着々と軍備を進めているからな。隣国と領土問題を抱えている日本にとって、余計な戦争はやめてもらいたいのが実情だ」

望月が中国の名を出すとジャックは少し首を傾げながら答えた。

「なるほど……中国か……資本主義国家の多くの大企業は、中国の国営企業と競争をしなければならない環境だからな。それも、知的財産の多くを盗まれながら戦わなければならない現実を、資本主義国家も国家戦略として考えなければならない時なんだが、そこが資本主義ならではの競争主義が足かせになっている。難しい問題だな」

「中国経済は不動産分野の停滞が起こっているが、これが製造業に影響を及ぼすかどうかは不明だからな」

「如何に経済で世界第二位になったとはいえ、中国は今の時代に一年間で六十万人を超える汚職があるような国……その程度の国ということだ。十四億人の人口で一億人近い共産党員がいて、汚職ができるのは共産党員でもそれなりの地位にある者に限られるからな。共産主義国家から賄賂《わいろ》はなくならないと言っても決して過言ではないだろう。なぜなら、賄賂を求める者のほとんどが自分の能力を正当に評価されていないからだ。そして馬鹿な上司がたんまり金を貰っているのに、出自《しゅつじ》の違いによって圧倒的な給料と待遇の差が生まれている現実があるからだ」

「ジャック、君はどうして共産主義の根幹に当たるようなことまで知っているんだ？」

「ロシアや、旧ソ連に属していた共和国、また、今でこそＥＵに加わっているが、かつての東欧諸国は未だにその賄賂癖が抜け切っていない。さらにはＥＵに加わりたがっているウクライナなんて、その最たる例じゃないか。プーチンの横暴に対してアメリカもＥＵも非難する姿勢を見せるためにウクライナ支援を行っているが、もうそろそろ支援疲れ……というよりもウクライナの国家体制に呆れが出てきているのも事実だろう？」

「しかし、ロシアは中国、北朝鮮を巻き込んだ独裁トリオを構築して好き放題なことをやり始めている。そしてこれを非難するのは米韓日三カ国しかいないのが現実だろう？」

「北朝鮮を国家だと思っているＥＵ首脳はいないだろう。国家という名前をもった犯罪組織というのが実情だが、直接被害を受けているのは米韓日の三カ国しかいないから仕方がない。その中でも日本の外交は、この三国からは舐められっぱなしなんだから、どうしようもない。日本の外交官だった健介としてはそこをどう考えているんだ？」

「外交をできる政治家がいないのは事実だ。特にプーチンをつけあがらせたのが日本の首相だったことは、日本人として何ともいえないほどの屈辱《くつじょく》だ」

「そうだな、Ｇ７のリーダーたちも、あの姿勢には疑問符をつけて伝えていたようだが、本人は自信満々だったと聞いていたよ。しかし、前段交渉をしていた外務省にも責任はあるだろう？」

「それは否定できないが、向こうは人事権という、役人にとっては逆らうことができない権限を持っていたんだ。『セッティングはしますから、あとは政治判断でご自由にやって下さい』と言うしかなかったのが現状で、その時に外相を務めていたのが現首相なんだから仕方がないだろう」

「どうして日本の政権与党は首相が長期政権の時に、閣僚を次々と変えてしまうのか意味がわからないんだが、日本の閣僚というのは、そんなに誰でもできる仕事なのか……そういう素朴な疑問を持っている世界の政治関係者は多いと思う」

「役人がある程度しっかりしているからな。一時期のように長期政権で、しかも官房長官と官僚のトップである副官房長官が最強タッグを組んでいる時は例外として、仮に政権交代が起こって上が変わったからといってたいした影響も受けないのは事実だろう」

「だから野党が馬鹿にされているんだな」

「馬鹿にされているのも事実だが、一九九三年以降の二度の政権交代で、現在の野党グループの中からどうしようもない者が首相の地位に就いた時に阪神淡路大震災と東日本大震災が発生したという現実を国民はよく覚えているんだ」

「天が見限った政権……ということか？」

「二分の二だからな、しかも前者の時には地下鉄サリン事件、後者の時には原発事故というおまけまで付いてきたのだから、国民の記憶には深く残ることになる」

「なるほど……人材の枯渇《こかつ》だけではない原因があるのだな」

「それに加えて、日本国内から共産主義を信奉していた極左暴力集団が表舞台から消えていないことも大きいだろう」

「まだいるのか？」

「それなりに残って、そこそこやっているようだが、この世界にも強いリーダーが登場してこない現実がある。旧労働党系で、最も質が悪かった極左暴力集団は古巣を見限って全く違ったスタイルの新たな小政党を立ち上げてはいるが、次第にその化けの皮がはがれようとしているからな」

「なるほど……あのパフォーマンス好きな政党がそうだったのか……それでも古巣よりはでかくなったということか」

ジャックが薄笑いを浮かべて言った。これを見た望月は呆れた顔つきになって答えた。

「何でもよく知っているな。最大野党の中にもまだ極左暴力集団の影響を受けている者が少なからず残っているが、仮に復権したとしてもたいした影響力を及ぼすことはないだろうな」

「そうか……しかし、今の与党もボロボロだよな。もし来年のアメリカ大統領選挙でトランプが勝ってしまった時、対等に話をできる人物はいるのか？」

「トランプが日本を対等な立場とは思わなくなっているだろう。もう日本はアメリカの不沈空母ではないし、アメリカと中国が上手く住み分けてくれるのを願うだけだな」

「健介にしては弱気だな……」

「そういう国になりつつあるんだよ。そしてそれを現在の日本国民が最も感じているんだ。コロナが終わったとたん、再び都心の高級海外ブティックには外国人の列ができている。円安で日本の中年層でもなかなか手が出ない商品を韓国や香港の若い連中が買い漁っていくさまを横目で見ながら情けない顔をして、ワンコインランチを食っているサラリーマンが今の日本の実情なんだよ」

「誰が悪いんだ？」

「政治家と日銀、そして銀行だろうな。大企業の経営者も雇われ社長ばかりだから仕方がないといえばそうなんだが」

「しかし日本の銀行はなかなか破綻しないじゃないか？」

「破綻する前に合併しているだろう？　悪魔に魂を売ってしまった銀行が如何に多いか……投資信託を売っているメガバンクの実態を見ればよくわかるさ。ただ、中国との違いは日本人にはある程度の賢さがあるのと、シャドーバンキングがバブルで消えていたから……というところだろう」

「シャドーバンキングか……中国経済の第二の闇だからな」

「中国経済が世界にどれだけの影響があるのかはわからないが、少なくともロシアのウクライナ侵攻とイスラエルのガザ地区侵攻という二つの戦争の終息が一刻も早く訪れるのを期待しているんだけどな」

「イスラエルは来年の冬までには終わっていることだろう。人質の全員解放とハマス幹部の亡命を交換条件で受け入れることができるかどうか……だろうな。イスラエルにはモサドという世界でもトップクラスの諜報機関があるんだ。その気になればハマス幹部を亡命先で始末することだって容易なことだろうからな」

「なるほど……後はイラン対策だけ……ということか」

「そうだな、イランが悪の枢軸に入らないことを願うだけだな」

「ロシアはどうなんだ？」

望月が話題を変えても、ジャックは表情一つ変えずに答えた。

「仮にロシアが数カ月後にウクライナに勝ったからと言って、ロシアが失ったものはプーチンの想定以上だったはずだ。今後、亡くなったロシア軍人に対する恩賞《おんしょう》もどの程度まで与えることができるのか……。さらにロシアを捨てた若い頭脳をとり戻すことができるかも大きな問題だ。ロシアがウクライナに賠償《ばいしょう》を求めても、ウクライナには支払い能力もないからな」

「ロシアの若い能力の流出は確かに大きな問題だが、日本の若い優秀な人材を育てることも大事なんだよな」

「日本の国立大学一辺倒がよくないんだよ。国立大学を十分の一にして私立大学に企業が投資するようにならなければ日本の教育に未来はないだろうな。学術会議なんかをありがたがっている学者にも問題があるし、そんなものに金と権威を与えている国もダメなんだ。これまで日本の政治家で金の問題で叩かれてきた連中を見ても、その中枢で動いていた者に文部科学相経験者が多いのを見落としている。文部科学省が利権の塊《かたまり》であることがおかしいんだよ」

「鋭いところを突くな。この十年で何人かの文教族を潰《つぶ》してきた話は聞いたことがあるんだが。それを知っている日本国民の方が少ないというのに……」

「中東研究所に来ていた外務省幹部のお嬢さんは、とっくの昔にその点を指摘していたぜ。しかも、彼女は政権交代した現野党の外相の秘書官になっていたからな」

「えっ、そんな女性がいたのか？」

「健介もまだまだ甘いな……」

ジャックが笑った。

ジャックと別れた翌日、望月はモサドのスタンリーと会った。

スタンリー・ベルトルッチはイタリア系アメリカ人の父親とユダヤ人の母親という裕

福な家庭に育ち、WASP（ホワイト・アングロ・サクソン・プロテスタント）没落後のアメリカ社会で支配的エリートになったユダヤ社会の寵児《ちょうじ》として育った。アイビー・リーグのイェール大学を優秀な成績で卒業した後、アメリカ合衆国のディープステートとも称されている戦略国際問題研究所のアナリストとして活動中にモサドからヘッドハンティングされていた。

望月がスタンリーと知り合ったのは、望月がジョンズ・ホプキンズ大学ポール・H・ニッツェ高等国際関係大学院で中東問題研究を行っていた際、戦略国際問題研究所のメンバーから紹介されたのがきっかけだった。望月がスタンリーに興味を持ったのと同様に、スタンリーもまた、ユダヤ社会の一部で「東洋の異星人」と称されていた日本人の望月に興味を持っていたようだった。

最初の出会いでスタンリーが望月に言った。

「日本人でこの通称中東問題研究所に興味を持つ人物は珍しいな」

「一つの神から三つの宗教が生まれ、それが互いに認め合うことがないという実態をこの目で確認して分析したいと思ったのさ」

「宗教の話をするのはタブーなんだけどな」

「しかし、それが原因で今なお戦争を続けているんだからな」

「日本のように八百万《やおよろず》の神々を信じている土地の国民と話をするのは、神に関しては何の接点もないから問題はないのだろうが……」

「いや、決してそうとも言えない。日本独自の宗教である神道の中心である伊勢神宮の石灯籠には六芒星《ろくぼうせい》が彫られている。その伊勢神宮が現在地へ遷《うつ》る以前に祀られたとの伝承を持つ『元伊勢』の一つから『六芒星』が記された石碑が発見されたんだ」

「伊勢神宮の遷宮前の神社に『ダビデの星』があった……というのか?」

「日本では『籠目紋《かごめもん》』と呼ばれて、竹籠の竹の網目を模様にしたものと伝わっているが、日本の古くからの童謡に『かごめかごめ』という歌があって、その歌詞にはヘブライ語由来説まであるんだよ」

「ほう、面白いな、しかもそれを健介が口にすると、実に現実性がともなってくるような気がするから不思議だ。ユダヤ人は、第二次世界大戦中のドイツによるホロコーストに反対してユダヤ人を救ったオスカー・シンドラーや、『東洋のシンドラー』とも呼ばれた杉原《すぎはら》千畝《うね》には、いまだに感謝と尊敬の念を持っているからな。まあ、『日本人とユダヤ人』なんていう風変わりな本が日本では売れたこともあるらしいが……」

「ああいう虚飾本に『ノンフィクション賞』なんかを与えたことで、その後の日本のノンフィクションが眉唾物《まゆつばもの》扱いをされたのは悲劇ではあるんだけどな」

望月の言葉にスタンリーが笑って答えた。

「日本人は外国人を意識しすぎる傾向があるからな。『自分たちが他国の国民からどう思われているのだろう』とかね。しかし、日本のように世界史や世界地理を学んでいる国が少ないことまでは学んでいないようだな。アメリカやイギリスでも、日本が地球上のどこにあるのか知っている人の方が少ないんだがな」

「まあ、そんなもんだろうな。日本人だって、あんなに狭い国の四十七都道府県の場所を全て知っている人は十分の一もいないだろうな」

「そんなものなのか……ちょっと日本人を買いかぶっていたかな」

初対面でそんなことをスタンリーと議論したことを、望月は思い出していた。当時のスタンリーは金髪の長髪だった。しかし待ち合わせ場所に現れたスタンリーは、短髪にユダヤ人の民族衣装の一つであるキッパーという帽子を頭に付けていた。

「ハイ、健介、久しぶりだな。戦地のイスラエルで仕事かい？」

「確かに戦地ではあるが、スタンリー、君がキッパーをかぶっているのには驚いたよ。モサドのエージェントでもその恰好《かっこう》をするのかい？」

「君が来るから、あえてつけてきたんだ。教会以外ではつけていないよ」

「そういうことか……昨日、アメリカ大使館のジャックと会って、君の活躍を聞いたところだった」

「そのようだな、ジャックから連絡があったよ。健介が外交官を辞めた話は、とある筋から聞いていたが、今は面白い仕事をやっているようだな」

望月は笑って言ったスタンリーが自分の仕事内容をどこまで知っているのか確かめてみた。

「面白い……というよりも、自由に動くことができることには感謝している」

「ボスはＣＩＡも一目置いている片野坂なんだろう？」

望月はスタンリーの情報収集力に一瞬驚いたが、表情を変えずに答えた。

「ああ、彼に命を助けられたからな。彼の下で働くことにした」

「片野坂は一時期ＦＢＩでも治安情報担当として活躍していたが、日本に帰って警察庁を去ったと聞いていた。しかし、この春、ＮＡＴＯに現れて米軍基地で戦略会議に出席していたようだな。彼は武器商人にでもなったのか？」

「武器商人？　それはとんでもない勘違いだな。うちの会社は日本企業の海外進出や海外での販路拡大に関するコンサルティングがメインだ」

「なるほど……そういうことか。日本警察も大きな財産を失ってしまったわけか……それとも、そのクライアントの中に日本政府も入っている……ということなのか？」

「クライアントの話はできないが、日本政府とは直接商売はしていないことは確かだな」

「そうか……警察庁とは裏でつながっている……ということか？」

「どうしてそういう筋道になるんだ？」

「片野坂がＮＡＴＯに入る際に、ＮＳＢとＮＳＡが間に入ったことは知っている。そしてその後、ウクライナの戦場が無人機による戦いになっていったこともすでに分析されている」

ＮＳＢはＦＢＩの公安警察とも呼ばれている連邦捜査局国家保安部（National Security Branch）の略称で、ＮＳＡはアメリカ国家安全保障局（National Security Agency）、アメリカ国防総省の情報機関のことである。

「さすがにモサド……と言いたいところだが、うちの会社は民間企業のスタートアップに関する仲裁をしただけで、そこに日本警察は全く関与していないよ」

「ほう？　いくら片野坂が優秀だといっても、それでＮＳＡまでもが動くとは思えないけどな」

「うちのボスはそんなに有名な人なのか？」

「情報、それも諜報の世界で限られたチームの間では知られているな。『天才か変人か』となな。どちらも誉め言葉に変わりはないんだけどな」

「限られたチームというのはどういう意味なんだ？」

「アメリカ、イギリス、ドイツ、バチカン、そしてイスラエルの諜報機関で相互に連絡を取り合っている仲間のことだ」

「世界最高峰の諜報機関の間で……ということか？」

「そうだな。片野坂の情報収集・分析能力は個人としては驚くべきものがある。彼が一時期、日本の警察庁内に特殊機関を創設するのではないか……という噂まであったが、警察庁のトップの視線は政府に向いていて、片野坂の能力を認めながらも、これを組織として活用できないと判断したらしい」

「そういう情報まで流れているのか？」

「そうだ。そこで片野坂は組織を離れて何らかのスポンサーを得て、現在の仕事を始めた……という噂になっているが、そのスポンサーさえ知られていないという、我々にとっても実に不可解な存在になっている。そこにまた君のような中東のプロフェッショナルが参画したとなれば、事は重大だ。だから今回私も君に会いたくなったんだよ」

「なるほど……」

「先ほど君は片野坂の会社の業務をコンサルティングと言っていたが。どうやってその会社にアクセスすればいいんだ？」

「もう僕とアクセスしているじゃないか。コンサルティング会社というのは危機管理上一業種一企業というのが原則だ。それを越えた仕事をしてはクライアントに対して敵対行為をしてしまう虞《おそれ》があるからな」

「そんな悠長なことでは会社は大きくはならないな」

「ボスは、会社を大きくしようなどとは思っていない。相応のクライアントから信用と信頼を得れば生きていくことができると考えているようだ」

「社員は何人くらいいるんだ？」

「僕もそこまでは知らない。というよりも知る必要がないし、仲間が現在何の仕事をやっているのかも知らない」

「全てを知っているのは片野坂だけ……ということか？」

「そうだ。日本警察の公安部門の情報管理というのはそういうものらしい」

「公安か……しかし、日本警察には公安だけでも一万人近くいるんじゃないのか？」

「僕は公安警察のことはよく知らないが本来の情報部門に携わっているのは三百人もいないということだった」

「なるほど……それを全て知っているのは警察庁警備局長だけ……ということか……」

「そうなんだろうな……警察庁警備局は外務省、防衛省、法務省にもあるという情報部門に人材を派遣しているからな」

「なるほど……在イスラエルの日本大使館にも優れた情報担当がいるが、彼も確かに警察庁出身者だな。しかし、そんな人物を派遣しておきながらも君のような情報を知り尽くした者がのこのこ現地にやってくる必要性を私は理解することができないんだが……」

「そんなことを言っていたら、世界中の企業がイスラエルとパレスチナの現在の戦争の行く末をどれだけ注目しているのかを理解していないことになるんじゃないか？」

「パレスチナとの闘いは建国以来続いている、歴史上最も長い闘いと言われているんだ。

お互いを理解しようという意識は最初から持ち合わせていないだろうからな」

「宗教戦争ではなく領土問題だから……ということか?」

「そのとおりだ。君も知っているとおり、イスラエルの建国に関してはＵＮも大きく関わっている。そのＵＮが機能不全になっている現在、これを収拾できる機関そのものが存在していないことになるだろう?」

「その件に関してはうちのボスと同じ考えのようだ」

望月がいうと、スタンリーが笑顔を見せて答えた。

「そこが日本人の中で片野坂が珍しい存在になっている理由かもしれない。ＵＮがいくらきれいごとを言ったところで、組織内はバラバラのことをやっているんだからな」

「バラバラ?　どういうことだ?」

「例えばＵＮＩＣＥＦだ。彼らはアフリカや難民キャンプで生まれた赤ん坊を救うために世界中に寄付を求めている。しかし、その一方でその赤ん坊の親のことには何も触れていない。その母親の多くもまた被害者なんだ。最も罰しなければならない父親の存在を放っておいたら、次の赤ん坊が生まれるだけのことだ。その根本に手を付けずして、難民問題もなくなるはずはないんだよ」

ＵＮＩＣＥＦ（United Nations Children's Fund）、国際連合児童基金は、戦後の緊急援助を主に子供を対象として行うために設立された国際連合国際児童緊急基金（United Nations

International Children's Emergency Fund）として始まった。当時の略称が今なお使用されている。現在のUNICEFの活動は、開発途上国や戦争、内戦などで被害を受けている国の子供たちの支援を中心としており、物資援助だけでなく、生活の自立が重要であるという考えから、親に対する栄養知識の普及などの啓発活動にも力を入れている。

「確かに途上国の中でも、特に宗教の影響や社会制度の関係上、子どもたちが劣悪な環境に置かれている国の場合、まずは親に対する教育が最優先されるべきで、栄養知識の普及等は二の次だよな。人の健康については、本来WHOが中心になって取り組んでもいいはずだ」

「そのWHOが中国の下僕のような存在になってしまっている以上、どうにもならないのが現状だろう。おまけに、親に対する人間としての教育ならばUNESCOがやるべきであるところ、UNESCOは世界遺産の選定等で金の亡者になっている奴らが多すぎるんだ」

WHO（World Health Organization）は世界保健機関のことで、新型コロナウイルス感染拡大時には中国寄りの姿勢が批判された。UNESCO（United Nations Educational, Scientific and Cultural Organization）は国際連合教育科学文化機関のことである。

「確かにUNが一枚岩でないことは、この分野を見てもよくわかるな」

「だろう？　そして未だに安全保障理事会では第二次世界大戦戦勝国代表である五カ国

が常任理事国となって拒否権を持っている。ＥＵのように全会一致が原則というのも困りものなんだが、第二次世界大戦の事実上の戦勝国でもない現在のロシアや中華人民共和国が好き勝手にやっていることも問題なんだ。そして現在の途上国の多くはこの二国の影響を受けすぎているからな」

「その点に関してはうちのボスも似たようなことを言っていた」

「それを糺さない限り、アメリカのトランプのような常識のない人物が出てくるんだ。まあ、それを国のトップにしてしまう多くのアメリカ国民の知的レベルも疑わざるを得ないんだけどな」

「そのトランプが再び返り咲こうとしている現状はどうなんだ？」

「『もしトラ』か……その時はアメリカがＵＮを脱退してくれれば面白いんだけどな。これにイギリスとドイツと日本、イスラエルが追従《ついじゅう》した時、世界に大変革が起こる可能性はある」

「恐ろしいことを考えているな」

「トランプの言っていることに一理はあるからな。ＮＡＴＯの軍事費分担に関してもそうだろう？　ドイツの一国主義を否定しているからな」

「一国主義？」

「そう、エネルギー問題でも原子力廃止を訴えていながら、原子力大国のフランスから電力を買い、ロシアからガスと原油を輸入している。綺麗ごとを言いながら自国の経済発展を優先しているくせにNATOの軍事費分担は規定に届いていない……そんな国さ」

「未だにドイツを嫌っているのか?」

「嫌っているわけではないが、EU内での態度のでかさが嫌なだけだ。現在のEU内で経済破綻が間近な国がどれだけあると思う?」

「そうだな……旧東欧諸国だけでなく、ギリシャ、スペイン、イタリアも含まれているからな……」

「ロシアがウクライナを攻め続けている間は、イスラエルがハマスを攻撃してもUNは文句を言うことができないんだよ。来年の冬までにはどちらも終わっていると思うけどな」

「ウクライナは負けるのか?」

「勝てるはずがないだろう? ウクライナの若者の多くが国外逃亡している事実は知っているだろう。そして何と言っても国家そのものを信用することができないからな」

「そうか……」

「そうこうしている間に、ロシアと中国、北朝鮮という『ならず者連合』が、今度は日本を狙うぜ。その時のことを考えて、シミュレーションを立てているんだろうな、日本は」

「当然だ」

「本当か？　今の日本の政治家や官僚の中にそれを考えることができる人材はそんなにいないだろう？」

「ゼロではないし、憂うものはいるさ」

そこまで言って、望月は片野坂の顔を思い起こしていた。その望月を見てスタンリーが見透かすように言った。

「健介、今回、私と会った目的は達したかい？」

「どういうことだ？」

「イスラエルの本気度を知りたかったんだろう？　イスラエルは今回のハマスの蛮行《ばんこう》を絶対に許さないし、ハマスの思想を受け継ぐ者も、その意志を喪失《そうしつ》させなければならない。憎しみが憎しみを生む連鎖を断ち切ってな」

「断ち切ることができるのか？　土地問題をどうするつもりだ？」

「それはハマスを始めとする姑息《こそく》な連中を一掃してからの話だ。パレスチナ人を憎んでいるわけでは決してないし、彼らと交渉のテーブルに着くことができる体制を彼らに作ってもらうまでだな」

「なるほど……土地問題……つまり領土問題だな……日本とロシア、中国も同様だ」

「しかし、同盟国であるはずの韓国ともそれが残っているんだろう？　これは深刻な問題だぜ」

「確かにな……」

望月は大きなため息をついてスタンリーと握手をして別れた。

第四章　福岡

　十二月に入ると、片野坂は福岡に入っていた。それまでの約四カ月は、都内と京都にある中国の海外警察拠点の捜査を行っていたが、福岡にはもう一つの大きな拠点が存在するのである。

「山口《やまぐち》、どんな感じだ？」

「片野坂さん、現在、県警公安一課のエース級三人を特命で当たらせています」

「たった三人か……警察庁の情報専科は終えているメンバーなんだろうな？」

「もちろんです。県警警備部では警部補以上で情報専科を終えていなければ警部試験の受験資格を得ることができない内規を作っていますから。優秀な者を再優先で受講させています」

「そうか……それでどの程度解明できているんだ？」

「それが、あまり芳《かんば》しくありません」

「通信傍受の令状は取っているんだろう？」

「それはもちろんですが、視察拠点が設定できていないんです」

「この案件で、点を作る必要などないだろう」

視察や張り込み等の拠点となるビルの一室等の場所を、公安の世界では「点」と呼んでいる。

「しかし、点がなければ正確なヒューミント情報を得ることができません」

「お前、よくそれで公安一課長をやっていられるな。部下に馬鹿にされているんじゃないのか？」

片野坂は入庁七年目で警視二年目になって初めて地方の県警勤務となった山口幹雄《みきお》に厳しく言った。日頃から片野坂は部下に対しても敬語を使うのが日常であったが、同じキャリアの後輩で、しかも年次が十五年も違う相手に自然と厳しい言葉遣いをしていた。これは同じ庁に属するキャリア間では通常の姿で、年次が三年違うだけでも、上下関係は天と地ほどの差があった。

片野坂の指摘を受けて山口公安一課長は咄嗟《とっさ》に次の言葉が出なかった。警察庁警備局の中でこれだけの年次の開きがあり、しかも警備局内での片野坂の存在は、山口ら世代の間では伝説の存在になっていたからだった。

「誰しも、最初の赴任地ではミスを犯したくない。このため積極的な行動を控え、現状維持に走ろうとする傾向があるが、それでは敵との差が広がるばかりだ。一時期の日本企業がまんまと中国企業に出し抜かれたのと同じだ。その程度の企業なら潰れても構わんが、国家はそうはいかない。それくらいのことは肝に銘じて赴任していると思ったけどな」

「申し訳ありません。ただ、警察庁人事課付で警視庁の所轄で警備課長代理の公安担当を任されましたが、そこでは視察拠点の設定に重点を置く仕事だったのです」

「所轄の名前は聞かない方がいいだろうが、警視庁でキャリアの見習いを受け入れる所属には、必ず警察庁警備局長賞を受賞した職員がいたはずだが……」

「確かに変わった巡査部長で実績はあるようでしたが、どうもウマが合わず、一緒に仕事をすることはありませんでした」

「そうか、それが警察人生最初の失敗だったな。そのご仁を警察庁警備局長が評価した理由も調べなかったんだろう？」

「協力者獲得と運営だったようですが、その相手に関しては知らされませんでした」

「当たり前だろう。駆け出しキャリアの公安代理なんて、現場から見れば単なるお客様だからな。飲んで、飲んで、また飲んで、人間関係を構築するしかないんだよ。彼らは、君たちが学生生活を謳歌《おうか》していた時に、敵と命を懸けて戦っていた人たちなんだからな。

その敵の中には君たちの同期生たちも含まれていたはずだ」

「左翼の連中ですか?」

「右翼も左翼もいただろうし、お前たちの世代では中国からの留学生もいただろう? 最近では在学中に司法試験や公認会計士試験に合格して反社会的勢力に入ることも辞さない連中まで出てきている始末だ」

「確かにそのとおりですね……」

うな垂れた後輩の姿を見て片野坂が訊ねた。

「ところで、お前は拠点の設定ができなかったというが、拠点設定に際して一番大事なことは何なのか理解しているのか?」

「確実な視察ができる場所だと思いますが……」

「違うな。視察担当者が敵に見つかることなく点への出入りができるかどうかだ」

「なるほど……」

「なるほどじゃないんだよ。イロハのイだ。そんなことも知らずに点の設定を部下に指示していたお前の実力をさらけ出していたんだよ」

片野坂の指摘に山口課長は完全に言葉を失っていた。これを見て片野坂が訊ねた。

「監視カメラの設置はしたのだろう?」

「監視カメラ……ですか?」

「対象は敵の犯罪拠点なんだぞ。どうやって二十四時間の視察をしているんだ？」

「現時点では時間帯と場所を変えて車両使用で視察しています。もちろん車両もレンタカー会社から毎日違うワンボックスカーを借りています」

片野坂は呆れてものも言えない気持ちになったのを、何とか抑えて言った。

「そんなバカげた方法は今すぐ止めて、早急に小型カメラを設置して、出入り者の面割をやれ。視察用の小型カメラセットは警察庁から配布されているだろう？」

「そこまでは確認しておりません」

「資機材の確認もしないで捜査指揮ができるのか？　お前、来週、東京に帰るか？」

この一言は、現在の業務のクビを意味していた。キャリアは行政官である。行政官の仕事は現場の執行官である警察官に仕事をしやすい環境を提供して、これを管理、指導することである。現場に迷惑をかけるような行政官は不要なのだ。

山口課長は俯《うつむ》くだけだった。

「福岡県警は部長級にキャリアがいなくなったからな。本部長一人に迷惑をかけるわけにはいかないんだよ」

それだけ言うと片野坂は時間の無駄と判断したのか、

「もういい、部下の係員に至急現場を離れるように、そして通話の傍受《ぼうじゅ》記録はチヨダ宛に送るように指示を出しておけ。あとはこちらでやる」

片野坂は山口が次の言葉を発する暇を与えずに席を立った。

四十分後、片野坂は現場に到着した。予《あらかじ》めコンピュータ画像で確認していたため、迷うことなくターゲットが入っているビル周囲を注意深く観察しながらその前を通り過ぎた。ビルは京都の警察拠点同様、表通りから一本入った一方通行の路地に面していた。

ターゲットが入っているビルの前から目についた七、八階建てに見えるビルがある路地に入ると、目測どおり八階建てのビルがあった。片野坂はその非常階段を上った。六階部分からターゲット方向を見るとビルの入り口が確認できた。片野坂は直《ただ》ちにスマホで方位を確認すると、太陽光が当たらない場所を確認して小型カメラを設置した。カメラのレンズに太陽光が反射して、ターゲットからはもちろん、周囲の住人等から怪しまれるのを避けるためだった。その場から第二のカメラ設置ポイントを探してスマホのストリートビューで確かめた後、第二のポイントで次の小型カメラを設置した。

カメラの設置を終えると片野坂は白澤に電話を入れた。

「白澤さん、間もなく画像が入ると思います。京都と同じように画像解析をお願いしたいのですが」

「部付は今どちらにいらっしゃるのですか？」

「僕は今回、国内の捜査に専念します。今日は福岡に来ています」

「やはり中国の警察拠点を調べていらっしゃるのですか？」

「そうです。警察拠点を運営している連中が地元のチャイニーズマフィアと組んで、さまざまな犯罪を行っているようなので、その点も併《あわ》せて解明したいと思っています。白澤さんのところにはみんなから連絡が届いているでしょう？」

「はい、皆さん、バラバラに動いているようで、連携が取れているのが凄いと思います。香川さんはロシア専従になっていらっしゃるのですか？」

「専従という訳ではないのですが、今後のロシアの動きはチェックしておく必要がありますからね」

「EU諸国の中でも対ウクライナ支援に関して温度差が出始めています。このままではロシアの暴挙が続いてしまいそうな感じです」

「プーチンは国家のことよりも自分自身の存在をロシア史に残すことしか考えていませんからね。今のままでは『悪しき独裁者』の道しか残っていないことにおびえているのでしょう。奴はもう一度ロシアを独裁的共産主義国家へと導きたいのです」

「そうなんですか？」

「それしかないと思いますよ。未だにゴルバチョフやエリツィンはロシア国内での評価が極めて低いですからね。ソ連時代の、世界をアメリカと二分した栄光の国家に戻したい……という国民も多いのですよ」

「あんなに貧しかったのに……ですか？」

「貧しくても、国民は世界中がそうだと思わされていたのです。教育も施されていませんでしたし。現在の北朝鮮と同じですよ」

「そんな国民が哀れですね」

「しかし、そうかといって、現在の日本国民がどれだけ幸福感を持っているのか……どれだけ豊かな環境にあるのか……を調査すれば驚く結果が出ると思いますよ。なにもかもが他力本願の国家体制を、当たり前のように享受してきたのですからね」

「そうですね……いまだに平和ボケしている数少ない国民なのかもしれませんね」

「国会議員が暴言を吐いても、『撤回します』が通用する国家なんて世界中どこを探してもありませんよ。国の方針を決定する権力を持っている人たちでさえそのザマなのですからね。これから国会で大問題になると思われる与党のパーティー券キックバック問題だって、どれだけ責任を取る議員がいるのか……あの世界の歴史はそうそう変わりませんよ」

「それはEU諸国の中でも話題になっています。日本も政治家ぐるみで汚職まみれだと……私自身も指摘を受けて恥ずかしい思いをしています」

「いつまで経っても政治が三流では困ったものです。そんな中でも私たちは国民のためにやらなければならないことはとことんやる。それでいいじゃないですか」

その時、白澤に福岡の視察画像が届いたようだった。

「今、画像が入りました。二十四時間体制で確認と人物特定を行います」

「無理はしないで、優先順位は白澤さんご自身で判断してください」

「承知しました。でも、ここにいて、世界中の情報がどん入って来るなんて、実に不思議な気持ちです」

「白澤さんご自身がＥＵ諸国の情報を入手できているから、なおさら面白いのではないかと思います」

「日本、ロシア、中国、中東の情報が同時にリアルタイムで入ってくると、私ももっともっと勉強しなければなりませんし、仕事のレベルを高めていかなければならないと感じています」

「無理をせず、たまには息を抜きながらやって下さい。健康が第一、それも心の健康維持が最も大事ですからね」

「私は他の方のように、命を懸けたような危険な任務に就いているわけではありませんし……」

これを聞いた片野坂がやや強い口調で言った。

「白澤さん、僕はあなたの仕事が一番危険だと思っているのです。日頃、お付き合いしている相手の多くはエージェントでしょうし、ＥＵ諸国からＥＵ本部に来ている職員の中にはロシアや、その関係国とも近い関係にある人物も多いはずです。ＥＵが一枚岩でないことは明らかですし、彼らが日本という国家の立ち位置をどう考えているのかもわかりません。東京都の職員というあいまいな状況でいいものか、実は僕も悩んでいるところなんです」

「そうだったのですか……でも、私が接点を持つ海外の方でも、日本のことはあまり知らなくても東京はご存じですから」

「確かにそうかもしれませんね。東京という都市の安全と清潔さは世界中の大都市の憧れに近いものがあることを僕も聞いています。そこの代表というのもある意味では憧れの対象になるかもしれませんね」

「憧れの対象……ですか……そういう表現を受けると、ちょっと恥ずかしいですね」

「白澤さんなら十分にその資質もお持ちですから、たまには駅中のピアノでも弾いてみたらどうですか？　驚くほどの聴衆が集まるかもしれませんよ」

片野坂が笑って言うと、白澤も笑いながら、

「ピアノの練習しておかなきゃ」

と、答えていた。


白澤との電話を切った片野坂は、警察庁警備局警備企画課第一理事官に電話を入れ、福岡県警警備部公安第一課長の交代を打診した。警備企画課第一理事官は片野坂の七年

後輩だった。

「片野坂先輩がそこまでおっしゃるのは滅多《めった》にないことですから、慎重に検討を行います。この数年、新人の線が細いのが気にはなっていたんです」

「線が細いか……警大の教授陣は以前よりも質が上がっているはずだが……」

「地方警察からの登用を減らしていますし、地方で問題を起こした者の一次預かり的な場所ではなくなっているはずなのですが、仕事ができるのと、人を育てるのはちょっと違いますからね。警察教養の質的向上は以前よりも声高に叫ばれてはいるのですが……」

「頼むよ。官房総務課の人事企画官や、そこの理事官にも話を通しておいてくれ」

「承知いたしました」

福岡県警の山口公安一課長が警察庁教養課付きに戻ったのは、それから一週間後だった。


福岡県警の人事が発表された翌日、片野坂に九州管区警察局長を辞任後、西日本最大の警備関連企業のトップになっていた東山浩二《ひがしやまこうじ》から突然連絡が入った。東山は片野坂がＦＢＩに派遣される前々年に警察庁警備局警備企画課補佐だった時代の警備企画課長で、当時「将来は長官か総監」と言われていた人物であった。しかし二〇一一年三月十一日に発生した東日本大震災における諸問題に対して、当時の政府の無策に真向から異を唱えたことから本流を外された経緯があった。退官時には現与党からさまざまなポストを打診されたが、丁重《ていちょう》に断って民間に進むも、警備局では現在でも相談役的立場であることは耳にしていた。

「東山さん、大変ご無沙汰しております」

片野坂は今、警視庁に行って何をしておるんだ？」

片野坂は正直に現状を伝えた。

「お前さんらしいな。警察のトップを狙うつもりはないのか？」

「全く考えておりません。それよりも警察の質的強化を考えています」

「質的強化か……人材育成も重要だが、それ以上に人材の確保が先決になってくるのではないのか？」

「そのとおりです。現在、私のセクションには外務省の外交官経験者を二名採用しています」

「外務省か……両刃《もろは》の剣だな」

「両刃……と申しますと？」

「年次にもよるが、姻戚採用ではないのだろうな？」

「国家I種組です。一人は形式的にはチャイナスクール出身ですが、外務省内の親中国派閥とは無縁ですし、独自の人脈も形成していて、行動力もあります」

「そうか……それで、外交官経験者を採用するメリットは何があるんだ？」

「うちの二人は特に海外情報に関して大局的な見方ができるため、公安部出身の同僚に対してもいい影響を与えてくれています」

「現在のセクションをあとどれくらい大きくするつもりなんだ？」

「あと三人いれば、当面は万全になるかと思っています。現在、特別捜査官として採用できる人材を探しているところです」

「警察官ではダメなのか？」

「即戦力になるまでに時間がかかり過ぎます。公安総務課のＩＳもしくは外事にも目は向けておりますが、なかなか見つかりません」

ＩＳとはIntegrated Supportの略で、公安部内だけでなく、他部門にも活用できる様々な事件等の情報を収集・分析するセクションをいう。

「そうだろうな……情報分析ならば今やＡＩの方が優れているかもしれないからな」

「東山さんは警備局の中枢を長く歩んでいらっしゃいましたが、どうやって有能な部下を見出していらっしゃったのですか？」

「そうだな……当時は警察庁にⅡ種採用の制度がなかったから、警視庁を含む四十七都道府県からそれなりに優秀な人材が警察庁に集まってきていたのは大きいな。その中にはさまざまな分野で即戦力として活用できる者がいたものだよ」

国家公務員試験には、国家総合職（大卒程度試験）と国家総合職（院卒者試験）、国家一般職（大卒程度試験）、および国家一般職（高卒者試験）に分かれている。現在の国家一般職（大卒程度試験）の合格者をⅡ種採用と呼び、警察庁の場合は巡査部長からの採用となり、小規模県の県警本部長クラスまで昇任することができる。

「そういう人材を警察庁に永久出向を打診して獲得したわけですね」

「そうだね、都道府県警にとっては大きな人材を失うことを意味するのだが、都道府県警に残ったからといって、そこのトップになることはできないからな。それならば警察官として新たな再スタートができる環境を与えることは意義があったんだ」

「それがⅡ種採用をすることになって、新たなチャンスをなくしてしまった……ということですか？」

「完全になくなったわけではないが、大幅に減少してしまったことは否めない。それでも警察庁は地方からの出向組がいないと回らない組織だからな。優秀な人材を獲得するチャンスは多いということだ。その点で言えば警視庁は組織内で人材を育てる機会が多いからな。道府県警の試験を落ちて警視庁に入った者も多いのが実情なんだが、彼らは他の道府県に比べると圧倒的な経験数を重ねて仕事を覚えていくんだ」

「その話は聞いたことがあります。その差が一番出るのが警視の能力と聞いています」

「まあ、警視庁警視でもダメな奴もいるが、ずば抜けた者も多いのが実情だ。警部クラスで地方から出向してくる人材をゲットするのも余計な手間が省けていいかもしれないな」

「確かに人定を調べる必要がない分、合理的ですね」

片野坂は外務省出身の望月と壱岐を採用する際、彼らの四親等の親族を調べるのに要した労力を考えていた。

「地方警察でも、公安警察経験者なら一度は警視庁公安部で働いてみたいと思うはずだからな。チヨダの理事官担当者ならなおさらだろう。うちの会社も警察ＯＢを数多く採用しているが、だいたいの者はコンピュータの扱いも、ようやく民間以上のレベルになっているようだからな」

「それは警察の捜査管理システムを熟知しているためでしょう。定められたリレーションシップについては慣れがありますが、新たなソフトへの対応能力は決して高いレベルではないと思います」

「まあ、私たち世代の者からみれば、パソコンをある程度自由に扱うことができるのは羨ましい限りだけどな」

東山が自嘲気味に笑って言ったので、片野坂も笑顔で答えた。

「うちには日本国内で十指に入ると言われている優秀なハッカーもおります」

「ほう？　他省庁から取ったのか？」

「いえ、警視庁警察官です。語学が堪能だったためアメリカで研修を受けさせたところ、才能が見事に開花したのです」

「極めて稀な存在だろうな。ハッキングができるということは情報処理能力にも優れているということだからな。階級はどうなんだ？」

「昨年の警部試験にも極めて上位で合格しております」

「警視庁ならではの人材かもしれないな。人事からの押し付けではないのだろう？」

「私自身で人事第二課に相談してピックアップしてもらいました。バイリンガル以上の語学力を持つ者の中からチェックいたしました」

「最近は帰国子女も増えているようだからな……。ところで、先日警備局長と話していてお前の話題になったんだが、局長室には顔出ししていないようだな」

「どうも警備局長とは話が合わなくて、五十嵐《いがらし》審議官に相談にのっていただくことが多いです」

「五十嵐雄一《ゆういち》か……確かにあいつの方が機転は利くかもしれないな。しかし警備局長の船橋《ふなばし》は間違いなく長官になるぞ。長官は何と言っても人事権を持っている」

「もう、五年間も警視庁にお世話になっており、この先も当分は今のままになるかと思っています。そうなると直属の上司は警視庁公安部長ですし、予算面のこともあって公安部長の意向を受けて五十嵐審議官の指揮下に入っている状況です」

「警備局長ではなく、その下の警備担当審議官というのも、トップの考えがあってのことだったわけか」

「はい。情報内容にもよりますが、現時点では国際情報が中心となっていますので、原則として警察庁は警備局警備企画課ではなく、その上の警備局審議官と警視庁公安部長に直接報告しています」

「情報の管理からすればそれがいいのかもしれないな。ところで、お前は対日有害活動に対する有形力の行使を準備していると聞いたが、本当か？」

「はい。防衛省の出動では戦闘行為になってしまいますので、有事の際を考えながらもやっています。本来の目的は防御システムの構築であって、積極的な攻撃を行うものではありません」

「しかし、ウクライナでも実験したのだろう？　確かにお前がやったようにウクライナはドローンの実験場の様相を呈してきているけどな」

「行ったのはＮＡＴＯ軍であり、私は、私たちが開発したシステムの確認についてＦＢＩの意見を聞いただけに過ぎません」

「ＦＢＩか……ＮＳＡではなかったのか？」

「ＦＢＩの内局であるＮＳＢ経由でＮＳＡでもデモンストレーションを行ったのは事実です。ＮＳＡは情報機関ですから」

「その際のシステムの所有権はどこにあったんだ？」

「著作権、所有権とも民間のゲーム開発会社ですが、その開発に際して企画者として特許権の一部を私が保有しており、今回のＦＢＩに対する操作確認活動は民間ゲーム会社の意向を確認して私の責任で行いました」

「特許料はお前個人が受け取るのか？」

「いえ、桜田商事が受理しております。もちろん税金も支払っています」

「なるほど……するとメイドインジャパンの武器が戦争に利用されたのではない……ということなんだな？」

「そうです。攻撃用ドローンとしての活用はＮＳＡであり、その使用料はゲーム会社に支払われ、そのうちの特許使用料が桜田商事に支払われるシステムです」

「もう一度確認するが、日本製の武器が海外で使用されているわけではないのだな」

「ドローンによる一斉配送システムが武器に転用されただけ……という図式です」

「しかし、テルミットを使ったのはお前だろう？」

「そこまでご存じでしたか……。目的の場所に目的のものを同時にかつ正確に届けるシステムとして国際特許を取っているのですが、テルミットの使用は、あくまでもＮＳＡの判断によるものとしています。我々としては、対日有害活動の阻止にも使用することができるという、可能性の実験を見せてもらっているに過ぎません」

「わかった。そこまで理論武装ができているのならばいいだろう。誤った情報が流されでもしたら国際問題にもなりかねんからな。気になっていたんだ。それよりも、あまり若手の芽は摘むなよ」

「福岡県警の公安一課長の件ですか?」

「まあな。人事企画官も悩んでいたそうだぞ」

「それ以上に県警の現場の悩みの方が大きそうでした。警視正ならば正規の警察庁人事になりますが、警視のうちならば単なる出向ですから、本人の経歴にキズはつかないと思いました」

「まあな。とはいえ本人の警備局への道は完全に途絶えたわけだ」

「本人の能力を警備局以外で活かすことを考えた方が、組織にも本人のためにもなるかと思います。現在の案件に関してはチヨダから県警の警備部長に連絡をしてもらうつもりです」

「そうか、何をやっていたのかは知らないが、お前自身も気を付けてくれよ。お前だから言うが、今回のお前に関する情報は警備担当審議官の五十嵐からだ。奴もお前のことを心の底から心配しているからな」

　東山が話を終わらせようとしたのを察知して、片野坂が訊ねた。

「東山さん。ありがとうございます。五十嵐審議官には私も感謝しております。ところで、一点お伺いしたいことがあります」

「なんだ？」

「省庁間の人事交流で一本釣りをしようとする時、最良の方法は何でしょうか？」

「ターゲットはいるのか？」

「まだ、漠然《ばくぜん》とした存在ですが、海外だけでなく、国内政治にも精通した人材が欲しいと思っています」

「他省庁から警察庁に出向して来る者は優秀な人材が多い。特に県警本部長クラスで赴任してくると、古巣に帰りたくなくなる者も多いと聞いている」

「県警本部長クラス……ですか……。もう少し若いクラスが欲しいのですが……」

「警察庁の理事官級となると、行く場所が限られるからな。能力を見極めるのが大変だな。警察庁の人事総括企画官を使うのが手っ取り早いだろうな。お前より二、三期後輩だろう？」

「三年下です。在ロシア日本大使館一等書記官の経験がある奴です」

「ほう、それなら国会議員との付き合いもあるんじゃないか」

「確か、国家公安委員長秘書官事務取扱をしていたと思います」

「それならちょうどいい。そいつを使った方がいいだろう。ところで、お前が個人的に付き合っている、使える政治家はいるのか？」

「育てたい者は何人かおります。そのためにはスポンサーを含め、私的勉強会を作ってやらなければなりません」

「私的勉強会か……メンバー選びが大変だな」

「議員本人に気力があれば、自ずと人もついてくると思います」

「選挙は万全なのか？」

「一人は、現時点では対抗馬に比例復活させない程度の票を取っていますし、秘書も育ってきています」

「今、何回生なんだ？」

「三回生になったところです」

「何とか政経塾出身なんていうやつじゃないだろうな」

「もちろん違います。あれは現在のメンバーを見てもわかるように過去の遺物ですから。大学医学部を卒業後、ジョージタウン大学に進み、ワシントンＤＣのシンクタンクを経て、三十歳で公募して初当選しました」

「そうか、それは面白い人材だな」

「こういう人材がもっと政治の世界に目を向けてくれればいいのですが、極めて稀な存在であることは間違いありません」

「いくつか、いいスポンサー企業を紹介してやろう。この業界にいるとあらゆる分野からＳＯＳが入ってくるから面白いんだ」

「最近の警備業はネット世界にもかかわっていますからね」

「その分野を広げなければ、これからの警備保障はできない時代なんだよ。日本のあらゆる企業も人材の獲得戦争の真っただ中だ」

「確かにそうだと思います。うちはたまたまですがスーパー人材に育ってくれました」

「それもお前の運だろう。ところで、今回、お前は何の用件で福岡に来ているんだ？」

「西日本、特に福岡を中心に活動しているチャイニーズマフィアの実態を調べています」

「チャイニーズマフィアか……奥が深いぞ」

「現在、福岡市内で奴らの拠点、しかも、この数年中国共産党の命を受けた海外警察拠点とも連携を取っているところに目を付けました」

「警察拠点が福岡市内にあることは私もマスコミから聞いていたが、本当なんだな。しかもチャイニーズマフィアとつるんでいるのか？」

「東京の拠点も同じで、旧暴走族系のマフィア組織です」

「暴走族系？　いわゆる半グレか？」

「はい。現在フィリピンやタイに拠点を置いて特殊詐欺をやっているグループの元締めとしてしのぎを稼いでいます」

「そうか……特殊詐欺のバックは、やはりあの連中だったたか……。フィリピンには現在でもいくつかの拠点があるらしいな」

「マニラやケソンシティーで飲み屋の値段を上げているのは奴らの影響のようです」

「福岡のフィリピーナ好きの連中がそんな話をしていたな。片野坂、お前はそちらの捜査はしないのか？」

「特殊詐欺に騙《だま》される人の面倒までは見切れません。詐欺グループは最近では投資詐欺で儲けているようですけど、被害者になる方も『絶対に儲かる』なんて言葉を信用する段階ですでにアウトですからね」

「いつの時代になっても詐欺師というのはなくならないものだ。それよりも当面はいい政治家を育てながら、国家と警察組織の強化をはかってくれ。これからはお前たちの時代だからな」

「はい。今後ともよろしくご指導お願いします」

電話を切ると片野坂の携帯に福岡県警警察通信からの着信が入った。

「福岡県警本部長の岡本《おかもと》だ。察庁内人事とはいえ、俺の指揮下のポストを異動させるなら、一言、相談があってもいいんじゃないか？」

「岡本さん、どうも失礼いたしました。現場を壊される虞がありましたので早急な措置を執らせて頂きました。申し訳ありませんでした」

「まあ、現場も喜んでいたようだから、今回は不問に付しておこう。ところで、その後の現場はどうしているんだ?」

「現在は私一人でやっております」

「たった一人でできる仕事なのか?」

「形が見えてきたところで、ご相談に上《あが》ろうと考えております」

「通信傍受はこちらでまだやっているようだぞ」

「それはありがたいです。ただ、奴らは本国と無線連絡を取っておりまして、通信傍受だけでは必要な部分を取ることができません」

「総領事館を使っているのか?」

「それがバレてしまうとさすがに国際問題になってしまいますので、もう一つの拠点を括《くく》っています」

「そこも見つけたのか?」

「はい。相互通信の位置とパラボラの方向で把握できました」

「相互通信というのはどういう意味なんだ?」

「奴らは私が把握しているだけで、国内に六カ所の警察拠点を置いており、相互に連絡を取り合っているのです。その中継拠点となっている人工衛星の位置を中心として、発信拠点を探しています」

「警察庁の衛星を利用しているわけか?」

「警察庁だけでなく、アメリカのGPS衛星も利用させてもらっています」

ＧＰＳ（Global Positioning System, Global Positioning Satellite）は全地球測位システムのことで、アメリカ合衆国によって運用されている衛星測位システムである。ＧＰＳの本来の利用方法は、約三十個のＧＰＳ衛星のうち受信者の上空にある数個の衛星からの信号を受信し、受信者が自身の現在位置を把握することである。このシステムを応用し、独自のシステムを追加することで、特定の周波数の電波発信源を探すことも可能である。

「耳作業はできている……ということか。バックには中国共産党が直接かかわっているのか？」

「まだそこまでには行きついていませんが、いくつかの省の公安が中華人民共和国反間諜法に基づいて動いていることは確認できています。しかも、公安だけでなくチャイニーズマフィアとも共同戦線を取っているところが不気味ではあります」

「そういうことか。相手が反スパイ法を持ち出してくるとなれば、今後、県警としては公安だけでいいのか？」

福岡県警本部長の岡本正雄《まさお》警視監は平成二年組で国際組織犯罪対策官や、警視庁公安総務課長も経験しているだけに、中国による海外の警察拠点や、チャイニーズマフィアの動向には敏感だった。

「その点につきましても岡本さんのお知恵をお借りしなければならないと考えておりま

した」

「今年の四月の全国人民代表大会常務委員会では反スパイ法の摘発対象を拡大する改正案を可決している。これは国内だけでなく、海外でさまざまな活動を行っている反体制派の動きだけでなく、海外でのスパイ活動を阻止しようとする者まで、その対象にするつもりでいるようだからな」

この反スパイ法で定義された「スパイ行為」とは、

一　国家の安全を害する活動

二　スパイ組織への参加またはスパイ組織・その代理人の任務の引き受け

三　国家機密の窃取、探索、買収または不法な提供

四　国家業務に従事する人員への反旗の扇動、勧誘、買収

五　攻撃目標の指示

六　その他スパイ活動を行うもの

の六項目で、初めて明記されていた。

「まさになりふり構わず……という感じですね」

「海外で中国に賛同する者を排除する者までもその対象となれば、奴らの主観だけで処理でき、しかも、決して高度な教育を受けていない連中が実行部隊になっている……ということだろう」

「ですから、そこにチャイニーズマフィアも加わっているのでしょう」

「何としてもぶっ潰しておかなければならないが、捜査手法としては公安的な『あらゆる法令を駆使して……』ということになるな」

「私もそう考えています」

「福岡県警には国内で唯一の暴力団対策部はあるが、組織犯罪対策部がないのが弱点ではあるんだ。組織犯罪対策課と国際捜査課が暴対部の中にはあることにはあるんだが……」

「近々、県警本部にお邪魔したいと思っておりますが、とりあえず新公安一課長と筆頭補佐にも会いたいと思っております」

「わかった。明日、明後日中にセットしよう。ところでお前は今、どこに泊まっているんだ？」

「中洲にあるビジネスホテルです。地下鉄からほとんど雨に濡れることなくホテルに入ることができるので助かります」

「そうか、車はどうしているんだ？」

「必要な時はレンタカーを使いますが、福岡市もレンタル自転車が充実しているので、これもよく使っています」

「レンタサイクルに関しても、カードと自転車の移動状況から借主の個人情報を盗むような業者等、いろいろあるようだな」

「自転車の場合にはまだ詳細なデータ管理はできていないと聞いていますが、一分、四円なんていうのもありますから、とても助かります。それよりもタクシーの配車サービスの個人情報等に関するデータを中国が狙っているようですから、なるべく自宅からの使用はしないようにしています」

「中国と日本ではタクシーの配車アプリの利用目的がやや違っているからな」

「ぼったくり防止……ですか？」

「それもあるが、個人の移動情報を管理することで反体制派と外国人の動きを確認することが主たる目的だ。客が外国人とわかれば、ぼったくりをやる運転手は北京や香港では今でも多いようだけどな」

「何でも管理しようとする中国共産党的発想の最たるものが電子マネーですから、海外旅行先のチャイニーズマフィアを使ってマネーロンダリングしている富裕層も多いようですね」

「海外で人民元紙幣の流通が増えていることに中国共産党幹部も憂慮しているようだが、これればかりは使用実態の把握ができないのが実情のようだ。海外のチャイニーズマフィアもこのマネーロンダリングは何もしなくて金儲けができるため、数カ国をまたいで金を動かしているようだな」

「かつての地下銀行システムを利用できなくなっているのが中国からの出稼ぎ労働者の間で問題になっているのです。このため架空名義のクレジットカード決済も横行しているようです」

「商売人にとっては金の入りさえ確認できればいいのだから、少々の手数料を抜かれても問題はないのだろうな」

「そうでなければ、いくら日本が円安と言っても、転売目的とはいえ、現在の中国国内の経済下で爆買いはし辛いでしょう」

「中国もそうかもしれないが、問題はむしろ日本の方が大きいと私は思っている。円安を許容し続ける日銀や財務省の意図を、単に貿易収支だとすれば、日本人が海外に行って寂しい思いをするばかりだということを全くわかっていないことになる。州によってはアメリカの最低賃金が日本の三倍近くになっていることをどう思っているのか……海外で自分の金を使わずに税金で生きている外交官連中にはどうでもいいことなんだろうな」

「そう言えば岡本さんは現在の前はロサンゼルス総領事館勤務でしたね。経済格差は身に沁《し》みましたか？」

「私より、妻や子どもが実感していたよ。メイドの給料と自分たちが使うことができる金額を比べると『情けなくなる』と嘆いていたからな」

「そうでしょうね……私の同僚も海外に行く度に日本人の貧しさを感じているようです。ですから私も国内ではついついタクシーではなくレンタサイクルを使ってしまうんです」

「潤沢《じゅんたく》な経費がありながら、しっかりしているな」

「使う時は使いますよ」

片野坂が笑って答えた。


二日後、片野坂は県警本部長室で岡本本部長、新任の服部雄介《はっとりゆうすけ》公安第一課長、原田賢治《はらだけんじ》統括管理官と今後の対策について協議を行っていた。

現場の詳細な地理の話に及んだが、服部一課長は福岡出身で福岡市内の地理を熟知していた。

「なかなか出身県に振り出しで来ることはないんだが、人事も気を遣ったんだろうな」

岡本本部長が笑って言った。これを聞いて片野坂が原田統括管理官に訊ねた。

「以前、長官官房に出向されていた植山《うえやま》さんはどうされていますか？」

「植山さんは今、北九州市警察部長です」

「部長になられていたんですね」

市警察部は、道府県警察本部配下の部門の一つで、静岡県の浜松市や、大阪府の堺市等、市内警察署を統括してその連絡・調整等を行う組織であるが、北九州市は非県庁所在地の政令市で、全国でも唯一「機動警察隊」という実働部隊を持つことで知られている。

「植山重臣《しげおみ》市警部長を知っていたか？」

「長官官房総務課にいらっしゃる時に、福岡市内の美味しいラーメン屋さんを紹介していただいて、感動したものです」

「ああ、福岡の玄人御用達《くろうとごようたし》の『長浜ラーメン 福重家』だな。私も西区方面に行く時は必ず立ち寄る。西日本警備保障の東山社長もご自身でレクサスを運転してたまに行っているらしい」

「東山さんも……ですか。先日、電話をいただき、ご指導を受けたばかりです」

「未だに警備局の顧問のような存在だからな。社長業もそろそろ十年近くなるんじゃないかな。すっかり福岡の名士になられて、博多山笠の舁《か》き山《やま》笠の台上がりもされていたからな。大したもんだよ。そうか、お前もあのラーメン屋を知っていたのか？」

「内閣府の平田《ひらた》審議官も未だに年に二回はお取り寄せ……といっても、植山さんが送っているみたいですけど、されているとか。先日、官邸でお会いした時にその話になりました」

「そうか、平田さんもそろそろ五年になるな……先日、全国本部長会議の際にお会いしたが『辞めさせてもらえない』と嘆《なげ》いていたな」

二人の会話を聞いて、服部公安一課長が恐る恐るという雰囲気で片野坂に訊ねた。

「片野坂さんのことは警察大学に入校した時、『イェール大学に留学して、そのままFBIに進んだ警視正』として教務部長がお話をされたのを記憶しています。そういう方を目標にしたいと思っていましたが、ここで、このような形でお会いできるとは思ってもおりませんでした」

「当時は人事企画官も試験的実施のつもりで認めたのだろうが、結果がよくなかったので、その後はなくなってしまったようだな。後輩には悪いことをしたと思っているよ」

これを聞いて岡本本部長が笑って言った。

「本来なら県警ナンバーツーの警務部長になっていてもいい年次なんだが、未だに、こうやって一人で捜査している奴も珍しいだろう。警視庁の公安総務課長は何期後輩なんだ?」

「五期後輩です。警視庁警備第一課長も公総課長と同期が就きましたが……」

「警視庁の警備第一課長といえば機動隊十個隊を傘下に持ち四千人近い部下を持つのに、お前は部下四人か?」

「部下というよりも同僚ですが、私を含めてわずか五人の組織ですから」

「それで世界を動かしているのだから、恐ろしい組織ではあるな」

片野坂はそれには答えることなく話題を戻した。

「ところで、警備部の副部長や参事官は現場に関してはノータッチなのですか？」

「どの部も、副部長や参事官は人事と一部の業務管理だけだな。警備部には警備総務課がないから公安一課がやっているな。そもそも警備総務課を設置しているのは大阪府と愛知県くらいのもので、部の総務はほとんどのところで公安一課がやっているだろう？」

「残念ながら私は神奈川県警の外事課長しか経験しておりませんので、管理部門には疎いのです」

「現場第一主義もいいが、行政官であることも忘れないことだ。今回の案件はとりあえず公安第一課にまかせよう」

　これを聞いて服部公安一課長が答えた。

「特別捜査班で編成を組みます。当面やるべきことをご指示ください」

　片野坂は本部長室から白澤に連絡を入れ、監視カメラ画像の解析結果と警察拠点からの衛星通信記録を警視庁本部デスク宛てに送信するように伝えた。さらに警視庁本部の公安部長別室担当に連絡して、デスクのコンピュータのパスワードを伝えて警察回線に接続を依頼した。この様子を見ていた岡本本部長が呆れた顔つきで訊ねた。

「おまえのデスクには留守番もいないのか？」

「現在、全員出払っておりまして、ヨーロッパ滞在中の係員が全ての連絡窓口になっています」

「ほう、そのヨーロッパ担当が話に聞いたハッカーなのか？」

「最も安全なところで仕事をしてもらっています」

「よく考えたものだ」

片野坂はパソコンを取り出して警察回線から本部デスクのコンピュータにアクセスして福岡県内の警察拠点の情報を確認した。

「このデータをここで取り出すことはできませんので、デスクトップ画像を写真撮影した上でＯＣＲ処理をして下さい。また衛星通信のデジタル通信の周波数はＳＨＦ（Super High Frequency：マイクロ波）を使用しており、これも判明しておりますので、県警も独自で受信していただきたいと思っています」

ＯＣＲとはOptical Character Recognition（光学文字認識）の略称で、活字や手書きテキストの画像を文字コードに変換する技術のことである。

「マイクロ波のデジタル形式まで解析済だったのか……」

「京都の警察拠点からの通信を解析しました。奴らは本国との通信だけでなく、国内の数カ所の拠点とも相互通信を行っていますが、大使館や総領事館等の在外公館とは直接の交信をしておらず、在外公館は一方的な受信をして、その後の指示は本国からの乱数表を用いた短波放送で、昔ながらの手法で指示を出しているようです」

「北朝鮮の平壌《ピョンヤン》放送と一緒か……」

「この方法が一番迅速かつ確実なのだと思われます」

「そう考えると、日本の警察通信は大丈夫なんだろうな」

岡本本部長が腕組みをしながら訊ねたため、片野坂が笑顔で答えた。

「日本の警察無線は特殊なデジタル変調方式を採っているので傍受するのは困難ですが、マニアが多くいますし、ＩＴも進化しているので不可能ではありません。しかし、公安部が使用している周波数には海外諜報機関も注目していることから、ＡＰＲ（Advanced Police Radio：高度警察無線）に、さらに変調波をかぶせる手法と暗号化によって、ほぼ解析不能状態にしています」

「しかし、これを録音していればいつかは解析できるんじゃないか？」

「暗号を毎日のように変えていれば、それに使う労力が無駄であると理解することになるのです」

「そうか……」

「毎日毎日暗号解読をしていても、解読した時にはすでに情報ではなくなっているわけです。また先ほどの画像等に関してはデータの仮想化と暗号化で送受信を同時に行っていますので、第三者による解析はほとんど不可能かと思われます」

「そこまでやっているのか」

「公安部には警察庁を経由せずに独自で海外在住の協力者と連絡を取り合っている者も

いますから、協力者保護の立場からは致し方ないかと思います」

二人の会話を服部公安一課長は驚いた表情で聞いていた。片野坂の階級がいくら警視正だからと言っても、本部長は警視監であり、年次でも十年は違っていたからだった。しかし、岡本本部長も片野坂に対してキャリア間の上下関係に従って呼び捨てにはしていたが、どこか片野坂の存在を評価しているようでもあった。

原田統括管理官が片野坂のパソコン画面をスマホで撮り終えたのを確認して、片野坂が言った。

「明後日までに捜査本部の態勢を整えて、すぐに動くことができるようにしておいて下さい。間もなく年末になりますが、中国人は日本の正月に合わせて行動はしませんので、年末年始はないつもりのシフトを組んでいただきたいと思います」

片野坂の言葉に服部公安一課長は一瞬、原田統括管理官の顔を見たが、慌《あわ》てて片野坂に向かって答えた。

「かしこまりました」

公安一課長と統括管理官を帰したところで、片野坂が岡本本部長に言った。

「先ほどのお話ですが、私どもは世界を飛び回ってはいますが、動かしてはいません」

「そうなのか？　ＦＢＩの内局であるＮＳＢ経由でＮＳＡにとどまらずＮＡＴＯにも影響を及ぼしているようじゃないか」

「警備局長情報ですか？」

「情報源はともかく、警備局出身の極めて限られたメンバーの間で、お前の動きが賛否両論になっていることは事実だな。足を掬《すく》われないように注意することだ」

「警備局内にも面白く思っていない方々がいらっしゃる……ということですね」

「警備局というよりも、海外の諜報組織とのカウンターパートに当たっているセクションや、外務省出向帰りの連中が、あれやこれや言っているようだな。さらにロシア、中国の在外公館の連中をあまり手足のように使わないことだ。言葉は悪いが獅子身中の虫のような者が存在することも事実だ」

「なるほど……そういうことですね。全く心当たりがないわけではありません」

「警察庁内のことか？」

「そうですね……どうしても政治を意識する方はいらっしゃいますから」

「警察のトップを経験して政治の世界に入った人は一人だけだからな。それ以外の人物はどうも党内での評判が芳しくないからな」

「政党内だけでなく、警察庁内でもよくないですよ」

片野坂が顔色一つ変えずに答えると、岡本本部長も笑って言った。

「俺は国会議員を志す役人の気持ちがわからないんだが、お前はどうだ？」

「たかだか一、二回生議員に、議員会館まで呼びつけられるのが癪《しゃく》に障るのでしょうね」

「そんな馬鹿連中を相手にしなければいいだけのことだろう？　国会議員といっても、大臣クラスでさえ程度の低いのも多いし、これも派閥制度の弊害だろうな。今回の派閥問題を与党内でどれだけ真剣に捉えるか……が問題なんだろうが……」

そこまで言って岡本本部長が思い出したように言った。

「そう言えば、お前の部下で、現在中国国内で情報収集している者はいるのか？」

「はい、外務省ＯＢが一人行っております」

「外務省ＯＢか……くれぐれもスパイの嫌疑《けんぎ》をかけられないよう、十分指導してやってくれよ。中国共産党は十倍返し、百倍返しの報復を平気でしてくる連中だからな。それも、日本の水産物を全面輸入禁止するような、科学的根拠でさえ無視する連中だ」

「確かにそうですね。改めて注意の伝達をしておきます」

第五章　経過報告

片野坂は、ここまでのメンバーの活動を整理するためにホテルに戻り、まずは白澤に連絡を取った。

「先ほどはどうもありがとう」

「部付はまだ福岡にいらっしゃるのですか？」

「そうです。今回は一人ですから、いろいろ時間を要しています」

「捜査本部はできていないのですか？」

「それもいろいろありましてね。ところでそろそろ年末年始に向けた仕事の調整も行わなければなりませんが、白澤さんのご予定はいかがですか？」

「そのことなんですが、祖母の具合が芳しくないようで、できれば一時帰国したいと考えています」

「そういうことは最優先でお願いします。クリスマス前に全員、東京で集合して今後のことを話し合いたいと思っています。香川さんからの連絡はいかがですか?」

「ロシアを中心に動かれていらっしゃいます。ロシアの軍事部門の内情はほとんど調べていらっしゃって、北朝鮮やイランからの武器、弾薬、ドローンの購入や使用状況も明らかになっています」

「さすがですね」

「でも、食べ物があまりにひどいので、その時だけはご機嫌斜めで、私の金遣いが一番荒いと嫌味を言って、鬱憤《うっぷん》を晴らしていらっしゃいます。確かに家賃は高いし三カ月に一度パソコンを買い替えていますので、お金が掛かっているのかな……とも思いますが……」

「経理を香川さんに任せているのには理由があって、あれでしっかりしているんですけどね。ご本人は不満もあるようなんです。たまにオリエント急行に乗って、タキシードを経費で購入したりしているようですが、自腹の持ち出しも多いんですよ。まあ、元々は神戸のお坊ちゃまですからね」

「タキシードの件はご存じだったのですか?」

「カードを使えばすぐにわかるでしょう?」

「確かにそうですよね……。それから、望月さんはシンガポールからモルディブ共和国を経由して、イスラエル、レバノン、イランに入っています。ハマスとの闘いは来年の冬には一旦終わるようだとおっしゃっていました。壱岐さんは中国国内、それも海岸線に沿って北上されている感じです。中国の景気の悪化がひどくて、若者の暴動が起こりかねないようなことをおっしゃっていました」

「壱岐さんは北上していますか……」

「はい、今年の冬は早くて、内陸で着る服がないとおっしゃっていました」

「だいたいわかりました。それではみんなには僕から連絡を入れますが、白澤さんも一時帰国の準備を始めて下さい」

白澤との電話を切ると片野坂は香川に電話を入れた。

「ずいぶん放置プレーをしてくれるな」

「お元気そうで何よりです。ロシアはいかがですか？」

「寒いよ。これだけ寒いとウクライナでは兵士よりもドローンが中心の戦いになっているが、お前が作ったドローンシステムと思われるものも使われていて、ロシア軍を悩ませているようだ。あのシステムを水上ドローンにも応用しているようで、ほぼ百発百中でロシア艦船を沈めているようだ。とはいって水上ドローンの数はまだ少ないようだけどな」

「ウクライナは弾薬が足りないという報道がされていますが……」

「ウクライナは圧倒的に不利な状況にありながら、よく戦っているとは思うが、無駄弾が多いのも事実だな。しかし、その奮闘のおかげで、ロシアの日本侵攻が遠のいたのは事実だ」

「やはりプーチンは日本を狙っていたのですね」

「ああ、プーチンよりもメドヴェージェフの方が積極的で、ウクライナよりも日本が先……という時期もあったが、ウクライナを先に攻めたのは小麦が欲しかったのが最大の理由だったようだな。ウクライナをチャンチャンと叩いて、その後日本……というシナリオもあったが、ウクライナ侵攻一年目だけで、極東の兵士の半数以上が戦死したわけで、当分、極東の戦力は復活しないだろう。その代わりと言ってはなんだが、北朝鮮に代役を担わせようとしているようだ」

「北朝鮮に代役は無理でしょう」

「だからミサイルの精度を上げさせるために弾道ミサイル技術を提供したんだ。その結果、短期間のうちに監視衛星を軌道に乗せることができるようになったんだよ。もちろん、その見返りとして砲弾や短距離ミサイルの提供を受けているけどな」

「やはりそうでしたか……」

「しかも、イラン製ドローンを北朝鮮に渡して、パクリ製品を作らせ、ウクライナ戦に使用しているが、これは将来的に対日本向けに使用できるよう量産体制に入ったようだ。

もし……の話をしても仕方ないんだが、一年前、ロシアがウクライナではなく北海道に侵攻していたら、日本はどうなっていたと思う？」

「現在のウクライナ同様、国土の十八パーセントを奪われていたかもしれません。さらには、北朝鮮もこれに呼応して、日本国内に展開させている工作員が一斉蜂起《いっせいほうき》していたかもしれません」

「日米安全保障条約があるとはいえ、アメリカがモスクワを攻撃していたとは考えにくい。考えただけでゾッとするよ。そこまで考えている政治家はいないのかね。日本国はたまたま歴史的な運の良さがあったに過ぎないんだよ」

「ロシア国内の治安はどうなのですか？」

「一般国民に対する厳しい措置はないが、このところオリガルヒだけでなくガスプロムの関係者が次々に不審死を遂げているんだ」

「ワグネルに続いてガスプロム内でも何か問題が起こっているのですか？」

「ガスプロムの主要幹部はプーチンがKGB時代にリクルートした旧東ドイツのスパイだったことは前に話したことがあるだろう。その幹部のうち五人が立て続けに死んでいたことが、奴らの内部メールでわかったんだ」

「ガスプロムのサーバに仕掛けたバックドアはまだ動いているのですか？」

「未だに発見されていないようだな。セキュリティに関しては実に甘っちょろい会社だから俺にとっては嬉しい限りなんだけどな。ガスプロム関連の不審死はガスプロムが所有しているスキーリゾートの経営担当から始まったんだが、このスキーリゾートはプーチンとメドヴェージェフが一緒に訪れるほど、ロシア政府高官の秘密会議の場になっていたんだ」

「大統領を交代しながら任期の延長を謀った悪の枢軸ともいえるこの二人は、核使用を公言し、北方領土を日本に返還しない憲法改正を行った主犯ですからね」

「今は亡きプリゴジンと実戦部隊司令官のウトキンのワグネルのワンツーが本気で狙っていたのはメドヴェージェフだったようだからな」

「そうでしたか……殺された幹部は皆ロシア国内でのことだったのですか？」

「いや、それが、スペインのカタルーニャ州のフランス国境に近いリゾート地のリュレット・ダ・マールだったり、イギリスのロンドン近郊で、『ハリー・ポッター』の主人公の家、つまりハリーの伯父・伯母の家であるダーズリー家がある設定のサリー州だったりと、ＥＵにも跨《また》がった犯行なんだ」

「かつてのＫＧＢのようですね……」

「プーチンはＫＧＢの完全復活を目指しているんだろうな」

「何か具体的な動きはあるのですか？」

「ああ、それが以前お前に人定を頼んだダジーノフのことなんだよ」

「決して放置していた訳ではないのですが、人脈がつながらないんですよ」

「どういうことだ」

「ダジーノフといえば、旧ソビエト連邦のいわゆるノーメンクラツーラのメンバーのアンドレイ・サンドロヴィチ・ダジーノフですね。スターリンに処刑された……とも言われています」

「処刑の事実は知らないが、その息子はスターリンの娘と結婚したんだよ」

「スターリンの娘スヴェトラーナ・ヨシフォヴナ・アリルーイェヴァは三、四回結婚して、最後はアメリカに亡命して、ＦＢＩの監視下にあったことは僕も資料で確認しています」

「そう、その娘の何回目かの結婚相手がダジーノフで、どうやらスペッナズのお兄ちゃんはその血を引いているようなんだ」

「そのスペッナズの将校のダジーノフは今幾つなんですか?」

「三十八だ」

「なるほど……いてもおかしくはないですが、ダジーノフとの間に生まれたのは女性じゃなかったか……と思うのですが……」

「表面上はそうなっている。最初の結婚でもスターリンの娘は何度かの死産と流産を経験したことになっているんだが、ロシア国内の資料では表面に出ていない子どもが何人かいるということなんだ。そしてその資料がロシア連邦国家親衛隊情報担当のコンピュータに眠っていたんだよ」

「FBIの資料では全く出てきませんが」

「FBIになくてもこっちのデータに残っているんだから仕方がないだろう」

「そこまで入り込んでいるのですか？」

「奴のコンピュータ用のIDナンバーが未だに変わっていないんだ」

「しかし、記録に残るのではないですか？」

「一度、奴の個人データに入り込んだ時、奴の自宅もわかったんで、一応家庭訪問をさせてもらったんだ」

「お留守の時の家庭訪問ですね」

「当たり前だろう。しかし、一応は高級官僚専用のアパートメントだからな、十分な用心をして入ったし、秘聴セットも仕掛けてきたんだが、こいつがほとんど屋内で会話をしないので面白くないんだ。おまけにワグネルにいたロヂオノフのようにパソコンを自宅に置いていないし、つまらない野郎なんだ」

「さすがにスペッナズ将校という感じですね。何か弱点はないのでしょうか？」

「それが、どうもロヂオノフとの関係は切れていないらしく、何度かサンクトペテルブルクのロシア内務省近くの店で会っているんだ」

「そういう関係……というわけではないのですか？」

「ロヂオノフは異常なほどの女好きだからな、それはないと思う。だが、ロヂオノフのボディーガードという雰囲気はなきにしもあらず……だな」

「ロヂオノフは組織の中でそんなに上位なのですか？」

「殺されたプリゴジンとウトキン二人の側近でありながら、その死後に内務省に戻ったことを考えると、彼らの動きを見張っていた立場だったのかもしれないな。案外、八月二十三日のエンブラエル・レガシー六〇〇撃墜にもかかわっていたのかも……だな」

「立証できると面白いですが、そこまで抜けてはいないでしょう。それよりも来年三月の大統領選終了後、本格的なウクライナ攻撃を行うかどうかが問題になってくると思います。もちろん戦力的な問題が第一ですが、武器製造にも相当力を入れ始めていますし、北朝鮮という軍事工場を手中にしたことで、ミサイルやドローンによる攻撃が中心となって人員の損失は少なくなりますからね」

「そこなんだよな。アメリカの支援がなくなれば、いくらスウェーデンが戦闘機を供与したところでウクライナ側の損失ばかりが増えることになるだろうからな。停戦の落としどころも難しいだろう。そうかといって、日本が出る幕もないだろうし、今の日本の政治状況を考えると、世界中から相手にされない状況になっているだろうし……。これにアメリカが『もしトラ』にでもなれば、それこそ、今度は本格的に日本が悪の独裁トリオのターゲットになりかねない」

「トランプですね……バイデンのブレが大き過ぎるのも気になりますし、アメリカでさえ若い政治家の台頭が望まれるのですが……今回の二度目の老老対決を最後に世代交代となるのかもしれません」

「するとあと四年は世界中が我慢しなければならない……ということか？　アメリカ国民の知的レベルを世界に知らしめたようなモノだからな」

「それでも世界経済はニューヨークのニューズ・コープに躍らされているわけですからね」

「ウォール・ストリート・ジャーナル……ダウ・ジョーンズ社か……。現存する世界最古の日刊新聞であるイギリスのタイムズも傘下に入れているからな。そんな会社を作るメディア王のマードックのような人物が登場するのもアメリカンドリームではあるんだが……」

「ドリーム……確かにアメリカには夢がありますよ。その点で言えば、今の日本には夢がないですよね……」

片野坂にしては珍しい厭世的《えんせいてき》な言い方に香川が驚いて訊ねた。

「どうした、ＦＢＩに戻りたくなったのか」

「そういうわけではありませんが、やはりあそこにも夢があったな……と思います。それだけ犯罪も多かったのですけどね」

「警察庁には夢がない世界なのかもしれませんね」

「夢を求めてはいけない世界……か？」

「しかし、今やっていることはお前の夢の一つではないのか？」

「夢ではなくやらなければならないことの一つですね。しかし、そこにはどうしても公務員としての予算の枠がありますからね。今回、たまたまゲームソフトの開発で少々の資金を得ましたが、本来ならば国家が本気になって予算を獲得しなければならないところなのに、政治家は裏金処理をして、さらに自分の書籍を購入して印税を稼いでいても非課税だというのは、一般の公務員でさえ許しがたいでしょう。そんな政府のためにある意味現場で命を懸けて働いていることに自問自答してしまいます」

「腐りきった連中にはそろそろ引導を渡してやらなければならないんだが……最近俺たちの目は世界にばかり向いていたからな」

「先ほどの香川さんの情報ではありませんが、一年前にロシアが本当に日本を攻めていたら、現在、我々はどうなっていたか……これを現在の国会議員がどれだけ本気で考えることができるか……ですね」

「プーチンは将来、本当に日本を狙ってくると思うか？」

「メドヴェージェフを副官にしている間は常にその危険性があります。あの男は元々二枚舌を平気で使う男で、本気で戦略核の使用を考えている世界でも数少ない狂人の一人ですから」

「片野坂、お前がそこまで言うのも珍しいな」

「僕の近い親族で、戦後、シベリアで抑留《よくりゅう》された人に子どもの頃から当時の話を聞いて育ちました。その方は当時理系の学生で、ご両親が現在の北朝鮮でダムを作っていたところを訪問していた時、たまたま終戦になったのです。その時の関東軍も酷い連中ばかりで、ソ連軍が侵攻してくると我先に逃げ出したらしい。おまけに、当時、現地に来ていた若い者を勝手に軍人として登録していたようです。僕の親族も帝国大学の学生でありながらいつの間にか軍人にされていて、その名簿に基づいてシベリアに抑留されてしまったのです」

「俺の大叔父もシベリア抑留された捕虜だったが……本当にそんなことがあったのか?」

「同じ帝国大学の学生であっても、文系の人は学徒出陣で軍人にさせられていました。私の親族は、不幸がかさなって、大学時代の友人が現地に来ていて一緒にいたところを連れ去られたのだそうです。文系の学徒出陣の友人はシベリアで二年目に亡くなり、親族は昭和二十七年に日本に帰国したそうなんです」

「七年間の抑留生活か……どうしてまた、そんな目にあったんだ?」

「土木工学の技術があったからでしょう。後半の三年間は捕虜というよりも寧《むし》ろ技術者として給与ももらって、ソ連人として残るよう説得されていたようですが。最初の四年の恨みは骨の髄《ずい》までしみ込んでいたそうです」

「そんな人が近くにいれば、確かにロスケ嫌いにはなるだろうな。それでもキャビアは好きだったよな」

「チョウザメは人間ではありませんし、いわばロシア人に殺戮《さつりく》を繰り返されている可哀想な犠牲魚ですからね」

「そういう発想か……それにしてもお前のロシア嫌いはそういうところにもあったんだな……とはいえ、ロシアの女スパイだったクチンスカヤはお前に惚れていたそうだが、まんざらでもなかっただろう？」

「ロシアの女スパイの本性を先輩はご存じないからですよ。彼女が亡命する際にどれだけの金を持ち逃げしていたか……ある意味官製オリガルヒだったわけですよ。おそらく亡命先では完全セキュリティに囲まれた生活しかできないと思いますよ」

「亡命先を転々と変えるつもりなんじゃないか」

「そうでしょうね、最終的にはアメリカ合衆国に行きたいと考えているはずですが、なかなか難しいと思います」

「ちなみに、彼女はどれくらいの金を持ち逃げしたんだ？」

「私たちの退職金の五百倍くらいじゃないですか？」

「五百倍？　退職金が二千万とすると……百億円か？」

「そんなもんでしょう」

「そんなもん……っておまえ、どこからそんな金を引っ張ってくるんだ？」

「彼女関連のオリガルヒで、この五年間で不審死した者の遺産総額は二十二兆円です。安いモノでしょう」

「そんなワルと白澤のネエチャンはよく付き合っていたな……」

「クチンスカヤのことは早い時期から報告を受けていましたし、ＥＵ本部周辺で情報収集をしていた多くの国の情報担当者からも彼女が要注意人物であることは白澤さんも聞かされていました。そして、最後はその白澤さんを頼って亡命するわけですから、白澤さんの懐の深さを褒《ほ》めるべきかとも思いますよ」

「彼女の動きもあって望月ちゃんが無事生還できたのは事実だけどな。それでも俺としてはクチンスカヤという女は気にくわないんだよな」

「好みは人それぞれですから何も申しませんが、彼女はプーチン本人に対して直接会って報告していたようですから、プーチンにとっても喉《のど》につかえた骨のような存在になっていると思いますよ」

「プーチンに直接報告？」

「モサドからの情報ではそうなっていました。ＥＵ諸国の対ロシア政策を最も握っていたのが彼女だったそうです」

「それがプーチンを裏切った……というのか？」

「彼女の母親がウクライナ出身だったようですね。多くの親族を失ったことが原因とされていて、先ほどの香川さんの話にも出てきたダジーノフとは姻戚関係にあったようですよ」

「そういえば、あいつもウクライナ出身だったな……しかしプーチンは裏切り者は絶対に許さないようだし、本人もまたそれを自らの口で言っているようだが、クチンスカヤはなおのこと、抹殺《まっさつ》処分の対象になるんじゃないのか？」

「だと思いますよ。あのプーチンのことですから、あわよくば彼女をモノにしようとしていたかもしれませんね」

「彼女の現在の居場所をお前は知っているのか？」

「いえ、全く知りません。白澤さんならご存じかもしれませんが……そんなことより年内に一度帰国をお願いします」

「あったり前だ。こんなところ、好き好んでいるわけじゃない」

「そうですよね、何よりも食に精通している香川先輩ですから、ロシアでは納得いかないですよね」

「ロシア人の多くはこんな食いものを普通だと思っているんだから、少々の経済制裁を加えたところで何の効果もないだろうな。豊かな欧米人の発想で『ロシア』を考えてもダメなんだよ」

「私も前回ロシアに入った時、第二の都市サンクトペテルブルク市でさえあの程度か……と感じてしまいました。かつてヒットラー率いるナチスドイツ軍がサンクトペテルブルクを陥落《かんらく》させることができなかった背景が、サンクトペテルブルク市民の日々の生活を見てわかるような気がしました」

「多少の高等教育を受けている者や国外での生活経験がある者、それに若者の間では、顕著にロシア離れが起こっているのは事実だな。特にIT関連の技術を持っている者の間では、いくら情報統制が行われていても、海外の情報をいくらでも入手することができる。そこが中国とは違うところなんだな。海外逃亡組に対して政府は何をすることもできないのが現状で、プー太郎は中国のような海外警察制度を作ろうと考えているようだが、その下地が全くないことにいら立ちを感じているようだ」

「何か指示文書でもあるのですか？」

「ロシア連邦国家親衛隊情報担当に対して、組織確立に何が必要かを打診しているんだ」

「ありそうな話ですね。それに関してロシア連邦国家親衛隊情報担当はどう返答しているのですか？」

「ロシア連邦国家親衛隊だけでは人材が足りないため、極東地域で日本語を学んでいるネエチャンや、ロシアンマフィアを使ってはどうか……というとんでもない回答をしているんだよ。それに対して、プー太郎は『考慮する』としているから笑ってしまうんだ」

「都内のロシアンパブの多くは、現在は開店休業状態という話ですが……」

「そんなことまで調べているのか？」

「タブロイド判夕刊紙の担当者から聞いた話です」

「ほう、そういうルートも持っているのか？」

「原則的に反権力で、一般紙では書きづらい内容も平気で書くことができる点を考えても、優れた情報を幅広く持っていますからね」

「そうなんだよな。あの風俗面を見ていると、東南アジア以外で中国や韓国、ロシアから出稼ぎに来ているお姐《ねえ》ちゃんたちの活動範囲が如実にわかるから面白いんだよな。オウムの時代の幹部たちが通っていた錦糸町にあったロシアンパブなんて、今でも店の名前こそ変わっているが、同じ場所にあるからな。日本国内のロシアンマフィアはそれなりに活動を続けているわけだな」

「そういえば、香川さんのお友達のナホトカのお姐ちゃん方はどうされていらっしゃるのですか？」

「ナホトカじゃねえよ、ウラジオストクだ。彼女たちも地元では若者の多くが戦地に赴いたまま帰ってこないし、日本へのビザの発給も滞っているとかで、悲惨な状況にあるようだ。ウラジオストクでロシア人女性のビザに関する請負《うけおい》をやっているのはロシアンマフィアだし、これとつながりのあるオリガルヒも消されてしまったようだから、どうにもならないんだろうな」

「日本国内で風俗営業を行う行為が粛清の対象になってしまったのでしょうか……。一方で、この時期に日本国内でロシア人との間で問題でも起こされたら何を言われるかわかりませんからね」

「しかしお姐ちゃんたちも家族を養わなければならない。極東のロシア人は、シベリア地区同様に生活レベルは決して高くないんだ。それに加えて、肉体労働的な仕事は北朝鮮からの出稼ぎ者に任せているだろう。ウクライナ侵攻では武器、銃弾等の供給で北朝鮮に借りができてしまっているから、プー太郎としても北朝鮮出稼ぎ者を切ることができないんだな」

「北朝鮮出稼ぎ者の能力はどうなのですか？」

「能力に関して言えばいいわけがないが、真面目に働くのは事実のようだな。給料の一部をピンハネされても、それで家族を養っていくしかないわけだから、収容所暮らしをしている連中に比べれば圧倒的に恵まれている……ということになる」

「比較の対象がそこにあるわけですね」

片野坂が納得して答えると香川が訊ねた。

「ところで、壱岐ちゃんは大丈夫か？」

「私もこれから連絡を取ろうと思っていますが、言葉と中国人人脈は相当なものですから、トラップにだけ引っ掛からないよう伝えてはいます」

「トラップか……敵は、手を替え品を替え、日本人を陥れようとするからな。俺も彼と仕事をする際には何度も言っているんだ。『中国人にとって裏切りは美徳なんだ』とね」

「確かに、そのとおりだと思います。日本国内でも協力者獲得作業に際して、最も重要な問題の一つに『作業対象者による暴露』への対処要領がありますからね。その時、日本国内ならば逃げることができても、敵国内では在外公館に逃げ込むしかありません」

「そこなんだよ。常に自分の土俵で相撲を取っているだけでは情報収集活動はできないが、潜入捜査をする場合には、常に逃げ道を作っておかなければならないんだ。俺たちの場合、単独行動が原則のようになってしまっていて、接触場所の消毒や、接触相手に対する追尾者の確認もできないわけだからな」

　接触場所の消毒とは、協力者と接触する場所に、協力者側の関係者や敵国の捜査関係者がいないかどうかを予め調べておくことをいう。協力者作業をチームで行う場合には消毒担当がこれを行い、協力者が現場に現れる際に、これに尾行等がついていないかを確認して担当者に安全なことを伝えて初めて接触を行っている。

「壱岐さんにはうちの組織に入っていただいた時から、この点については特に警備局の幹部と一般の情報専科講習を受けて頂いていますから、十分に理解していただいていると思います」

「情報専科か……俺は幹部用の講義内容はよくわからないが、現場対処要領だけは実戦で学んできているからな。壱岐ちゃんは今回が初めての単独行動だから慎重にはなっているると思うが、俺のところに一度も連絡を寄こさないから気にはなっているんだ。まあ『No news is good news』というし、俺たちの間で功名心を持つ必要はないんだが、壱岐ちゃんも早く一人前になりたい……という願望もあるだろうからな」

「そうですね、焦る必要はないのですが、年内帰国の件もありますので、これから連絡してみます」

片野坂は香川の言った「功名心」の一言が妙に気になっていた。

片野坂は壱岐に電話を入れた。

「壱岐さん、その後いかがですか？」

「部付、連絡できずに申し訳ありません。いろいろ試してみているのですが、なかなか核心に近い情報を得ることができません」

「そんなに核心に迫る情報を得る必要はありませんよ。情報分析というのは断片情報の集約で行うチームプレーですからね」

「断片情報と申しましても、どこまでチームの役に立てているのか、自分でわからないのです」

「例えば、今回、壱岐さんの情報、というよりも工作した中国人民解放軍総参謀部第三部二局中国人民解放軍六一三九八部隊の内部情報は、部隊員に関する個人情報のみならず、組織の指揮命令系統まで明らかになってきています。このことで六一三九八部隊が世界中の政府や企業等に対して行っているハッキングや、その中でも特に悪質なクラッキングに関する実態もわかってきました」

「そうなんですか……」

壱岐の声が幾分か明るくなってきたのを感じ取った片野坂が言った。

「実は僕は現在、日本国内にある中国政府による海外警察拠点の捜査を進めているのですが、この組織のメンバーの中にも六一三九八部隊の存在があることが初めて判明したのです」

「中国政府が世界各地に百カ所以上開設しているという、いわゆる『海外派出所』ですか？」

「そうなんです。現在、すでにアメリカ、イギリス、ドイツと情報を共有しながら、奴らの連絡網を徐々に押さえているところなんですが、壱岐さんの情報は極めて有効なものなのです」

「そうだったのですか……瓢箪から駒ですね」

「いやいや、ターゲットの選択が素晴らしかったのです。ただし、本来ならば極めて危険な取り組みであったことは確かです。本件も併せて、壱岐さんの今回のルートと現在地を教えて下さい」

「上海から香港、広州、威海《いかい》に行ってみようと思っていますが……」

「威海だけでなく、山東《さんとう》半島は危険です。北海艦隊の再編を行っていることもあり、人民解放軍は外国人観光客を含めて非常にナーバスになっています。今回は年末ということもあり、一旦引き上げて下さい」

「危険……ですか？」

「特に青島《チンタオ》と威海はその中心なんです。青島は市の中心から東方に位置する嶗山《ロウザン》区㭫栳《シーシヤー》島村《ルー》にある、潜水艦第一基地と呼ばれている姜各荘海軍基地、さらには膠州市の南に位置する黄島区膠南にある駆逐艦第一支隊には決して近づいてはいけません。青島はかつて香川さんが公安部公安総務課に在任中に原子力潜水艦基地を写真撮影してきて、これがＦＢＩやＣＩＡにも伝わって大騒ぎになったことがあるのです」

「さすが香川さんですね……」

「しかし、それがどのルートか不明なのですが結果的に中国人民解放軍にも知られてしまい、現在の場所に移されてしまったんです」

「それもある意味では大変な功績ですよね」

「当時はまだ監視カメラもそんなに発達していませんでしたし、画像解析などというコンピュータシステムも整っていなかったのが幸いしただけで、現在の壱岐さんの動きは監視カメラでマークされていると考えた方がいいと思います」

「そこは私も考えながら行動しているつもりなのですが、どうしても現在の中国の経済情勢をきちんと把握できるデータが欲しいんです」

「それは理解できますが、今回は公刊資料の分析と、製造業の中からどこか一社をピックアップしておくぐらいにとどめておく方がいいかと思います」

「製造業……ですか？」

「例えば、現在の中国経済を牽引しているEV自動車のサプライチェーンあたりがいいのではないかと思います」

「そうか……サプライチェーンの一つでもいいわけですよね」

「自動車会社本体はそれなりのセキュリティシステムが整っているはずですが、日本でも起こっていたように、関連企業では多少のごまかしを隠すため、セキュリティシステムも甘くなっているはずです」

「なるほど……そういう手もありますね」

ようやく壱岐の声が明るくなった。

「ヨーロッパの白澤さんを含めて全員二十日までには帰国しておいて下さい。年次休暇も消化してもらわなければなりませんし、ご家族も心配されていらっしゃるでしょうから」

望月はレバノンとイランを回って再びイスラエルのテルアビブでモサドのスタンリーと今後の中東情勢について話をしていた。

「忙しいところ申し訳ない」

「いや、もう趨勢《すうせい》は変わらないから問題はない。それよりも日本も政治が荒れているみたいだな」

「今どき裏金作りとは、三流政治を世界に晒して情けない話だ」

「職業的政治家が多い国にはよくあることだ。それよりもレバノンではヒズボラの調査をしてきたのか？」

「ヒズボラか……実はちょうど奴らが混乱する事態が起こってな、その様子を無線等でも確認してみたんだが、ちょっとしたパニックになって、傍で見ているとなかなか面白かったよ」

「ヒズボラがパニックになる？　どういうことだ？」

ヒズボラの一部組織は、長期間にわたりアサド家が率いるシリアの政権与党であるバアス党の同盟勢力として、シリア内戦において政府による反体制派の弾圧に協力してきた経緯がある。

「さすがのモサドもレバノンとシリア国内のヒズボラ情勢はつかんでいないのかな？」

「いや、ヒズボラだけでなく、バアス党やイランの革命防衛隊の動きも調査しているはずだが……」

「そうか、先週、シリアとイラクの北部国境付近で、久々に反政府勢力との戦闘が起こったんだが、この時、反政府勢力から発信された、複数の無線連絡でイランの革命防衛隊がパニックに陥り、これがヒズボラにも伝播《でんぱ》したようなんだが……」

「複数の無線連絡というのは何なんだ？」

「五、六年前シリアやイラクで反政府勢力との闘いで革命防衛隊が支援する政府軍を恐怖のどん底に追い込んだと言われる『バドル』というコードネームを聞いたことがないかい？」

「そういえば神出鬼没《しんしゅつきぼつ》の『悪魔』と呼ばれるリーダーがいたが、戦死した……という話だったな。そのバドルがどうしたんだ？」

「突然、現れたんだよ。しかも、ヒズボラにとってバドルはまさに『悪魔』と呼ばれた指揮官だっただけに、それが突然前線から消えたことで、その後の攻撃の目標をイスラエルに集中できるようになったと言われていた」

「それはどこからの情報なんだ？」

「反政府勢力の幹部からだ」

「そういうところにも情報ルートを持っていたのか？　それでバドルはどんな無線連絡を行ったんだ？」

「シリアで活動していた精鋭革命防衛隊の司令官や副官に対して、名指しで攻撃目標とすることを宣言したようなんだ」

「イランの精鋭部隊の司令官を名指ししたうえで、さらに彼らがシリアにいたことを知っていた……ということなんだな？」

「革命防衛隊の現在の最高攻撃目標がシリア内の反政府勢力で、これによって同盟関係が最も強かったヒズボラが再び力を持ち始めたんだからな」

「それはイスラエルにとっても非常に有益な情報だ。一応確認させてもらうよ」

「そうしてみてくれ。私はクリスマス前にいったん帰国するが、イスラエルもやりすぎには気を付けてくれよ。現在のハマス一掃《いっそう》作戦は人道的な面で私自身も問題があると思っているからな」

「ガザ地区のパレスチナ人がハマスと縁を切らない限り、それがジェノサイドと言われようが、ホロコーストを経験しているユダヤ人にとって、自衛戦争であることに間違いはないんだ」

「確かに、今回の戦争がハマスによって始められた戦争行為であることは世界中の知るところだが、日本の諺《ことわざ》に『過ぎたるは猶《なお》及ばざるが如し』というものがあるとおり、世界中の一般市民からの非難をうけることになることを忘れてはいけない」

ホロコーストとは、ナチスドイツがユダヤ人などに対して組織的に行った特定民族の絶滅政策および大量虐殺のことで、当時ヨーロッパに住んでいたユダヤ人の約三分の二にあたる約六百万人が犠牲となった。一方、ジェノサイドとは、政治共同体や民族、人種集団を計画的に破壊することである。

「それはわかっている。しかし、何度も言うが自衛戦争であることは理解しておいてもらいたい」

「それが言えるうちはいいんだけどな」

その翌日、スタンリーから電話が入り、望月は再び顔を合わせた。

「健介、昨日の君が言った情報は正しかった。担当セクションの同僚でさえ、現地に確認して事実とわかったようだ。健介の情報ルートを知ろうとは思わないが、『バドル』が生きていたということは事実なんだな?」

「事実だな。これでヒズボラはイスラエルだけに力を入れることができなくなったはずだし、シリア国内で秘匿に活動していた革命防衛隊の司令官や副官もシリア国内にいることができなくなったわけだ」

「『バドル』はなぜ行方不明になっていたんだ？　反政府勢力の中でも失望があったという話だが……」

「海外で情報活動を行っていた……ということしか知らない。バドルが最も憎んでいるのはＩＳＩＳということは聞いていたが、ＩＳＩＳもかつてほどの勢いがなくなったため、イランの革命防衛隊を中心とした、ヒズボラやフーシ派をターゲットにしているのではないか……ということだ」

「フーシ派か……先月からイスラエルに関係する船舶《せんぱく》に攻撃を行うことを表明して、紅海上で船舶の拿捕《だほ》や攻撃を開始したからな。フーシ派の連中の知的水準は決して高くはないが、広範囲を迎撃してカバーするのが難しいことで知られるさまざまな対艦弾道ミサイルやロケット弾を装備している。これに対してアメリカは『繁栄の守護者作戦』と称して有志国と共に多国籍部隊で紅海の巡回を開始したが、これは必ず戦闘行為に発展するのは明らかだ」

スタンリーの言うことは望月にも理解できた。

「有志国の顔ぶれを見ても、イギリス、バーレーン、カナダ、フランス、イタリア、オランダ、ノルウェー等が加わっているし、先月には英国企業が所有し、日本企業が運航している貨物船が、フーシ派によって拿捕されたからな。おそらくこれに日本も加わることになるだろうが、戦闘行為にまで及んだ時に日本の立場は危うくなるな……」

「しかし、その船はイスラエルの実業家が共同保有していたんだろう？　そうなると日本の船舶も今後さらに狙われる可能性が高いだろうな」

「さすがにイスラエルの国内情報には精通しているんだな。イスラエルの実業家が共同保有していた船舶であることはごく限られた者しか知らないと聞いていたが……。日本船舶に対する攻撃に関してはフーシ派の連中もそのような声明を出したようだな。日本の自衛隊が紅海での警備に当たった際には、ＰＫＯの時に準じた扱いとして、あくまでも自衛の措置としての交戦はやむを得ないことになるだろう」

「今回はＵＮとは関係のない戦いだが、日本ではUnited Nations Peacekeeping Operationsと同じ扱いにできるのか？」

「日本式ではＰＫＯと呼ばれるものだな。自国の艦船を公海上で守るという目的は同じだろう。本来ならばフーシ派の攻撃に対してはＵＮが率先して阻止行動を行わなければならないんだが、現在の安保理は拒否権を持つ五カ国の身勝手なご都合主義で運営されているから、国際紛争に関して何の役にも立たない組織になっているな」

「イスラエルもＵＮなど全くあてにしていないし、ロシアと中国が安保理の常任理事国入りしている間は積極的には介入しないことにしている」

「積極的には……か」

「そういう姿勢が大事なんだよ。表面的に否定はしないだけだ。フーシ派も対イスラエル攻撃をやってきているが、年内はこちらから手を出すことはない。年が明ければアメリカを始めとした有志国が動くことになるだろう。奴らは日本船籍も含めて、ターゲットに無差別に攻撃を仕掛けてくる可能性があるからな。これを何とかしなければ、アジア諸国が食糧危機に陥るだけでなく、経済的にも破綻するところが多くなると思うのだが……」

「世界貿易の十二パーセントが通過する重要な航路である紅海とスエズ運河を航行することができなくなるということは、そういうことなのだな」

「フーシ派に対する攻撃は年明けからはじまることになるだろうな」

スタンリーは預言者のような口調で言ったが、望月もその可能性を感じ取っていた。

第六章　新たな問題

クリスマスイブの前日、公安部付のメンバー全員が警視庁本部庁舎で顔を揃えた。

「おや、また新しいサーバとシステムが入ったのか？」

「皆さんからの情報を分析するためには、最低でもこれくらいの設備が必要なんです。しかも、今回は生成ＡＩを導入して、新たな可能性を探ることにしてみました」

「ほう、ＡＩアシスタントの機能を見てみたいものだな」

「ただし、皆さんが収集分析したデータを入力すると、そこから情報が漏れてしまう可能性があることも考慮しておいてください」

「そうか……ＡＩちゃんに新たな分析材料を与えることになるからだな？」

「そのとおりです。ですから生成ＡＩは両刃の剣であることも考えておかなければならないのです」

「すると何のために生成ＡＩを導入したんだ？」

「敵の出方を考えさせるためです」

「しかし向こうも生成ＡＩを導入していたらどうするんだ？」

「我々が思いもつかないことを見つけてくれる可能性を試したいですし、それに対してどのような手立てをすればいいのかも何となくですがわかるかと思ったのです。もともと公安の世界では『想定外』というのはあってはならないことなのですが、チャイニーズマフィアや半グレが、ヤクザもんと組んで特殊詐欺を海外に拠点を置いて行う……という発想はありませんでしたからね」

「しかも単なる詐欺だけじゃなく、闇サイトを利用した強盗殺人までやってのけるのだからな」

「それだけ多くの若者が生活だけでなく、頭脳まで貧しくなっているのかと思うと情けなくなります」

「普通のバイトは外国人ばかりなのに、それもできない連中が闇バイトに走るんだからな。世の中を舐め切った連中は、どんどんムショに叩き込むしかないな」

「それも税金で養うんですけどね」

「そこで労働刑に処するんだよ。刑務所石鹸《せっけん》として有名な『ブルースティック』は『汚れおとしのスーパースター』として有名になっているが、マル獄シリーズなんか作らせないで、全国の優れた製品を作っている町工場の技術力を活かした商品として流通できる、もっと金になるものを作らせるんだよ」

「刑務所作業製品も最近は相当レベルを上げているようですが、出所後に役に立つかどうか……を考えると、たしかに先輩のおっしゃるとおりかもしれませんね。しかし、その技術を盗まれてしまっては元も子もなくなるわけですからね」

「不良外国人や、それとの付き合いがある連中には、これまでどおりの少々金になる仕事をさせておけばいいだけだ。刑務所から技術の流出などというのは笑い話にもならないからな」

片野坂と香川の話を聞いていた白澤が笑いながら口を挟んだ。

「英語とパソコンを教えてプログラマーにすれば、刑務所を出てからも、将来的に何らかの生き方ができると思いますが……」

「確かに時間はたっぷりあるからな……本来なら俺が学びたいくらいだ」

「それよりも香川さん、ロシアからのロヂオノフのデータが未だに届いているのですが、サーバの安全管理は大丈夫なのですか？」

「奴が気づけば、それなりの対策を取るだろう？　それに、もしバックドアがバレたとしても、向こうがバックドアに対して何らかの措置をとった段階で、通信が閉ざされる仕組みだからな」

「さすがですね。ハッキングの最新技術も使っていらっしゃるんですね」

「俺だって、一応は勉強しているんだよ。それよりもスペッナズの動きは摑めているのか？」

「それが、妙な情報が流れていました」

「妙な情報？」

「今月に入って、服役中の反プーチン派の旗頭だったナワリヌイが三週間ほど所在不明と伝えられているんです」

「年の瀬に入って、ロスケはまだそんなことをやっているのか……」

これを聞いた壱岐が口を開いた。

「来年の大統領選を前にして、プーチンは本気でナワリヌイを消すつもりなのかもしれませんね」

「プーチン政権下では何が起こっても不思議ではないが、プー太郎にせよチンピラにせよ、そして最近ではネタニヤフ同様、世界が自分をどう見ているのか……ということを無視できる感覚には驚くべきものがあるな」

香川がネタニヤフの名前を出したので望月が口を開いた。

「今回のイスラエルの動きは、確かにこれまでとは違いますが、最初に仕掛けたハマスの手口に対して、イスラエル国民の多くがハマス殲滅《せんめつ》を願っていることは事実です」

「ガザ地区のパレスチナ＝ハマスという図式はイスラエル人にとって共通認識なのかもしれないな」

「ＩＳＩＳやＩＳＩＬに似かよった、住民に恐怖心を植え付ける手法で支配しているだけなのかもしれないのですが、パレスチナ人からもガザ地区は見放されていると言って決して過言ではありません。ガザ地区は『open-air prison：天井のない監獄』と言われているとおり、地中海東岸に沿った長さ約五十キロメートル、幅五から八キロメートルの細長い地域に約二百三十万人が暮らしているのですが、そのうち八割の住民が、他国からの食料援助に依存していて、今回の戦争で、ＵＮも『もはや人道支援を提供することができなくなった』とまで言い放ったのですからね」

「ＵＮなんてどうでもいいが、ロシア・ウクライナ戦争に加えて、イスラエルが中東戦争にまで拡大してしまうと、原油価格に大きく影響してしまうのは気になるな。ＯＰＥＣがまた自分たちの利益を守るために原油相場を引き上げる策に出てくるだろうし……。そうなると、またしても値上げラッシュで物価高になってしまう」

「イスラエルにはなんとか自制してもらいたいところですね。ＯＰＥＣ加盟国の中で埋蔵量トップのベネズエラを除けば、サウジアラビア、イラン、イラクと中東諸国が続くわけですからね。しかも、イランは今回の反イスラエル勢力の最大のバックボーンで、西側諸国から直ちに制裁措置が下ることになるでしょうから」

「戦争にも経済にも共通するのは攻撃と制裁の繰り返しだからな。その最たる例となってしまったのがガザ地区のハマスということだ。まさかイスラエルがここまで徹底した反撃に出てくるとは思っていなかったんだろうな」

香川と望月の話を聞いていた壱岐が口を開いた。

「しかし、イスラエルにしても世界最強の諜報機関と言われていたモサドが、ハマスの動きを認知できていなかったとは……」

これに望月が答えた。

「実は私もモサドのエージェントと話をしたんだが、モサドはガザ地区にエージェントを送り込むことは止めていたようだ。北京の中南海にスパイを送り込むのと同じで、周囲は敵だらけ、協力者を使うことも難しかったようだ」

「すると、ハマスに対してはヒューミント情報がなかった……ということなのですか？」

「モサドが人的情報収集を軽視し、デジタルにおける情報収集に重きを置いたため……という説もあるが、モサドはそこまで甘くなってはいない」

「ではどうして……」

「あの時、ハマスが使用した新たなアナログ手法というか乱数表を解析する暇《いとま》がなかったようなんだ」

「乱数表……ですか？」

「そう、ヒズボラの連中……というよりもイラン革命防衛隊が、北朝鮮が土台人《どだいじん》向けに使っていた暗号を真似たらしいんだが」

「北朝鮮……ですか？」

「最近北朝鮮製兵器のレベルが向上して、対西側諸国の軍事組織に多く流通している中で、乱数表もアナログの代表格として使われるようになったらしい」

「そういう背景もあったのですか……」

「その状況下で、あそこまでやりたい放題やられれば、モサドはもちろんイスラエル軍だって黙っちゃいないし、イスラエル国民の多くが、一時的には極めて感情的になったはずだ」

「一般人があれだけ集団虐殺されれば、その気持ちはわかりますけどね」

「第六次となったネタニヤフ現政権は極右宗教政党と連立している以上、弱気な姿勢を見せることはできない状況にあることも事実だ。第一次政権から第二次政権に復帰するまでに十年間の下野を経験しているネタニヤフにとって、いま政策を変更してしまうことは政治家引退を迫られる状況になる可能性があるからな」

「しかし、現在なお世界中に散らばっているユダヤ人たちの中でも賛否両論のようですね」

「ユダヤ人に対する差別や迫害は今でも世界各地で続いているから、当事者としては非人道的な行為に対しては否定する傾向があるんじゃないかな」

元外務省職員同士の話を腕組みをして聞いていた香川が口を開いた。

「ユダヤ人に対する迫害や差別の最大の原因はユダヤ教の教義と独自の律法だと言われているが、これをさらに増長させたのはローマカトリックだし、十字軍という無法者集団だったことは間違いないからな」

これに壱岐が反応した。

「十字軍と言うと、日本では正義の軍団のように勘違いされている場合もありますからね」

「ちゃんとした歴史教育ができていないからだよ。そしてキリスト教がこれまで犯してきた数多くの蛮行に目を瞑《つむ》る傾向があるのは確かだな。日本史にしても世界史にしても、歴史というのは勝者の理論であることは間違いないが、その中から真実を学ぶのもまた歴史だからな」

「気軽に伺っていい話題ではないかと思いますが、香川さんの宗教は何なのですか？」

「俺か？　どちらかといえば無神論者だな。通称『他力本願寺　大呆《おおぼ》け派』というところだ。この世にもし神とか仏というものがあるのなら、こんなくだらない戦争を放置しないだろう。ユダヤ教、キリスト教、イスラム教という三大宗教にしても、元は一つの神なんだろう？　あり得ないじゃないか。仏教だって、釈迦《しゃか》が悟りを開いて仏という存在になったのだろうが、その中でも多くの分派ができて勢力争いをやっているんだからな。阿呆くさくてやってられないだろう」

「全てを否定してるんですか？」

「殺し合いを許している宗教は全て否定だ。特に原理主義を唱える連中はこの世からいなくなってもらいたいと思っている」

「ユダヤ教というのはある意味で原理主義なのではないですか？」

「ユダヤ教を原理主義というのは間違っているな。あれほど厳格な律法がある宗教は他にないし、それを守るのは本当に厳しいと思う」

「しかしユダヤ教には選民思想があるのでしょう？」

「お前は勉強不足だな。人に質問する時は最低限度の知識を持っておくべきだ。ユダヤ教の経典にはどこにも選民思想など記されていない。中国の中華思想や日本の神道の方が酷いくらいだ。ユダヤ教に選民思想があると言っていたのは、堕落《だらく》したキリスト教徒の発想だ。それもカトリックの指導者であるはずの教皇たちだな。これに似たのが、かつての日本の皇室内の権力闘争だ。明治政府がいくら皇室を神格化しようと企てても歴史は記録されていたんだ。それは天皇が新嘗祭《にいなめさい》で行っていた行事が第二次世界大戦後の人間宣言によって改められたのとも似たようなものだ」

「そうだったのですか……歴史が長ければ長いほど、血脈を繋ぐ世界には必ず問題が起きますよね。特に日本のように海外からの侵略によって王朝の変化がなかった国家は、他にはどこにもないわけですからね」

「それが日本の特殊性であり、良きにつけ悪しきにつけ、皇室だけでなく今なお残るさまざまな慣例でもあるんだろうな」

香川と二人の外務省出身者の会話を聞いていた片野坂がようやく口を開いた。

「明治維新という名の中途半端な革命によって、突然、皇室が神格化され、その原因となってしまったのも、徳川光圀《とくがわみつくに》以来二百年以上の期間を要して出来上がった水戸学の集大成『大日本史』だったのも皮肉な結果だったわけですけどね」

「尊皇攘夷《そんのうじょうい》か……しかし、その後、第二次世界大戦の敗戦もあって、天皇が神でなくなったことによって、日本の皇室も日本の少子化同様に風前の灯火《ともしび》のようになってきたからな。どうなることやら……だ。警衛御対象者はわずか十七人で、そのうち女性が十二人だからな。そして残る五人の男性のうち平成以降に誕生したのは一人だけ……。皇族の将来が相当厳しいのは数字の上からも明らかだ」

「皇室は世界史的にも残ってもらいたいものですけどね」

「その皇族も、古事記や日本書紀といった創作によってできた神道に出てくる八百万の神の総元締め的存在で、西洋や中東の神とは全く異なる性格だからな。現在の神道の中では神同士の争いもなければ、全ての神が酒を好んでいるところが実に日本的だ」

「日本の全ての神には御神酒《おみき》が必需品ですからね、その遊び心がユダヤ教徒とは全く異なるところなんですよね」

「農耕民族と遊牧民族の違いだろうな。そのユダヤ教の中にも右から左まであるんだろうが、この信者によって形成されているイスラエルと、ハマスとの闘いがさらに拡大して中東戦争に発展しないようにするために、日本として何ができるか……それを考えながら情報分析していかなければ、日本の経済はボロボロにされてしまうぜ」

香川の言うとおりだった。ロシアによるウクライナ侵攻が世界経済に与えた影響は計り知れなかった。ロシアからの天然ガスが止まっただけでヨーロッパだけでなく日本国内の電気料金に大きな影響を与えた。さらにウクライナからの小麦の輸出が止まったことにより、アフリカでは飢饉《ききん》が発生する虞まで生じていた。

「イエメンのフーシ派による紅海での攻撃行為だけでスエズ運河の通航が減少し、世界の輸送コストが上昇してしまうのに、これでイランがホルムズ海峡を封鎖でもしてしまえば、原油高によって、日本を含んだ西側諸国に高インフレや経済不安だけでなく、金融政策をも不透明にさせる可能性もあるからな。そんなことはともかく、こうやってクリスマス前にみんなが顔を合わせたんだ。楽しい話題で締めくくろうじゃないか」

香川の言葉に白澤がようやく笑いながら口を開いた。

「皆さんの報告を片っ端から暗い方向に持って行ったのは香川さんだったような気がす

るんですけど、来年は世界や日本が少しでも明るい方向に進んでくれるといいですね」

「俺だってそういう希望というか、夢を持って仕事をしているんだよ。しかし、ついつい目の前の現実を見てしまうと心が萎《な》えてしまう……夢は夢でしかないのか……とな」

「ほらまた暗くなる……片野坂部付、何か言ってあげて下さい」

白澤の言葉を受けて片野坂が笑顔で答えた。

「確かに当面は明るい方向性が見えてこないのは事実ですが、これまでの歴史がそうだったように必ず転機というものは訪れるものです。それを少しでも早く、そして暗闇の中に光明《こうみょう》を見出すような兆しを、懸命に模索するために情報収集活動を行っていると思えばいいんじゃありませんか？」

「片野坂、お前は偉いよ。確かにものは考えようだからな。アメリカの若者だって、あんな爺さん二人の権力闘争に巻き込まれている現実に辟易《へきえき》としているんだろうな。次の若いリーダーの登場をジッと我慢して待ち続けているに違いない」

これに望月が反応した。

「中東の若者だって、明るい未来を求めているんですよ。ただ、そこに人種や宗教と言ったさまざまな制約がある現実から逃避することができないでいるんです。その点で言えば日本人はまだ毎日水で苦しむ苦労がないだけでも幸せだと思います。中東で生活をして日本に帰ってきて風呂に入ってバスタブからお湯がこぼれるのを見た時、本当に日本に帰ってきてよかった……と思いますよ」

「風呂のお湯か……確かに、オーストラリアに行っても水では苦労しているし、アメリカ西海岸だって、ギリシャやイタリア南部だってそうだよな……確かに水は大事だ。アフリカやガザの人たちのことを考える余裕がなくなっていたな……反省するよ」

これを聞いた片野坂が冷蔵庫からシャンパンを取り出してきて言った。

「明日から全員有給休暇を取っていただいて、来年一月十二日まで、ゆっくりと静養して下さい。世の中に何が起ころうとも一月十五日の月曜日に集合していただければ結構です」

「何が起ころうとも……か……。そんな時に限って大変なことが起こったりするんだよな」

「天変地異が起ころうとも、仕事のことは忘れて下さい」

「出勤しなくていいんだな？」

「身体と精神を休めるのも、社会人として大切なことですから」

「社会人か……まあ、そうだな」

「今日中に海外出張手当が第二口座に振り込まれているはずですから。ご家族サービスでもして下さい」

「旅費精算もしていないのに気前がいいな」

「海外出張手当は国費対応ですから、旅費とは別枠です。旅費精算は有給休暇中でも結構ですから僕宛に送って下さい。休暇中にでも振り込みを致します。プラスチック容器で申し訳ありませんが、今年いっぱいのご労苦に感謝して、来年また元気に顔合わせができることを祈念《きねん》して乾杯しましょう」

シャンパンを開け、プラスチック製ではあるがフルート型のシャンパンカップに酒を満たすと、香川の発声で乾杯をして仕事納めを行った。

年が明けて元旦《がんたん》、片野坂は都内にある実兄宅で鹿児島から上京していた両親と共に屠《と》蘇《そ》で新年の祝いをし、久しぶりにのんびりしているところに、テレビで能登半島の地震を知った。

すぐに警察庁の総合当直に連絡を入れ、詳細がわかり次第、状況報告してもらうよう依頼した。夕方のテレビで、輪島市内の朝市通り一帯が炎に包まれているのがライブ映像として放映された。そこは片野坂が石川県警の幹部と一緒に訪れた、老夫婦が経営していた小料理屋がある場所だった。呆然《ぼうぜん》とした思いで眺めるしかなかった。

翌二日、震災を受けて皇居で行われる予定だった新年一般参賀が中止になったため、出勤を見送って公安部長に電話を入れると、輪島港を含めて能登半島の外海側の海底が長距離にわたって隆起した旨が片野坂に知らされた。

「海底隆起か……日本海の潜水艦基地を含めた防衛対策を根本から練り直さなければならないな……」

片野坂がドローン戦略システムの発想を得たのは、まさに輪島を訪れて、輪島港の岸壁に潜水艦基地を置くことを考えたのと同じタイミングだったからだ。

その夕方、羽田空港での衝撃的な事故が空港内に設置されているライブカメラで放映された。日本航空機と海上保安庁の航空機が衝突炎上したものだった。日航機から乗客乗員三百七十九人が全員無事に脱出できたことは、英BBCなどをはじめ海外メディアで「奇跡の十八分」として報道された。

「天変地異に加えて人災か……」

午後七時過ぎ、香川から電話が入ったが、「出勤に及ばず」の指示を出した。すると香川がテレビではなくインターネットの情報を知らせてくれた。中国海南省でテレビ局を運営する海南ラジオテレビ総台の男性アナウンサーがインターネット上で、東京電力福島第一原発処理水の海洋放出に絡め、能登半島地震は「日本への報いだ」という趣旨の発言をし、ネット上で議論となっている旨の報告を得た。このアナウンサーを不適切発言の調査のため一時的に停職させたとの中国メディア報道も行われているという話だった。

「困ったものですね。こういう連中ばかりではないこともわかってはいるのですが、いくら中国の田舎放送局と言ってもアナウンサーの発言ですからね」

「日航機の事故対応に関しては『日本人の資質に感動した』旨の報道もあるそうだから、中国人の意識も変わりつつあるのかもしれないけどな。それよりも能登半島の対策は長引きそうだな」

「そうですね……道路が寸断されていることに加えて、海底隆起によって海からの支援ができないとなると、想像以上の時間を要すると思います」

「そんなに厳しい環境なのか？　お前が言っていた海に面した千枚田の絶景地も大変なことになっているんだろうな」

「おそらく厳しい状況になっている……かと思います。ただでさえ年に数センチ動いていた地盤だったようですから」

「そうだったのか……能登半島を日本海防衛の拠点化するのは難しそうだな」

「おっしゃるとおりです。珠洲《すずし》市で発生していた群発地震は気にはなっていたのですが、残念です」

「ところで、ロシアのナワリヌイだが、十二月二十五日に北極圏にあるヤマロ・ネネツ自治管区の刑務所に移送されていたことがわかったそうだ」

「クリスマスにシベリアですか……それもモスクワ東方ウラジーミル州の刑務所から、北極圏にある町、北の最果ての永久凍土に囲まれた環境とは過酷ですね……プーチンはナワリヌイをそこまで嫌っているのですね」

「殺されても仕方ないような待遇だな」

「敵と看做《みな》した者は完全に排除する、プーチンの露骨な姿勢が顕わになってきましたね」

「独裁者以外の何ものでもない、恐怖政治に陥ってきた感じだな」

「スターリンを意識しているのでしょう」

「そうなるとダジーノフの動向は要注意になるな」

「三月の大統領選には何も影響はないと思いますが、寒いロシアにまた行かれますか？」

「ロギオノフのサーバに仕掛けているバックドアが機能している間は、しばらく様子見にしておこう。大統領選挙後のプー太郎の動きを見た方がいいだろうし、真冬はウクライナでの戦況もたいした動きはないだろうからな」

「武器や弾薬の手配状況が把握できればいいのですが……」

「わかると思うけどな。プー太郎と黒電話頭のトップ会談以降、ロシアは北朝鮮製のミサイルの精度を高めて、これを安く購入しようとしていることは把握済みだが、春までに北朝鮮の動向も一緒に見ておくかな」

「黒電話頭……ですか……」

「昔の黒色電話の受話器を頭に乗っけたような髪型だろう？　似たような髪型をした野党の元幹事長がいたけどな」

「そういうことですか。しかし北朝鮮サイドの裏を取ることはできませんよね」

「それはこれからの白澤のネエチャン次第だな」

「確かにロシア関連情報の分析が極めて的確ですね。特にイランからのドローンの輸入経路や価格までわかっていますからね」

「そうだろう。おそらく北朝鮮と武器弾薬だけでなくさまざまな密貿易を行っているはずなんだ。それが明らかになればロシアだけでなく北朝鮮の弱点も見えてくるんじゃないかと思っている。特に北朝鮮に関しては食料の入手経路がインド、中国以外、今一つ明らかになっていないからな」

「北朝鮮は国家的犯罪組織ですから、現体制が戦争することなく内側から瓦解《がかい》してくれればいいんですけどね」

「これだけ内部統制に力を入れていれば瓦解は難しいだろうな。それ以上にプー太郎が自分の存命中に北朝鮮を吸収して、日本攻撃への足掛かりにしたいのだろうと思うんだが……」

「それにはウクライナ侵攻をいつまでもやっているわけにはいきませんよ」

「そこなんだよ。現在の極東地域の戦闘能力は抜け殻状態だからな。もし、アメリカ大統領選でトランプが勝つようなことになれば、ロシアは確実に日本を狙ってくるだろうな。ロシアの態勢が整うまでの前哨《ぜんしよう》戦を北朝鮮にやらせておくんだ。潜水艦とミサイル攻撃だけで日本は相当パニックになるだろうからな。有事の際のシミュレーションを防衛省がきちんとやっているかどうかだな」

「その前に政治家がどれくらい本気で考えているか……が大事ですね。ロシア、中国、北朝鮮に共通する感覚は、日本の文化そのものに全く興味を持っていないところなんですよね。目標が京都や奈良だけでなく、皇居であろうとも平気でミサイルをぶち込んでくる……ということです」

「警察として俺たちはどうすればいいと思っているんだ?」

「情報収集しかありませんね。北朝鮮に潜入するのは無理ですから、ロシア経由で詳細な情報を取ることが大事だと思います。これができるのは香川さんだけです」

「そうか……俺だけか……。それにしても北朝鮮は今のところ、後継ぎがはっきりしていない状況を考えると、黒電話頭は自分の健康維持に専念しなければならないはずなんだが、あの体型を維持している限り健康不安説は流れ続けるだろうな」

「それも重要な情報の一つだと思います。新型コロナウイルス感染が発生した当初、北朝鮮は物理的にロックアウトすることで何とか予防しようとしていたようです。結果的に中国からワクチンを調達したと言われていますが、中国はこれを否定しています。北朝鮮の医療事情に加えて死亡率、出生率、年齢別人口構成、男女比率などは機密情報とされているほどですからね」

「日朝外交が進展するはずもないのだが、拉致問題という日本にとっては決して切り捨てることができない案件がある以上、日朝外交のポーズだけは取っておかなければならないからな」

「北朝鮮には外交の専門家がいなくなっているのではないかという疑念もあります。特に、金正恩《キムジョンウン》の妹である金与正《キムヨジョン》のヒステリックな談話を積極的に発表するところに、外交能力の劣化が顕著だと思います」

「黒電話頭はトランプの再登場を待っているのかもしれないな」

「トランプの外交政策には賛否ありましたが、北朝鮮との関係も自らのこのこ三度もアジアまで出かけて行って、何の成果もなかったわけですからね。結果的にトランプが行った外交政策はアメリカファーストが過ぎた結果、現在のソマリアやイエメンの海賊やフーシ派がのさばる結果になったわけですから」

「二匹目のどじょうとはならないか……」

「金正恩自ら、祖父や父親が目指した南北統一の道を閉ざしたわけですから、トランプにとって北朝鮮に介入するうまみは完全に閉ざされている現状です。『ノーベル平和賞』などと余計なことを言っていた人も、鬼籍《きせき》に入っていますからね」

「そうだったな。結局、あの総理が残したのは異常な円安と、日本国民の貧しさ、そして大企業の不祥事だけだったような気がするな。少し暖かくなるのを待って、もう一度サンクトペテルブルクに行くしかないか」

「先輩が仕掛けたサーバのバックドアが見つからないことを期待しますよ」

香川との電話を切ったとたん、年次が五年後輩にあたる公安総務課長から電話が入った。

「片野坂部付、あけましておめでとうございます」

「ああ、おめでとう。今年は正月が一日早かったな」

「そうですね……しかし、それも能登半島の地震が原因となれば素直に喜べませんが……」

警視庁公安部や警備部の部員にとって、本当の正月は、「二日の皇居参賀が無事に終了してから……」というのが不文律になっていた。特に警備部の機動隊員にとって、大晦日からの元旦、二日は、山谷《さんや》地区の越年闘争警備、初詣雑踏対策、皇居参賀警備と、まさに地獄の苦しみだった。この年は皇居参賀警備こそなかったものの能登半島への緊急出動も加わっていた。

「ところで、新年の挨拶だけじゃないんだろう?」

「はい。実はうちのＩＳ担当の三十三歳の警部補が昨年末に急に退職届を提出しまして、担当管理官もその兆しがなかったため困惑していたのですが、先ほど羽田空港から北京行きのエア・チャイナ便に搭乗したことが判明いたしました。まさに出奔という感じです」

「正月早々、北京か……この時期の北京は寒いだけで何もないぞ。家族も一緒なのか？」

「それが、家族とは別居していたこともわかりまして、彼の行動を人事第一課の監察が追っていたことも先ほど知りました」

「監察からの報告だったのか？」

「はい。申し訳ありません。監察担当管理官から、ＩＳを管理している一担管理官に連絡が入ったようです」

「監察に目を付けられた理由は何だったんだ？」

「警信の全ての口座を同人の妻が新宿支店で解約した情報が監察に届いたことが端緒のようです。さらに少額ではありましたが妻名義で街金からの借り入れもあったようです」

警信とは警視庁職員信用組合の略で、警視庁・警察庁・宮内庁・皇宮警察本部職員等の組合員を対象とした職域信用組合たる金融機関のことである。

「警信本店ではなく新宿支店を使ったわけか……警視庁本部は通行証がないと入ることができないからな。その警部補の実務能力はどうだったんだ？」

「彼は国立高専卒業後に東工大に編入学して、大学院に進み修士号を取得して民間に入社していましたが、二十八歳でサイバー犯罪捜査官として警部補拝命しています。実務面では、チヨダに対する有効情報も多く、中国関連の情報も散見されました」

「なるほど……警視庁特別捜査官か……最近他の部門でも退職者が増えているようだからな……」

警視庁特別捜査官は、警視庁において特定の分野の犯罪捜査に必要な専門的な知識及び能力を有する者として採用された警察官のことである。

片野坂がさらに訊ねた。

「退職時に彼が使用していたパソコンは残っているんだろう？」

「本人がデータ消去をおこなっていたそうで、当該パソコンは総務部情報管理課が保管しております」

「とりあえず、彼のパソコンは科警研に回してハードディスクの復元を行う手続きを進めておいた方がいいな」

「うちのサイバー攻撃対策センターではなく、科警研ですか？」

「専門性が違うんだよ。刑事部の犯罪支援分析センターや生安部のサイバー犯罪対策課も優秀だが、科警研の方が確実だ」

「承知しました」

「ところで、彼がサイバー犯罪捜査官からＩＳに入った経緯はどういう理由なんだ？」

「彼はサイバー犯罪捜査官ならば自動的に認定されるハイテク犯罪テクニカルオフィサーの資格も有しており、重大ハイテク犯罪、サイバーテロ等の緊急時の招集要員になっていた関係で、何度か緊急招集を受けて犯罪捜査に参加していたのです。その際、中国からのクラッカー事案を全面解明に導いたことで、前公安部長がISにダブル配置していたのです」

「なるほど……知らなくていい世界を見せてしまったわけか……。彼のことは僕も一応調べておくが、本件は部長にも報告済みなんだろう?」

「いえ、まず片野坂部付のご意見を伺ってから……と思いましてご連絡いたしました」

「ヒトイチ課長から連絡が入る前に部長には速報しておいた方がいいぞ。彼も総務部長に速報しているはずだ」

ヒトイチとは、警視庁人事第一課の警視庁内部での呼称であり、この所属長である人事第一課長は警視庁警務部参事官を兼務しており、警視庁内の筆頭所属長で、片野坂の二年後輩だった。

電話を切ると片野坂は香川に電話を入れた。

「香川さん、おくつろぎのところを申し訳ありません」

「ほんとだよ。お前が出勤に及ばずというから、また酒を飲み始めたところだったんだ。何かあったのか?」

「公安部のサイバー犯罪特別捜査官が出奔《しゅっぽん》して中国に向かったようです」

「サイバー犯罪の特別捜査官? 竹下滋《たけしたしげる》のことか?」

「竹下というんですか？　高専から東工大に編入学して、院で修士をとっているということでしたが」

「ああ、公安部でサイバー犯罪捜査官といえば竹下しかいないはずだ。頭が良すぎて浮いていたんだが、前の部長がＩＳに兼務させた途端、潜在能力が開花したかのように活躍し始めたそうだな」

「おそらくその人物に間違いないと思います」

「出奔というが、辞めたのはいつの話なんだ？」

「昨年末……ということです」

「よく受理されたものだな」

「正式には受理されていません。管理官が辞表を預かった形になっています」

「なるほど……それで出奔か……すると、中国への出国は内規違反になるわけだな」

「そうなります」

「奴のヤサにすぐガサを入れた方がいいな」

「監察にも追われていたようで、極秘でやるしかありません」

「公総課長に特命で令状請求してもらって、うちらでやるか？」

「そうですね、令状請求は管理官にやらせて、令状が出次第、こちらで片付けますか」

「その旨、総務課長の了解を取っておいてくれ。正月三が日の令状請求は家裁になると思うから、明日にでもお札は出るだろう。担当管理官と担当係長には、それくらいの尻ぬぐいはしてもらわなきゃな。今夜はゆっくり飲ませてもらうぜ」

「僕も飲みますよ」

電話を切ると、片野坂は公総課長に令状請求の指示を出した。

翌日三日の午後、捜索差押許可状が発布された旨の報告を受けた片野坂は竹下滋の生活拠点がある最寄りの駅で担当管理官と待ち合わせて令状を受け取ると、近くのコンビニで待機していた香川と壱岐と三人で現場に向かった。閑静な住宅街にある二階建ての一軒家だった。

「ほう、立派な家だな。ローンが大変だろうな」

「ローンはなく、両親から借金をしてはいるものの、登記簿上は汚れがない彼の家だそうです」

「いいとこのボンボンなのか？」

「本人もそうですが、嫁の実家が相当の資産持ちだそうです」

「嫁は同居ではないのか？」

「どうやら、嫁が男を作って出て行ったようです」

「なるほど……。そうなると、この家は完全に奴のものだな……」

　玄関は電子キーの二重ロックだった。香川は「こりゃダメだ」と言って裏に回った。裏口のドアはサッシ扉でドアノブは鍵付きのステンレス製ハンドルロック式だった。

「こうでなくちゃ」

　香川がリュックからピッキングセットを取り出し、その中から二本のピックを選んで鍵穴に差し込み、一本を数回動かしてハンドルを回すと容易に解錠されたが、内鍵にU字ドアガードが施されていた。香川は慌てることなくリュックから太めのビニール紐を取り出してドアガードにかけ、再びドアを閉めて紐を何度か動かしながらドアノブを持ってゆっくり引くと、簡単にU字ドアガードが外れた。これを見ていた壱岐が呆れた顔つきで香川に言った。

「まるで錠前屋ですね」

「これくらいはイロハのイだよ」

　扉を開けるとリュックの中からビニール式靴カバーを三セット取り出して二人に渡した。

「用意万全ですね」

「現場鑑識の基礎だよ」

　三人は靴の上から靴カバーを穿《は》いて室内に入った。

　ダイニングキッチンは綺麗に整頓されていた。

「几帳面な奴だな……というよりもリビングにも全く生活感がない」

香川が冷蔵庫の中を下の引き出し扉から確認した。

「冷凍庫はギッシリ詰まっているな……野菜室は酒ばかりか……そして冷蔵スペースはスッカラカンだ」

「冷凍庫の中身はどうですか?」

「いわゆる市販されている冷凍食品ばかりのようだな。逃げた女房が作ったようなものはなさそうだ」

片野坂はリビングのテレビ等のリモコンを手にして電源を入れると、ケーブルテレビのハードディスクとブルーレイレコーダーの録画を確認した。

「中国関係のモノが多いですね。美食だけでなく、中国の河川や街道を巡るものも多いですね」

「単なる中国好き……ということか?」

「何とも言えませんが、ざっと見たところでは政治経済に関するものはなさそうです」

「奴さんも、ガサを打たれる覚悟はしているだろうから、証拠になるようなものは残していない可能性の方が高いだろうが……サイバー犯罪捜査官だけに、捜査実務や刑事訴訟法や犯罪捜査規範等の勉強はたいしてしていないかもしれないからな」

「サイバー犯罪捜査官から情報担当ですから、実質的な公安捜査はやっていないようですね。パソコン関連の証拠等は消しているでしょうが、何か手がかりが残っていることを期待しましょう」

「だからガサ状を取ったんだろう」

香川が笑って言うと、玄関の靴箱を確認した後、二階に上り竹下の書斎兼寝室に入った。ここも綺麗に片付いていた。書斎には、この部屋には不釣り合いな欧風アンティーク調のマホガニー製と思われる両袖《りょうそで》付木製デスクがあり、その上にはラップトップパソコンが置かれ、デスクの天板下の引き出しと両袖にある合計七つの引き出しには全て施錠がされていた。

「このアンティークデスクは特製だな……。しかもスウィエテニア マホガニーだ」

全ての引き出しの鍵穴を確認した香川が思わずため息をついた。全ての引き出しの鍵の種類が違うのだ。しかしどれも電子キー等ではなかった。香川はデスクの天板の下の空間に潜り込んで電気系統の仕掛けを確認したが、それはなかった。さらに袖部分を隅から隅まで扉をノックするように叩き始めた。その姿を見ていた壱岐がデスクの下の香川に訊ねた。

「香川さん、そこで何をなさっているのですか?」

「こういうアンティークな机というのは、何かしらの細工が施されている可能性が高いんだよ。X線を使ってみればわかる場合もあるんだが、ここに持ち込むことはできないだろう?」

「細工と言うと、箱根の寄木細工《よせぎざいく》で使われている仕掛けのようなものですか?」

「おう、そのとおりだ。引き出しが二重になっていたり、引き出しの奥にさらに箱が隠されていたりする場合もあるからな」

「実際にそのような机を見たことがあるんですか?」

「ああ、あるな。以前、孫に自宅の書斎で惨殺《ざんさつ》された大学教授のデスクがまさにそうだった」

「日本国内で起こった事件ですか?」

「ああ。一族が皆学者だったんだが、その孫は落ちこぼれてしまって、その恨みが著名な祖父に向けられてしまったんだな。しかも、その祖父は当時の政府とも深いつながりがあって、国家機密に関するメモを作っていたんだ」

「その殺害現場に公安が入ったのですか?」

「殺された爺さんのバックグラウンドにちょっと問題があったというよりも、当時の政権自体に問題があったと言った方が正しいんだが、大学の研究室に公安が立ち入るわけにはいかないだろう。だがむしろ、そういう資料は研究室よりも自宅にある可能性が高いから、ちょうどよかったんだ」

「政権交代後に首相が短期で交代した時期ですね」

「そう、その時期に今はすっかり過去の人になってしまったが、当時は常に政権を裏で操っていた議員の外交ブレーンの一人だったんだよ」

「何となく想像がつきます。結果的にその国会議員がやってきたことは現在の日本政治にとって諸悪《しょあく》の根源になっていますよね」

「そうだな、その議員の親分さんは北朝鮮と深く繋がっていたし、本人は中国のチン平野郎に対して土下座外交を進めていたからな。かつての同僚議員同様、日本国民の多くも奴の怪しさに気付いて離れていったが、未だに奴を祭り上げている政治家もいるのが不思議だ。まさに政界内のカルトの親玉のようだった。その外交ブレーンと言っても対中国、北朝鮮専門だっただけに、何かしらの機密情報が自宅に残されているのではないかと思ったんだ。おまけに凶行に及んだ孫は、取り調べに対して英語か中国語しか話さないという、変な奴だったんだ」

「落ちこぼれと言っても、単に出来が悪いという訳ではなかったのですね」

「小中学校の時には父親の留学についてアメリカで生活をしていたし、日本の有名大学に入ることができなかったため、どういうわけか爺さんの影響を受けて西安大学に留学した経験があったんだ」

「卒業できたのですか？」

「一応したことになっていたが、それを仕事に活かすことができなかったんだ。帰国後、一旦は就職したこともあったようだが、ニートになってしまったそうだ」

「英語と中国語ができれば、どこでも仕事ができそうな気がしますけど、性格的な問題があったんでしょうね」

「そうだろうな、その取り調べを通訳と外事二課の中国担当がやったようなんだが、その時に『爺さんが中国のスパイ』というようなことを執拗《しつよう》に口走っていて、その事実確認もあって現場に公安がガサを打ったんだ」

「香川さんは外事二課の経験もあったのですか？」

「公安部長からの特命でガサ要員に指定されたんだよ。そして、鑑識課や捜査一課の捜査員が見つけることができなかったからくりデスクを開けることができたんだ」

「そうだったんですか。何か資料は出てきたのですか？」

「宝の山だったよ。しかも、引き出しの隙間には大量のＳＤメモリーカードが隠されていたんだ」

「鑑識課は悔しかったでしょうね」

「捜査一課の殺人事件に直接関係があるものではなかったが、被疑者の供述にあった『中国のスパイ』を裏付ける資料にはなったな」

「素晴らしい成果だったのですね。ところでこのデスクはどうですか？」

「左右の一番下の引き出しと天板の下の引き出しを開けてみなければ何とも言えない」

ようやくデスクの下から出てきた香川はピッキングセットの中から二本を選び天板の下の幅が広い引き出しの鍵穴に差し込んで、そのうちの一本の先端を二、三度スライドさせるように動かして、もう一本を時計回りに捻じると「カチャッ」と音がした。

「お見事」

壱岐が笑って言うと、香川は、

「こんな鍵はおもちゃのようなもんだ」

と、答えて引き出し全体をゆっくりと取り出して天板の上に置いた。

引き出しの中には手前に三種類のプラスチック製スケール、十数本の鍵の束と大小八種類の六角棒レンチセット、さらにプラスマイナスの精密ドライバー三本が入っていた。

香川が言った。

「やはりからくりデスクだな」

「これは開扉《かいひ》用の道具なのですか?」

「おそらくそうだろうな」

すると香川は右側の袖の一番下の引き出しの鍵穴に、先ほどと同じようにピッキングをセットして容易に解錠し、これも引き出し全体を取り出して先に取り出した引き出しに重ねるように置いた。

「長さは同じか……」

さらに下から二番目の引き出しをこれに重ねた。十五センチほど引き出しが短かった。香川がかがんでデスク本体を覗き込んで手を入れて奥板をノックした。さらに下から三番目の引き出しを同じように取り出した。

「これも短いな、奥が筒状になっているということか……」

香川はデスクの天板を改めて観察し始めた。壱岐も身を乗り出して天板を見つめたが一枚板にしか見えなかった。しかし、香川がおもむろにデスクの裏に回って天板の下部を確認して言った。

「壱岐ちゃん、最初の大引き出しにあった六角棒レンチと鍵の束を取ってくれ」

「あ、はい。何か仕掛けがあるのですか？」

「おそらくこの穴だな」

香川は受け取った六角棒レンチの二番目に細いものをケースから取り外して小さな穴に差し込むと、軽く押さえながら左右に回した。すると「カチッ」と小さな音がした。香川はデスクの側でしゃがんで天板の裏側を右手でなでながら一カ所を前後に動かすと、まるで箱根寄木細工の秘密箱のように一本の木片が表に出てきた。香川がさらにしゃがみこんでその中を覗いた。

「これは初めて見るトリックだな」

そう言うと、さらにもう一つの動く木片を発見して動かした。そしてそこを覗き込むと、鍵の束から幾つかの鍵を取り出して隙間に合わせた。三本目が中の鍵穴とフィットしたらしくそれを回すと天板を支えている角の部分の上部が手前に開いた。そこにもう一つ鍵穴があるらしく、香川がまた違う鍵を試している。

「どういう原理なのかよくわからんが、江戸時代のからくり人形を思い起こすような歯車の動きだな」

再び三本目の鍵がフィットした。すると今度はデスクの裏の袖の部分が外開き扉のように開いた。

「そういうことか……これが左右にあるとなると、何が出てくることやら」

袖机の奥の筒状に作られた部分に残されていたのは、中国が進めているAI関連の中でも大型モニター等のフィルム加工技術の他、スマホ等のディスプレイに用いられるタッチスクリーン等の光学フィルムや、医療用途に用いられるウレタンエラストマーフィルム等の高機能フィルムに関する資料だった。中でも主として中国向けに製造し、かつ中国からの留学生を受け入れている企業に関する法人登記の謄本や企業業績について、企業を専門対象とする信用調査会社による企業情報がファイリングされていた。さらに反対側の袖机にも同様の仕掛けが施されており、ここには顔認識システムや衛星写真の解析等に用いられるコンピュータビジョンと呼ばれる画像解析に関する企業情報等が納められていた。

「竹下滋はこれが目当てで特別捜査官を目指したのかもしれないな。彼のＩＳでの報告内容も調べる必要があるな」

「その件なら、すでにチヨダの理事官に情報提供を求めています」

「公総課長にも情報は上がっているんじゃないのか？」

「いえ、ＩＳの場合は時として警察庁直轄というか、特命で動くことも多いのです」

「そうなのか……考えてみれば俺が公総時代にやっていたことも、ある意味ではＩＳだったんだが、当時は巡査部長だったからな……」

「チヨダにとって階級は関係ありませんが、香川さんの場合には特別協力者が多すぎたため、ＩＳまで求めるのは控えていたのだと思います。運営費用も膨大だったでしょうからね」

「まあ確かに、シーズンレポートの準備だけでも大変だったけどな。ところで今のチヨダの理事官はだいぶ後輩だろう？　連絡を取っているのか？」

「チヨダは日本の警備公安警察の宝ですからね。たまに失敗人事もありますが、ほぼ相応な人材が登用されていると思います」

「まあそうだな。たまにとち狂った公安部長や公総課長もいるからな」

「公安部長クラスになると年次的にも中規模県の本部長以上ですから、人事配置が難しいんですよ」

「それはそれとして、ここに入っている日本企業と中国の企業との関係を調べるのはどうすればいいかな」

二人の会話を聞いていた壱岐が言った。

「私の中国の友人に聞けばある程度のことはわかると思います」

「日本人なのか？」

「いえ、中国人ですが、日中関係、それも中国に進出している日本企業だけでなく、合弁会社の設立等にかかわっている人物です。日本の経団連国際協力本部や経済同友会のメンバーとも付き合いがあったようです」

「経団連と同友会か……どちらも中国には弱いからな……経団連はHuaweiを構成メンバーに入れているくらいだからな」

「そうなんですか？」

「華為技術日本として、今でも会員になっている、これを推薦した企業にも問題があったんだけどな」

「日本企業なんですか？」

「まあな。それよりも、壱岐ちゃん自身はここにある日本企業で気になるところはないのかい」

壱岐が光学フィルムと画像解析の両関連企業を見ながら答えた。

「どちらも現在中国が最も力を入れている分野です。特に光学フィルムは国家重点大学やこれを目指す共産党直轄高校では黒板代わりに使用されていますから、教育現場だけでなく、党本部や大企業に対しては必須のものです。また画像解析に関しては中国中に張り巡らされている監視カメラ画像や、宇宙からの画像解析には日本の高度な技術が求められています」

「中国の重点大学では、もう黒板やホワイトボードなんかは使われてないんだろうな」

「五、六年前の時点で重点大学ではすっかり姿を消していますね。日本の大学教育現場の遅れは目に余るものがあります。特にコロナ禍でリモート授業を行う際には、板書というか、いわゆる黒板にあたるタッチスクリーン画像が、そのまま自宅のパソコンに送られて、学生や生徒はこれをプリントスキャンしてOCR化しているんですから」

「なるほど……書き写す必要がない教育システムなんだな」

「余計な労力を省き、教授や教師の言葉を真剣に聴いて理解する癖が、子どもの頃から身についているんですね。このため潜在能力がある子どもの理解度が極めて高いのです」

「そうか……俺らの時代は手で書いて覚えたもんだが、最近の子どもは画像で覚えてしまう訳か……」

「俗に天才と呼ばれている人たちは、文章を画像認識しながら理解すると言われていますが、その教育方法だと思います」

「そりゃ、中国に優秀な人材が育つはずだな。日本の学校教育が如何に遅れているか……思い知らされる話だ」

「現在の日本の公立小中学校では教師のなり手がないほど『定額働かせ放題』が問題になっています。モンスターペアレンツ問題を含めて、教育現場をよりよくしなければならないのですが、その最たる問題点は政治にあると思っています」

「文科省ではなく、政治か？」

「そうです。今回の政権与党で露見した裏金問題に関わった政治家の中で特に悪質性の高い者の多くが文科相経験者や教育に携わっていた者だったでしょう？　教育を食いものにしていた連中なんですよ」

「そう言えば、確かに多かったな……」

「現在の政権が以前から教育を軽んじている証明になると思っています」

「なるほど……文科利権は案外大きいからな……」

これを聞いていた片野坂が口を開いた。

「壱岐さんの中国の友人に関しては早急に人定を報告して下さい。他国の諜報組織から情報を取ってみます」

「よろしくお願いします。私もどこまで信用していいのかわからない時があるのは事実です」

「彼は、壱岐さんの現在をどう捉えているのですか?」

「国家や大企業から委託を受けることもある、中国企業との合弁等の手伝いをする民間の調査会社という触れ込みにしています」

「しかし、企業名を検索しても名前が出てきませんよね」

「まだ企業名は伝えていません」

「わかりました。その点は今後打ち合わせをいたしましょう」

片野坂はこれらの資料に加え、保存されていた名刺等も捜索差押の一環として押収して三人揃って警視庁本部のデスクに戻った。

「結果的に俺たちは正月休みがぶっ飛んだ……ということか」

香川が笑って言った。

「今日だけは我慢してください。押収物はとりあえず生成AIで分析してみましょう。すでに在中国日本大使館には監察から連絡済みのようですから、当人の捜査に関しては当面、外事第二課に任せておきましょう」

「俺たちは休んでていいのか?」

「日本で捜査を進めたからといって、何ができるわけでもありません。ただ、彼の本当の目的の達成と、日本国の国家機密の漏洩だけは何としても阻止しなければならないところですが、IS情報でそこまで摑んでいるとは到底思えません」

「日本警察のコンピュータシステムは大丈夫だろうか？」

「システムは知られていても、外部からのアクセスは遮断されていますから、その点は大丈夫だと思います。ただ外事二課のチャイニーズマフィアを含めた中国人犯罪者や留学生情報に関しては、アクセス状況を含めてチェックしておく必要があると思います」

「そこだな……チャイニーズマフィアの幹部は中国共産党幹部との繋がりがあるからな。チン平野郎とすれば、立場的に最も欲しい情報の一つかもしれない」

「習近平としても党本部内の不正を粛正しないことには、いつ足を掬われるかわかりませんからね」

「権力闘争を繰り返して、あれだけ粛清を行ってきた立場としては、党内にも敵は多いからな。北朝鮮で人民統制のために密告が重用されているのと同じだな。実際に北朝鮮では家族に密告されて、家族の目の前で処刑された……ということも当たり前になってきているようだ。家族さえ信用できないようになると、すでに社会生活は終わっているとしか言いようがないからな。中国共産党内で権力闘争に挑もうとする連中は、基本的に北朝鮮と同じ密告を好んでいるんだろう」

香川の言葉に壱岐が穏やかに言った。

「どこの国のどんな政党であっても、権力闘争というものは必ずありますし、我が身を脅かす者、敵になろうとする者は早いうちにその芽を摘んでおくものです。これが共産主義国家の場合には原則的に身内の争いですから、過激になってしまうだけのことなのです。かつて日本でも多く発生した、極左暴力集団の内ゲバや粛清と同じです」

「そうだな……幕末の新撰組だって、理由はともあれ、初代筆頭局長の芹沢鴨《せりざわかも》を惨殺した土方歳三《ひじかたとしぞう》や沖田総司《おきたそうじ》はヒーロー扱いされたわけだからな。しかし芹沢に関して残されている逸話には、写真を始めとして嘘が多いのも事実だ」

「歴史は勝者の理論ですから仕方ありません。没後に叩かれる政治家だって多いじゃないですか。その反対があるのも事実ですが……」

「そうだな……つい最近の政治家でも同じようなことが言えるな。そういうことに警察の資料が利用されないようにすることも大事なんだ。一つの漏洩事件が起こると、なんでもかんでも『警察の資料によると……』となってしまうからな」

「あとは私がやっておきますから、お二人はゆっくり休んでいて下さい。皆さんが海外でご苦労なさっている間、私は国内で何の苦労もなく仕事ができていましたから」

「その苦労というのは、もっぱら食事と酒と風呂だろうな。まさか温泉なんか行っていないとは思うが……」

香川が意地悪爺さんになったように言うと、片野坂は笑って答えた。

「温泉がないような処に出張するはずがないじゃないですか」

翌一月四日は御用《ごよう》始めだったため、片野坂は午前八時ちょうどに出勤した。

警視庁本部勤務員の始業時間は午前八時三十分で、十七時十五分までの勤務時間である。しかし、警視総監以下のキャリア部長職は警察庁の始業時間である午前九時を目安に就勤する。公安部の場合、公安部長、公安部参事官、公安総務課長のスリートップがキャリアであるため、これに準じた出勤体制が慣例となっていた。

片野坂はデスクに着くと警務部参事官兼務の人事第一課長に電話を入れた。

「片野坂部付、おはようございます。お早いんですね」

「現場の人間は早いんだよ。一昨日、公総課長から聞いたんだが、監察が公安部の特別捜査官を追っていた件で、九時前までに話を聞いておきたいんだ。至急手配してもらえるか？」

「承知いたしました。その件に関しましては私も二日の昼には情報を得ました。直ちに、担当管理官と係長を呼びますが、決裁の都合上、私の部屋でよろしいでしょう？」

「もちろんだ。三十分もあれば概要がわかるだろう。それから当日の特別捜査官の動きを図式化しておいてもらいたいんだ」

「防犯カメラおよび空港内の監視カメラの位置を含めた地図もすでに作成させております」

「さすがに公総課長経験者だけのことはあるな。これからすぐにそちらに向かうが、いいか？」

「承知しました。すぐに手配いたします」

電話を切ると片野坂は階段を使って十四階から二階下の十二階にある人事第一課に向かった。人事第一課長室の入り口には公安部の別室同様に秘書官室がある。秘書官の警視が片野坂を認めると、直ちに課長室の扉をノックして片野坂の来室を告げた。

「階段ですか？」

「総監室が十一階から十三階に移ったのはいいが、エレベーターで一緒になることが増えたからな。十一階のマスコミとも顔を合わせたくないから、なるべく階段を使うようにしている」

「警視庁本部の高層階用エレベーターを十二階以上に変えたことで、総監もマスコミとエレベーターで一緒にならなくていいようになったのはいいことです」

「マスコミ相手に頭を下げる役目のお前の立場も、少しは楽になっただろう？」

「この引っ越しは実に大変だったようですが、結果オーライでした」

「そうだよな。東京都公安委員会室、総監、副総監室の入り口には、さらに防弾ガラス扉と受付が必要だからな」

「赤絨毯《じゅうたん》もですが……」

「まあ、東京のトップは必然的に日本のトップと同じようなものだから仕方ないだろう」

「では監察を呼んでよろしいでしょうか？」

「頼む」

片野坂を応接セットの上座《かみざ》に案内して、人事第一課長はインターフォンで受付に連絡をすると、すでに扉の外で待機していたのか、すぐに扉がノックされ「入ります」の言葉と同時に監察担当管理官以下三名が入室してきた。人事第一課長が応接セットの上座で立っていた片野坂を紹介すると、三人はその正面にきびきびとした態度で並び、管理官の「敬礼」の号令で、まるで査閲《さえつ》を受けているかのような機械的動作で三十度の敬礼を行った。片野坂にとっては実に久しぶりに受ける敬礼だった。片野坂は穏やかな笑顔を見せて、

「楽にして下さい。久しぶりに警視庁の警察官であることを体感できましたよ」

と言いながら、三人に着席を促して、自分もゆっくりとソファに腰を下ろした。そのタイミングを計ったかのように、扉が再びノックされ、清楚な女性職員が穏やかな笑顔で人数分のコーヒーをトレイに載せて運んできた。彼女が部屋を出たのを確認して片野坂が笑いながら言った。

「警視庁本部の所属長というのはいいものなんだな。僕は一度も経験がないから、こういう応接を受けるとドキドキしてしまうよ」

「片野坂部付は神奈川の課長だけでしたか？」

「外事課長と言っても、二十代後半の若造だったからな。お客さん扱いだったよ」

「しかし、そこで大きな実績を二件残された……と聞いております」

「あの年は正月早々、いろんなことが起こったし、神奈川県も結構、騒動が続いた時だったんだよ。そんなことより、忙しい時間帯に無理を言って申し訳なかった。早速、監察の皆さんのお話を伺おう」

監察担当管理官が部下の警部と警部補を紹介して、片野坂用に準備されていた資料を示しながら一連の流れを説明した。片野坂は当日の追尾《ついび》を行っていた警部補にもいくつかの質問をしながら地図や十数枚の写真も確認した。

「さすがに警視庁の監察は素晴らしいですね」

「公安部のプロにはかないませんが、対象が公安部の警察官とはいえ、プロの教育を受けていない者だったので、困難さは感じられませんでした」

「数カ月間でも中国人らしい者と何回か接触していたのですね」

「はい。ただ、中国人の方が逆にスパイとしてのトレーニングを受けていたようで、最後まで追尾できたのは一度だけでしたし、その詳細な人定をとるところまでは未だに至っておりません」

「それは公安の仕事ですから、こちらで対処致します。特別捜査官の預貯金や資産関係を、よくここまで解明できたものですね」

「勤務していた企業が警察とは良好な関係にあり、給与の振り込み先がわかっていたので、そこから調査を始めました。銀行を含む金融関連機関も内部問題でしたので協力的でした」

監察担当管理官は、片野坂の速読のあまりのスピードに驚いたのか、同席していた人事第一課長に目を向けると、人事第一課長もそれを察して笑顔を見せて言った。

「片野坂部付の速読は警備局でも有名でしたが、私も、実際に目の当たりにして驚いています」

「これは単なる慣れだよ。大切な時間を割いてもらっているんだからね。ところで、特別捜査官の嫁さんの実家はそんなに資産家なのですか？」

「豊島区を中心にして不動産関係の仕事をしているため、儲けた時期があったのは確かです。しかし新型コロナウイルス感染によって実害を受けた店舗の買収等で裏の資金を得ていたことがわかりました」

「裏の資金？」

「闇金のようなのですが、そこが今一つ判明していません」

「どのあたりの店舗を買収していたのですか？」

「池袋と上野周辺です」

「そこで中国系が出てきませんでしたか？」

「そこまではまだ把握しておりません」

片野坂は頷いて資料のその部分のページの端を折って言った。

「貴重な資料をありがとうございました。本件に関して、今後の捜査は僕が担当することになると思いますので、監察の報告は通常どおりの手続きでお願いいたします」

「承知いたしました。すると、今後、公安部からの問い合わせはないのでしょうか？」

「そうですね。本人は辞表を出したことで辞めたつもりでいるのかもしれませんが、まだ正式に受理されていませんし、辞令も出ていないのですから、単なる地方公務員法違反として捜査を行うだけです。捜査の端緒《たんちょ》としては、いただいた資料だけで十分に対処できると思います」

これを聞いた人事第一課長が訊ねた。

「失礼ながら、片野坂部付の配下には何人の捜査員がいらっしゃるのですか？」

「配下というよりは同僚が正しいと思うんだけど、四人です」

「四人？　たった四人ですか？」

「そう。そのうち一人は海外派遣ですけどね」

「白澤女警ですね」

「女警は余計。白澤警部だね」

「失礼しました。居座り昇任の特例で公安部長命だったので記憶していました。資格が凄いですよね」

「そうなんだよ。彼女一人で数十人分の仕事をしてもらっているからね」

「その彼女を所轄から一本釣りされた片野坂部付の眼力も凄いですし、外務省から二人もリクルートされたのですからね。私の発想では及びもつきません」

「以前のままの発想では新たな敵とは戦えないだろう。しかし、その背景には予算を取ってくれている警察庁の存在があるんだ。警視庁には感謝しているけどな」

「警視庁だけの予算では無理ですし、片野坂部付のやっていらっしゃる活動は警視総監賞の上申内容を見てもわかりますが、まさに国家のために動いていらっしゃるのですから当然のことと思っております」

「警部になれば総監賞の上申はしないんだが、もう一人優秀な警部補が残っているからな」

「香川主任ですね。ご本人が嫌でなければ今年の選考昇任を試験担当が考えているようです」

「そうなのか……よろしくたのむよ。現在五十一歳だから、退職まで公安部で飼い殺しをするのは組織のためにも惜しいからな」

「承知いたしました」

片野坂は監察担当の三人に対して深々と頭を下げて謝意を述べると、三人は驚いたように立ち上がって室内の敬礼を行った。

人事第一課長室を出た片野坂は再び階段を使って自室に戻ると、そこに香川が来ていた。

「香川さん、どうされたんですか?」

「お前が一人仕事をしているのに、俺が遊んでいるわけにはいかないだろう。というよりも、家にいても嫁にコキ使われるだけだからな」

「ゆっくりされればいいのに……。ワーカホリックと言われないようにしてくださいよ」

「嫁は、海外派遣手当と土産ですっかり機嫌をよくしているし、正月からベルーガを食って大満足しているよ」

「私にまで最高級キャビアをありがとうございました。パリのカスピア以来のベルーガはやはり美味しかったです」

「ウォッカで食ったのか?」

「いただいた日に『ベルーガ ノーブル』を買い求めまして、元旦に両親にも振舞いました」

「ベルーガ ノーブルを選ぶところがさすがだよ。俺なんか日本酒だったからな」

「日本酒は日本酒で美味いですよ。手取川純米大吟醸本流クラスだとベルーガときっちり勝負できますしね」

「おう、いいところを突くな。お前には酒の飲み方だけは指導したが、その道も俺を上回ってしまったようだな」

「とんでもありません。まだまだ先輩にはかないませんよ」

「ところでこれから別室か？」

「部長と参事官に報告です」

「報告は公総課長がやるんじゃないのか？」

「公総課長がやると外二課長まで呼ぶことになります。このような案件はなるべく小さく収めた方がいいと思いまして」

「すると、本件はうちが丸抱えか？」

「その方がいいと判断いたしました。私が追っている中国の海外警察とチャイニーズマフィアともつながりそうな気がするんです」

「そっち系か……じゃあ俺は直接動かなくてもいいのか？」

「ロシアに行く前に、香川さんの協力者から竹下滋の嫁の実家について調べていただきたいのです」

「嫁？　何もんなんだ？」

「嫁の実家が豊島区で不動産業を営んでいるんですが、新型コロナウイルス感染による緊急事態宣言頃から池袋や上野で物件を買いまくっていたそうなんです。そしてその資金源が中国系なのではないかと考えているんです」

「ブクロと上野か……確かに中国人の巣になっているようだし、チャイニーズマフィアというよりは中国系半グレと、これにつるんでいるヤクザもんが多いと聞いているな……わかった。明日、明後日中に調べ上げてくるさ。それよりも竹下の野郎はどうするんだ？」

「よろしくお願いします。そこも監察がすでに在中国日本大使館に連絡をとっていますが、壱岐君に現地に飛んでもらった方が早いかと思います。それに中国の北京、上海の監視カメラにはアクセスできますから、そこも使いたいと思っています」

「なに？　初耳だな。いつからそんなことができるようになったんだ？」

「昨年壱岐さんが上海でアクセスした六一三九八部隊系のサーバが宝の山なんです」

「六一三九八部隊？　あのサイバー軍か？」

「香川さんがサンクトペテルブルクで教えたんでしょう？」

「確かにその手法は一緒にやってみせたが、サンクトペテルブルクはロシア政府とつながっているとはいえ、単なる企業だからな。中国人民解放軍総参謀部とは全く格が違うんだが、よくそんなサーバに忍び込むことができたものだな……」

「本人もたまたま……と謙遜《けんそん》していましたが、やはり持っているんですね」

「そうだな……まだ、相手には見つかっていないのか？」

「白澤さんはそう言っていますね。時々、チェックしてくれているようです」

「竹下を検索する時にバレなきゃいいんだけどな」

「白澤さんによると、一個のバックドアから、いわゆる生成ＡＩを活用して、新たなアクセスポイントを作り出すことができるようになっているそうです。世界中の諜報機関も目の色を変えてこれに挑戦しているようです」

「白澤のネエチャン一人に負担がかかり過ぎているんじゃないのか？」

「僕もそれは考えています。もう一人、早急に育てなければならないと思っていますし、当面はＣＩＡ、ＦＢＩかモサドのプロと連携を取ってもいいとも思っています」

「お前の発想は俺とはレベルが違うし、人脈や経験値でも幅や深さが違うからな。信頼できるルートがあるのなら活用すべきと思うけどな」

「今回、監察もよくやってくれています。最後の処分に関する上申までは私たちが捜査した方が早いでしょう」

「しかし、竹下の野郎を現地で確保できたとして、日本に連れ帰ることができるか……が問題だな。実態こそ違うが、日本警察が中国の海外警察の真似をしていると思われても仕方がないからな」

「彼がすでに地公法に違反していることは明らかですから、どこに行っても逃げることができない恐怖感を知らせることが大事だと思います。彼もまさか、自分が中国国内で同僚に身柄を確保されるとは思ってもいないでしょう」

「恐怖感か……古巣を舐めちゃいかん……ということだな。特別捜査官ということで、ITに関しては自分以下だと思い込んでいるだろうからな」

「そういう思い上がりが今回の事案の背景の一つにあると思っています」

「前職よりも給料が下がってまで警察に入るには、それなりの覚悟に加えて、社会正義の実現の意識が必要だからな。しかし、最初から別の目的があれば話が変わってくる。採用時の人事第二課担当者と最終面接官の責任が問われるな」

「そろそろ別室に入りますので、先輩は、このデータを写していって下さい」

「豊島区要町一丁目十一番地二号か……山手通り沿いだな。そのあたりには土地勘がある。早速行ってみるか」

香川は幾つかのデータをスマホで撮影して部屋を出て行った。片野坂は時計を見て公安部長室に向かった。

「片野坂、正月早々ガサ入れさせて悪かったな」

「こういうことは早いに限ります。こちらが押収品目録と押収品の一部です」

「こういうものを置きっぱなしだったのか？」

「このからくりデスクに隠されていました」

片野坂がスマホで撮影した動画を見せると、公安部長が驚いたように言った。

「相変わらず、香川の技能には驚かされるな」

「能力の幅広さには私も驚かされます。ところで、竹下特別捜査官の身柄の確保に関して、海外の情報機関の協力を得たいと考えておりますが、いかがでしょうか？」

「アメリカとイスラエルか？」

「そのとおりです」

「この時期、モサドはそれどころではないのではないか？」

「国内と、海外は同時に動いています。特に中国の動向も知りたいはずですので動いてくれるのではないかと思います」

「中国で何をしてもらうんだ？」

「中国国内の監視カメラ画像の分析で竹下特別捜査官の所在を確認して、身柄を確保してもらう予定です」

「在中国日本大使館に引致《いんち》してもらうわけか？」

「そう考えています。さすがに中国国内で泳がせることは危険だと思います」

「確かにそうだな……わかった。警備局長にはその旨を伝えておこう。竹下特別捜査官用のグリーンパスポートも準備しておかなければならないな」

「そう願います。私のところから壱岐君を出しますので、公安総務課からも事件担当管理官以下数名の派遣準備をお願いしたいと思います」

「中国の公安が竹下の身柄を押さえる可能性もあるのではないか?」

「その際は、隙《すき》を狙うしかありませんが、本人の銀行口座には多額の入金はなく、主要な仮想通貨の出入りもマイニングチェックを行った結果ではないようですので、こちらが思うほどVIPではないのではないかと思います。このため、どこかの企業に囲われることはあっても、国家ぐるみではないと思います」

「そうか、奴がスパイとして、中国サイドから身柄を拘束されることだけは阻止しなければならない」

片野坂もその点は日本警察の面子をかけて十分に考慮に入れていた。

「竹下の利用価値はこれからの判断かと思います。確かに時間との勝負ではありますが、中国が反スパイ法を執行して、直ちにスパイとして摘発することはないかと思います」

「海外の諜報機関を活用することは私の判断で認めよう。早急に身柄を確保して連れ帰ってくれ」

別室を出た片野坂は白澤から報告を受けていたアクセスコードを使ってルクセンブルクにある白澤のオフィスにあるサーバにアクセスした。さらにそこから世界中に張り巡らされているアクセスポイントを経由して中国のとある施設にあるサーバに侵入した。

「ここに出国時の竹下の画像を入れればいいんだな」

白澤が警察通信で送ってくれた操作方法に沿って作業を進める。

「北京首都空港　第三ターミナルから見るか……十六時五十五分着か……」

北京首都国際空港は中国最大の空港であり、年間利用者数では世界第二の規模を持つだけあって、広さも広大だ、その中で第三ターミナルにある三つのサテライトの中から竹下が搭乗していた航空機が到着したはずの「3－E」を指定する。「日本の検索システムと同じだな……日本国内で開催される危機管理イベントで展示されたシステムを中国企業が買った……という話も聞いていたが……」片野坂は呟きながらも手慣れた仕事でもしているかのように操作を続けた。五倍速で確認を行っていた数分後、センサーが竹下をキャッチした。片野坂が目視で確認しても竹下本人に間違いなかった。確認画像の竹下を対象指定して「追跡」のボタンを押す。後は警視庁も採用しているシステムと同じだった。

今度は解析速度を十倍に上げた。第三ターミナルから北京中心部までは約二十五キロメートル。竹下はスマホを見ながら「北京地下鉄首都機場線」の三号航站楼駅から終点の東直門駅まで途中下車することなく向かった。東直門駅は北京市の中心部東城区にあり、天安門広場や歴史的に北京の中心商店街である王府井にも直線で約四キロメートルの場所にあった。竹下は地下三階のホームからエスカレーターで改札口がある地下一階に進み、そこで改めてスマホを確認して地上に出ると、直近にある五つ星ホテル「アスコットラッフルズ シティー北京」に入った。ホテルは外資系であるため建物内には盗聴装置も公的監視カメラも設置されていない。その後、現時点まで三十倍速で画像確認すると、ラッフルズから毎日数回は外出していたが、大きなバッグを運び出すことはなかった。

ここまでの竹下の動きをデータ化した片野坂は、竹下の個人情報と共にフォルダ化して、一旦中国公安による監視システムから表面上のデータ消去を行った後に、離脱した。

片野坂は直ちに　FBIの内局の一つ、NSBの上席調査官で、片野坂の元同僚であるレイノルド・フレッシャーに電話を入れた。

「ハイ、アキラ。最近はこちらに来ていないのか？」

「今、僕自身は日本国内の仕事で手一杯なんだ。今日は、お願いがあって連絡したんだが……」

「アキラの依頼なら聞かなければならないだろうが、どういう仕事なんだ？」

「北京で一人の日本人をかっさらって、在中国日本大使館まで引致してもらいたいんだ」

「そいつの居場所はわかっているのか？」

「現在はアスコットラッフルズ シティー北京に投宿している」

「急ぐのだろう？」

「なるべく早い方がいいな。IT関連のスペシャリストなんだ」

「経済安保か？」

「それも何とも言えないんだが、中国のどの筋とつながっているのかも未だに判然としていないんだ。しかし、それはわからなくてもいいと思っている。早急に日本に連れて帰りたいんだ。大使館からは被疑者として護送するので大丈夫だから、とにかく大暴れしないように大使館まで引致したいんだよ」

「わかった、対象のデータを送ってもらえるか？」

「ホテル外での日々の動きはリアルタイムで報告する」

「誰かすでに追尾しているのか？」

「いや、北京公安の監視カメラ画像を拝借している」

「そんなことができるのか？」

「たまたま、システムに入ることができたようだ」

「何がたまたまだ。監視カメラ画像は中国の公安にとって情報の生命線だろう」

「そうだろうな。ただ、そこに辿り着けたのは生成ＡＩを活用した結果なんだ」

「生成ＡＩか……今や犯罪者にとっても最高の武器になっているようだから、その裏をかくための防諜にも生成ＡＩを活用するようになっている。嫌な時代になったものだ。今回の事件が終わったら中国の監視カメラシステムへの入り方を教えてくれ」

「情報を共有できれば、こちらとしても頼もしい。承知した」

「現地のメンバーとも協議して準備ができ次第、連絡をする」

電話が終わると片野坂は壱岐に電話を入れて事情を説明した。

「帰国時に空港で騒がれるのが嫌ですね。奴の現時点の弱点は何でしょう?」

「彼が中国の誰と接触しているか……ですが、今のところそれらしい人物が出てこないのです」

「ガサ入れの押収資料からは何か出てきませんか?」

「まだ分析ができていないんだけど、身柄を捕る方が先決だと思ってNSBに協力依頼をしたところだったんだ」

「CIAではなくNSBですか? NSBは海外活動もしているのですか?」

「アメリカ国内でも、最近、中国の海外警察が動いているからね。その実態把握をしているのがNSBなんだよ」

「そういうことですか……すると現在でも中国国内にエージェントを送り込んでいるのですか?」

「中国系アメリカ人の中でも、選りすぐりがいるからね」

「私もすぐに行った方がよろしいのでしょうね?」

「ゆっくり休んでもらいたかったんだが、お願いするしかない事態になってしまいました」

「承知しました。すぐに準備を致します」

NSBの動きは速かった。片野坂からのデータを受け取った北京のNSBエージェントはその翌日にはチームを組んでラッフルズに投宿し、ホテル内での竹下の行動確認を開始していた。

一月五日の夕刻に、竹下はラッフルズホテル内で中国人と接触をしたようだった。その時の画像がほぼリアルタイムで送られてきた。画像を見た片野坂はその男の顔を見て、竹下のバックグラウンドが漠然《ばくぜん》とわかった気がしていた。

「この男、永田町に出没していた、政権与党の素行がよろしくない議員とつるんでいた怪しげなメンバーだな。しかも、文科相経験者の中でも女傑秘書で有名だった文教族の元代議士とつながっていた奴だ」

片野坂はこの事実を公安部長に速報すると、直ちに中国出張のメンバー選考を公安総務課長に指示した。メンバーは外事二課ではなく、公安総務課の調査第七担当の尾行、張り込みを専門とする猛者《もさ》から選抜することとなった。NSBからの情報で竹下のラッフルズでの宿泊は七日までであることが判明したため、一月六日、壱岐をトップに五人の捜査員が北京にグリーンパスポートで向かった。NSBのエージェントと壱岐は六日の午後、ラッフルズで打ち合わせをして翌日の朝食後に決行することを確認した。竹下が毎朝、ホテル近くの朝粥屋《あさがゆや》で朝食をとっていることが判明していたからだった。

翌七日の朝、午前八時、竹下はホテルのロビーに姿を現すと、ルーティンになってしまったかのように朝粥屋に向かった。ホテルに戻ってエレベーターに乗り、宿泊フロアの二十二階で降りた。この時、すでにNSBのエージェントは竹下が投宿している部屋の近くですれ違うふりをして、竹下が自室の扉を開けて身体を扉の中に入れた瞬間、扉を手で押さえた。同時にその背中を押すと、竹下は声を発する間もなく部屋の床に倒れ込んだ。エージェントはすかさず扉を閉めて竹下の上に乗りかかり、竹下の口に持参していたタオルを入れて言った。

「このスパイ野郎、ここで殺してもいいんだが、もう少し話を聞かせてもらわなければならない。わかったか？」

竹下は「スパイ」という言葉におじけづいたのか、しきりに頷くだけだった。間もなく部屋の扉にリズムを刻むかのようなノック音がした。エージェントは竹下に銃口を向けて「フリーズ」とだけ言って扉を開けた。さらに三人の屈強な男たちが入ってきた。入ってきた男たちは竹下の顔を見るなり口々に「裏切り者のスパイ」と言った。竹下は震えていた。エージェントの代表格の男が言った。

「荷物をまとめて、ここを出る準備をしろ。変な動きをすればすぐにお前を射殺する」

竹下はうな垂れながら二度頷いた。

「お前は生き証人だから殺されないと思っているだろうが、俺たちはお前の生き死にに興味はない。お前が情報を渡そうとしている相手にダメージを与えれば済むことだ」

これを聞いた竹下がようやく口を開いた。

「私をどこに連れて行くつもりなんだ？」

「それをお前が知る必要はない。死にたいのか、そうではないのか？」

「私は死ぬために中国に来たわけではない」

「そうか、それなら逆らわないことだ。お前は日本人か中国人か？」

「日本人だ」

会話はそこまでだった。竹下はＲＩＭＯＷＡのクラシックトランクスーツケースに荷物を仕舞うと、「準備は終わった」とだけ言った。一見するとシークレットサービスに守られたＶＩＰのように、業務用エレベーターで一階に降りた一行は、正面口ではなく、ホテルの裏口から大型車両に乗り込むと、後部座席に男に挟まれて座った竹下には分厚いアイマスクが付けられた。

一連の動きの一部始終を見ていた壱岐は、あまりのスムーズさに驚きを隠せずにいた。

ラッフルズから在中国日本大使館までは、北京市の中心とは反対方向に直線距離で約三千五百メートル、道なりに車で行けば、二十分ほどの距離であるが、ＮＳＢのエージェントは約一時間をかけて日本大使館の直近にあるフォーシーズンズ ホテル北京の地下駐車場に車を入れ、竹下の目隠しをしたまま車から降ろし、荷物用エレベーターを使って荷物とともにあらかじめチェックインしていた部屋に入った。

部屋に入ってアイマスクを外された竹下が室内を見回して言った。

「ラッフルズではないが、高級ホテルのようだ。ここで尋問するのか？」

「スパイをこんなところで尋問しても口を割ることはないだろう。我々を敵に回したのはお前自身が選んだ道だ。しかし、その疑惑ももう終わった。我々の国ではスパイは死刑、もしくは禁錮百年以上だ。死刑は銃殺、電気処刑、ガス室刑の三つからお前自身が選ぶことができる」

「あなたたちがどこの国のどんな組織の人かは知らないが、私はあなた方の国ではなく、日本以外の国家情報を中国に渡した覚えはない」

「お前にその意志はなくとも、結果的に我々の国家の治安にもかかわってくるからな。そうなれば我々の国を敵に回すスパイであることに違いはない」

「日本にはスパイ防止法はない。本国にないものを他国の法律で処罰できるはずがない」

「そんなことは問題ない。我が国の法で裁くだけのことだ。さらにお前が二重スパイだったとして中国の公安に情報を流せば、お前が情報を流していた連中も血眼《ちまなこ》でお前を探すことになるな。そうなればどうなるか、お前が一番よく知っているだろう」

「そんな……」

竹下は言葉を失っていた。

小一時間経った頃、壱岐がインターフォンを鳴らして部屋に入ってくると、竹下を認めるなり、中国語でまくしたてた。

「お前はこんなところで何をしているんだ。川島《かわしま》先生の立場を知っているだろう。どういうつもりだ？」

　この状況に竹下はパニックに陥っていた。壱岐がちゃんとした中国語を話していることはわかったが、内容の全てを理解できるほど中国語に堪能ではなかった。このため竹下は壱岐に向かって日本語で懇願《こんがん》するように言った。

「川島先生の秘書の中内《なかうち》さんか、岡田《おかだ》さん、もしくは劉雄《りゅうゆう》さんに連絡を取ってくれ。これは何かの間違いなんだ」

　壱岐の芝居は見事だった。今度は流暢なブリティッシュイングリッシュを使って言った。

「劉雄は詐欺師だ。有名フレンチレストランの偽物を乗っ取って、まるで本家のように店舗展開したり、いい加減なフカヒレ料理店を出したり、政財界の大物に実体のない団体の名刺を出して接近するなど、やりたい放題やっているが、間もなく奴も捕まる」

　竹下は英語は理解できたようで、今度は英語で訊ねた。

「劉雄はそんな人じゃない。国会議員だって財界人だって、ちゃんと付き合っている」

「付き合っている連中は、劉雄に騙されている馬鹿な奴か、劉雄と手を組んでいる詐欺グループとも付き合いがあるからだろう」

「そんな……川島先生は大臣だって経験しているんだ」

「そんな男がなぜ選挙区を取られるんだ？　息子だって落選しているじゃないか。だから悪い連中と手を組んでいるんだ。そしてお前は奴らの手先となってスパイをしている」

「失礼だが、あなたは何者なんだ？」

「私は複数の国家や政党のマネジメントをしている。お前の仕事も、ラッフルズに泊まって劉雄と会っていたことも知っている」

「私の仕事を知っている？」

竹下の質問に壱岐がニヤリと不敵に笑って答えた。

「ああ、そうだコンピュータ関連で特別採用された東京の公務員だろう？」

竹下は唖然《あぜん》とした顔つきだった。

「お前の立場が中国公安に知られただけで、即刻スパイ容疑で身柄を拘束され、中国と日本の国家間の危険な懸案《けんあん》事項となるだろうな。そうなると我が国にも多大な迷惑が掛かる」

これを聞いた竹下は茫然《ぼうぜん》となった。その姿を見た壱岐は竹下をさらに追い詰めるように言った。

「もう、お前の行き場はどこにもないのかもしれない」

「そんな……私をどうするつもりだ？」

「私の本国に最も不利益が及ばないようにするのが私の仕事だ。渤海湾《ぼっかいわん》の魚の餌になるのもいいかもしれない。日本の汚染水とやらに影響を受けているという魚介類よりは、渤海湾の魚の方が中国人にとっては安全だろうからな」

そこまで言って壱岐は不敵に声を出して笑った。竹下は完全に言葉を失った。これを見た壱岐はNSBエージェントのリーダーを隣室に呼んで言った。

「あと一時間、ここで様子を見てくれ。日本大使館の警備官に準備をさせておく」

「了解した。それにしても英語も中国語も見事だ」

「商売だからな」

再び竹下の前に戻った壱岐は竹下を見張っていたNSBのエージェントに向かって言った。

「わたしは一旦戻って、トップと相談をする。一時間後にここを出る準備をしておいてくれ」

一時間後、ホテルの部屋の電話が鳴った。竹下は再びアイマスクを付けられて部屋を出るとエレベーターに乗せられて地下駐車場に戻ると、先ほどと同じ車に乗せられた。地下駐車場から出た車は近距離で四、五度右左折を繰り返して停車した。竹下はアイマスクを付けたまま車を降ろされると両腕をガッチリと抱えられて数歩歩かされ、待ち受けていたらしい複数の者に引き渡された。その際に会話は全くなかったが、「サンキュー」と「テイクケア」という挨拶だけが竹下の耳に届いた。

間もなく「ガチャン」という重々しい金属製の扉が閉まる音がした。在中国日本大使館の裏扉だった。

壱岐は片野坂に報告電話を入れた。

「片野坂部付、竹下の身柄を確保し、大使館に引致いたしました」

「お疲れさまでした。地方公務員法違反の現行犯人として逮捕し、保護室に留置して下さい。明日の午前の日本航空の最後尾二列を確保していますので、グリーンパスポートを使用して大使館車両でターミナルの日本航空ＶＩＰ室で直接出国手続きを行ってください。羽田空港では護送車を準備しておきます」

第七章　事件捜査

竹下の出奔はマスコミに知られることもなく、日本に帰国した翌日の九日には東京地検公安部に送致され、十日間の勾留《こうりゅう》が決まった。

竹下の取り調べは公安総務課の事件担当係長である河野《こうの》雄二《ゆうじ》警部が担当した。河野係長は警部補時代ＩＳ担当の任にあったため、永田町やその周辺人脈にある程度は通じていた。

「竹下、お前はまだ警視庁警部補であることを忘れるんじゃないぞ。田舎の両親に対して恥ずかしくない姿勢を見せてみろ」

河野係長は竹下の目に涙が浮かんでいることを認めながら取り調べを始めた。

「竹下、お前は何をしたかったんだ？」

「自分の本当の実力を試したかっただけです」

「警察組織を裏切るって……か？」

「警察組織を裏切るつもりはありませんでした。私は劉雄氏が求めてきた、外事二課が持つ在留中国人の犯罪組織に関するデータなど持っていませんでしたし、そもそも外事二課へのアクセス権限も持ち合わせていません」

「ほう、劉雄はどうして在留中国人の犯罪組織を知りたがっていたんだ？」

「劉雄氏は在留中国人の中にはチャイニーズマフィアや、これとつながっている半グレ集団がいることを知っていました。劉雄氏が親しくしていた川島元代議士を始めとした真面目なグループに、そういう連中が関わるのを阻止したい……という考えでした」

「なるほど……。それでは話を変えよう。竹下、お前、中国が進めているAI関連の中でも大型モニター等のフィルム加工技術や、タッチスクリーン等の光学フィルム、医療用途に用いられるウレタンエラストマーフィルム等の高機能フィルムについて調べていたな」

竹下が驚いた顔をして河野係長を見た。河野係長はこれを無視して質問を続けた。

「この技術は日本の企業が持つ特許であることも知っていたはずだよな。そして、その企業情報等を信用調査会社から受け取っていただけでなく、この企業で勤務する中国人留学生出身者の個人情報も調べていた。なぜだ？」

竹下の額に脂汗が噴き出した。河野係長は腕組みをして竹下の動きを見ていた。一分後、ようやく竹下が口を開いた。

「あの会社と合弁会社を作りたい旨の相談を受けたからです」

「劉雄からか？」

「いえ、川島元代議士の秘書の岡田さんからです」

「川島元代議士を協力者として本部登録をしていなかったはずだが、その元公設第一秘書ともお前は繋がっていたのか？」

「岡田さんを紹介して下さったのが劉雄氏です。劉雄氏は政財界にも太いパイプを持っています」

「あの企業の本社は川島元代議士の地元ではなく、同じ県ではあるが、派閥が異なる与党議員の支援企業だったはずだ。それをお前が知らなかったはずはないだろう？」

「川島元代議士は前回の選挙で引退し、ご子息に地盤を引き継がせたのですが、党の方針で選挙区が鞍替《くらが》えになってしまいました。その結果、ご子息は与党を離党して新たな政党に入ったのですが、落選してしまいました。そこで、これまで川島元代議士に投資していた大手企業が今後の対応を劉雄氏に相談した結果、もう一度だけ川島元代議士のご子息を応援しようということになったのです」

「その大手企業はゼネコン関連だったな。しかも、文科省関連の仕事を多くやっているだけでなく、中国にも進出している」

「えっ」

「そのゼネコン関連大手企業の子会社に多くの不法残留中国人が関わり、不動産買収に中国系反社会的勢力が関わり、しかも、その背後に劉雄がいることをお前は知っているのか?」

「そんな……」

「もう一つ、その中国系反社会的勢力は日本国内で発生している特殊詐欺を行い、この裏に関西を主な拠点としているヤクザもんの存在があることを知っているのか?」

竹下は唖然とした顔つきになって答えた。

「川島元代議士がお付き合いしていたゼネコン関連大手企業のことはよく知っていますが、その子会社と中国系反社会的勢力の関係は、おそらく川島元代議士の事務所の者は誰も知らないと思います」

「ほう、そうかい。それならこの写真をみたらよくわかるだろう。これは川島の地元で撮られた写真なんだが、写っている人物はわかるな?」

「川島先生、岡田秘書、劉雄氏はわかりますが、あとの三人は知りません」

「川島の右にいるのが指定暴力団五代目俠和会《きょうわかい》若頭の金奎元《きんけいげん》、その後ろにいるのが香港系チャイニーズマフィアの曹励旭《そうれいきょく》、もう一人が日本総合土木副社長の奥村健司《おくむらけんじ》だ。撮影日時は、川島が引退した翌週、場所は地元のゴルフ場クラブハウスということだ」

「まさか……」

「日本総合土木が北京市海淀区中関村で建設した複合施設にかかわったメンバーだ」

「川島先生をクリティカルな視点で捉えているとしか思えません」

「お前がそこまで言うのなら仕方がない。何といっても確信犯なのだからな。それより も最初に聞いた、お前が信用調査会社を使って調べた企業について、他派閥の議員の支援企業だと知っていただろう?」

「中国との貿易も盛んな地元では極めて優良な企業なので、いい合弁ができれば、選挙区は地元ではなくなっても応援してもらえるかもしれない……ということでした」

「どうして元留学生の中国人社員の個人情報を詳細に調べていたんだ?」

「彼を窓口にして、その会社との接点を持ちたかったのです」

「おい、竹下。俺たちがどうしてお前がこの光学フィルム関連企業のことを知ったのか わかっているか?」

「いえ、わかりません」

「お前の自宅にあるデスクの隠し収納の中にあった証拠品を分析したからだよ」

「えっ」

竹下の顔が蒼白《そうはく》になり、ガタガタと震え始めた。

「みんなわかっているんだ。これ以上お前に罪を重ねてもらいたくないんだ。武士の情けだ」

竹下が完落ちしたかのように話し始めた。竹下はこの中国人社員を中国に送還させることと引き換えに、中国企業に現在の五倍の給与で採用される約束を劉雄から取り付けていたのだった。

公安総務課長から公総課長室で報告を受けた片野坂は、ため息をついて答えた。

「留学生や在日中国人の監視ですか……竹下はある意味で、中国海外警察の手下として使われていたのかもしれないな」

「詐欺師の劉雄の話を真に受けて、人生を棒に振った学者バカだったわけですね。それにしても詐欺師というのはいいターゲットをよく見つけるものだと感心してしまいます」

「犯罪者を褒めても仕方がないだろう。ところで、劉雄が使っていた全国にあるいくつかの事務所の一つに、僕が追っている京都の中国海外警察が入っているビルが含まれていたんだよ」

「やはり繋がっているのですね。海外警察の捜査はいつ頃の着手予定ですか？」

「データの分析や人定と関係性を調べるにはもう少し時間が必要だな。警察庁とも協議しなければならないし、京都府警、福岡県警と十分な詰めが必要だからな」

「組織的な特殊詐欺の拠点も一斉に摘発しなければなりませんが、国内だけではないような気がします」

「海外は後回しでもいいだろう。どうせ架け子は闇バイトで集まった連中が多いだろうし、日本国内で摘発されたとしても、すぐに帰国できる奴は極めて限られた者だけだろうからな。捜査二課との連携も必要となってくると思うので、捜査二課長には内々で話をしておいてもらえるか？　着手は三カ月後……というところかな」

「三カ月ですか……その間にも多くの被害者が出てしまいますね」

「一網打尽《いちもうだじん》にするにはタイミングを見るのも必要だが、なによりも敵の本丸を完全に叩くことが大事だ。目先の勝利を追っていては本来の目的を果たすことはできない」

「仰せのことはよくわかります。ただ、公安の世界は『全国一体の原則』がありますから、他の道府県警との連絡調整は容易なのですが、刑事の世界はいまだに『シマ意識』が残っているようで……」

「そこは我々行政官が仕切りをするしかないだろう。今どき刑事のシマ意識なんていうのは流行らないからな。都道府県警察がライバル関係になるのは柔剣道やスポーツだけでいいことだ」

「確かにそうですね。そのフレーズ、使わせていただきます」

自室に戻った片野坂は香川と壱岐に、一月十四日まで休むよう連絡を入れた。

一月十五日に公安部付のメンバー全員が揃ったところで、片野坂が指示を出した。

「香川さんと壱岐さんには天変地異だけでなく、余計な事件が発生したため、正月早々仕事をさせてしまいましたが、望月、白澤ご両名はゆっくりとお休みいただけたと思います。早速ですが来週中には、皆さん、それぞれの場所に復帰していただいて、当面は中国を中心としたさまざまな活動に視点を向けた情報活動を行っていただきたいと思います。望月さんはイスラエルの動向を中心としながらも、中国、イランの関与がある案件に注意してください。白澤さんは壱岐さんがセットしたバックドアを中心に、中国のロシア、北朝鮮外交、並びに十一月のアメリカ大統領選挙に対する中国の情報操作を分析してください。壱岐さんは中国国内から世界に向けて裏ルートで指示を出しているさまざまな反社会的行為の裏付けを収集してください。香川さんはロシア国内のオリガルヒ分析と、中国、北朝鮮との裏貿易をチェックしながら、ロシアンマフィアの中央アジア経由の陸路である、シルクロード経済ベルト、いわゆる『一帯』への関与を確認してください。それとプーチンが金正恩と直接コンタクトを取る動きがあれば、その後の動きは双方が武器関連につながってくるでしょうから、それも」

「一見、みんなバラバラだが、確かに中国中心だな……そんなに動きがありそうなのか？」

「ご存じのとおり、一昨日投票が行われた台湾の総統選挙の結果は、予想どおり与党・民進党の頼清徳《らいせいとく》氏・蕭美琴《しょうびきん》氏のペアが勝利しましたが、同日に行われた立法委員選挙では、国民党が五十二議席を獲得して第一党となり、民進党は五十一議席で単独過半数を獲得できませんでした。このため、中国としては対台湾への圧力のためにあの手この手を使ってくると思われます。対して日米韓三国は台湾の民主主義を維持する行動に出るはずです。この時の中国の動きを情報分析していくことが大事なんです。世界中でさまざまな詐欺活動が行われると思いますよ」

白澤が驚いた声で片野坂に訊ねた。

「オレオレ詐欺や投資詐欺は日本以外でも行われているのですか？」

「国際連合薬物犯罪事務所（ＵＮＯＤＣ）の報告によると、二〇二〇年の世界の詐欺被害額は、約五千九十億ドル（約五十五兆円）に達したというから、これは、世界のＧＤＰの約〇・六九パーセントに相当する額なんですよ。地域別に見ると、北米が最も被害額が大きくて約二千五百三十億ドル（約二十七兆円）、次いで、ヨーロッパが約千二百九十億ドル（約十四兆円）、アジアが約千百四十億ドル（約十二兆円）となっていました」

「そんなに騙されているんですか……」

「これを国別でみると、中国の海外警察が進出している国家が突出していることもわかってきたんですよ。もちろん、全てが中国系の犯罪組織による犯行だとは思いませんが、現地の公用語に共通した誤字が用いられている……という特徴もあるんです」

香川がため息をついて言った。

「中国も北朝鮮同様に犯罪国家になってしまうのか……」

「中国共産党幹部は決して認めることはありませんし、習近平にとっても、自分以外の者が行う悪しき裏金作りに関しては、徹底して摘発したい意向があるのは確かです」

「自分以外の……というところが、いかにもチン平らしいな。チン平自身も租税回避行為をさんざんやっていることは、世界的にも明らかになっていることだからな。新しい指示はわかったが、ロシアのウクライナ侵攻についてはそんなに真剣に調べなくていい……ということなんだな」

「そうですね……ウクライナは泥沼化が進むだけだと思いますが、日本がそれを知ってもあまり意味がないと思われます。それ以上にプーチンが中国、北朝鮮以外の国家に対してどのような働きかけをし、例えばＢＲＩＣＳの中でどのような位置を占めるのか……を見ていただきたいと思います」

「ＢＲＩＣＳが一体だとは思わないけどな……」

「ただ、世界の環境問題には、それぞれの国家の内政で影響を及ぼすことは確かです」

「そうか……しかし、彼らはどうしても一流国家の仲間入りをしたいだけなんだろう？実際のところ、環境問題なんて本気で言っていられるのは先進国だけのような気がするけどな。特にブラジルや南米の周辺国の多くが森林伐採を加速度的に進めることによって、アマゾン川の生態系まで変わってしまった……と聞いている。ブラジルだって、現地人の発想は隣国コロンビアと大差ないんじゃないのか？」

「そうですね……コロンビアが行っている森林伐採政策は、世界中の環境活動家から批判を受けていますが、香川さんの言うように『俺たちだって……』という先進国に対する反発が強いのも事実ですし、政権を裏から動かしている世界的な麻薬組織が存在するのも否定できません。そしてそういう国々の多くが、中国やロシアの友好国となってしまっているのです」

「南米よりもアフリカの方がそうなんじゃないか？」

「それも仕方がありません。中国の真の目的が何であれ、アフリカ諸国の為政者にとって魅力ある援助をしてきたのは事実ですから」

片野坂にしては珍しく棘《とげ》のある言い方をしたことに白澤が訊ねた。

「国家、国民に対してではなく、あくまでも為政者にとって……なのですね」

「教育が行き届いていない国家はどうしても、そういう犠牲を受け入れざるを得ないのです。結果的にそれが『債務の罠』であったにしろ、その援助を受け入れたのは、その国家の為政者だったのですから」

「中国の長い歴史の中で培われた対外政策なのでしょうね」

「そうだね。世界第二の経済大国を自慢していた日本も、結果的に現在の貧しい国家になってしまっているのですからね。それを選んだのは日本国民だったわけです」

「何だか、第二次世界大戦に突入したことを黙って見ていた、当時の多くの日本国民と何も変わっていないような気がします」

「それも結果的に教育のなせる業ですね。みんな平等……という観念は、ある意味では美談のようですが、結果的に競争社会で落ちこぼれるだけの教育制度でしかなかったわけですよ。それでも、日本のほとんどの地域でインフラは整い、国民皆保険によって、誰もが病院に行くことができる、まさに社会主義国家が目指しているような国にはなったのですけどね」

「これでよかったんでしょうか？」

「それは、歴史が答えを出してくれるでしょう。ただ、日本は今は分相応の国家に行きついているのかもしれませんが、農業や漁業、林業といった第一次産業を本気で復活しない限り、この国の将来は極めて危険だということです」

「食料自給率のことですか？」

「それだけではなく、日本人の食生活に対する意識の見直しですね」

「食生活……ですか？」

「そう。昔から『衣食住』というように、この三つが最低限度の生活の基本なんですが、その中でも『食』がなくては、人は生きていくことができないでしょう？」

「確かにそうですけど……単なる『食』ではなく『食生活』という言葉は久しぶりに聞いたような気がします」

「日本も一時期、バブルの時代があって、世界中の美味しいものが東京に集まる時代がありました。現在でも、ミシュランガイド等が未だにもてはやされる傾向があります。しかし、これを享受できている人が、現在の日本にどれだけいるのか……時々考えさせられます」

「若い女性はミシュランガイドが好きですよね。ミシュランの戦略もあったのかもしれませんが、日本はフランスを抜いて、ミシュランの三つ星レストランが最も多い国になったくらいですから」

「そうですね。有名イタリアンシェフが地方に行って、土日の二日間、地元のホテルのレストランのディナータイムを貸し切って、税、サービス料込みで三万円のコース、もちろん飲み物は含まれておりません。これが満席になっていたようなんですが、九割が若い女性と高齢の方だったようです」

これを聞いて香川が言った。

「バブル時代を除けば、いつの時代も働き盛りの中年男性には高級レストランは敷居が高いんだよ。俺たち公務員にはバブルは全く関係なかったけどな。しかし、こんな中年上司の姿を見ていると、若い世代は結婚を躊躇してしまうのではないか……と思うな。おまけにＡＩがさらに発達してしまえば、中高年の経験が、社内では役に立たなくなってしまうだろうからな」

ようやく望月が口を挟んだ
「ＡＩ……確かにそれで職を失う人は多いでしょうね。中でも一般の事務職や会計監査などは現実が近づいているような気がします。銀行員だって危ないでしょう？」

「これからの五年、十年の社会の変化はめざましいと思います。これに警察としても迅速な対応が必要なのですが、どうも組織の幹部はこれについて行くことができないのが現状ですね」

「望月ちゃん世代にはわからないかもしれないが、仕方ない。五十代半ば以上の世代はそういう勉強をする機会がなかった人たちだからな」

香川が笑って言うと、片野坂も笑って訊ねた。

「その点で言えば、現場が多かった割には、香川さんは対応が早かったですよね」

「何でも新しいものに飛びつく性格だったんだよ。特にコンピュータ関連に関しては、デジタルカメラができた時に、その怖さを感じたものだ」

「デジカメ……懐かしい響きになってしまいましたが、これが現在の画像解析につながったわけですから、特にこの分野の技術の進歩はめざましいです。このカメラの『目』が、ロボット技術の中枢に入ろうとしているわけですし、これがなければ如何なる戦略兵器も生まれなかったのですからね」

「そうなんだよ。俺が警視庁に入った翌年に、液晶パネルを搭載して撮影画像をその場で確認できるデジカメが発売されて、その年のボーナスですぐに買ったよ。その時、同じ独身寮にいた高卒で鑑識に入っていた同じ歳の先輩に『フィルムの時代は終わった』と言ったら、ボコボコにされたんだが、当時の鑑識はフィルムのことを『銀塩《ぎんえん》』と言っていた時代だったからな」

「何ですか？　その銀塩というのは？」

「白黒フィルムの感光剤に用いる、塩化銀のことだよ。すでにカラー写真が主流であったにもかかわらず、写真フィルムのことをそう呼んでいた年寄りが多かった影響だろうな」

「一瞬、塩銀鮭《しおぎんざけ》のことかと思いました。食生活の話からでしたから……」

「そうだよな……俺たちの話はいつもどこか違う方向にいってしまう傾向があるからな」

「それだけ話題が広いということですよ。食に話を戻せば、日本人ほどさまざまな新鮮な食材に恵まれた国民はいないでしょうし、そこに四季があることで、日本料理という季節感ある料理が誕生したのだと思います。近年、ようやく和食が無形文化遺産として世界に認められましたが、これは日本人として誇ることができると思います」

「なるほど……結論はそこにあったわけだな。さてと、本来ならもう少し日本にいて、冬の珍味を食べることができたのに、竹下の野郎のおかげで仕事が増えてしまった。俺はまた厳寒のロシアに向けて旅立つかな」

これを聞いた片野坂が申し訳なさそうに言った。

「異常気象の影響もあって、世界中が寒波に襲われているようですが、皆さん、健康には十分留意してください。おまけに異常な円安も続いていますので、今月から多めの作業費をユーロとドル建てで振り込みます」

「ユーロ建てか……いい響きだな。原資は大丈夫なのか?」

「ドローンの特許料はドル建てで入りますから、数年は大丈夫です」

「数年か……また何か新しいものを開発して商売してくれよ」

「中国公安の監視システム分析セットでも売りに出しますか?」

「そんなものをもう作っているのか?」

「まだ試作段階ですが、壱岐さんと白澤さんの活躍のおかげで、ほぼリアルタイムで中国中のあらゆる地域、場所の状況を確認することができます。アメリカ、イギリス、ドイツ、イスラエル、そしてインドも欲しがると思いますけどね」

「中国が公開しない、とんでも映像やびっくり映像を、海外のYouTubeで流しても面白いかもしれないいな」

「それをやってしまうと、中国の情報機関内で内部調査が入ってしまいますよ」

「そうか……誰か悪い野郎のパソコンから流したことにすればいいじゃないか。あの世界はやったもん勝ちだぜ」

これに白澤が笑って言った。

「本当に悪いことにはよく頭が回るんですね」

「人形じゃないんだ、頭が回ったりするかよ。それよりも、今日は新年会といくか」

その夜、五人は人形町の和食店で冬を満喫した。

翌日、片野坂がデスクでデータをまとめているところに香川が現れた。

「香川先輩、ゆっくり休んでくださいよ」

「家にいてもやることがなくてな。ところで、竹下の件はどうなったんだ？　完落ちしたんじゃなかったのか？」

「公安総務課も極秘の捜査チームを組んでいるようですが、未だに全容解明に至っていないようです」

「どういうことだ？」

「検事の前では完黙《かんもく》のようなんです」

「ほう、竹下の野郎にそこまで根性があるとは思わなかったが、取り調べが甘いんじゃないのか？　取調官は奴の弱点やバックグラウンドを徹底的に調べ上げているんだろうな」

「そこまでは聞いておりませんが、公総課長も面子をかけてやっているようです」

「課長の面子なんてどうでもいいんだが、川島達雄《たつお》元代議士は、選挙区も失って後継ぎも放逐《ほうちく》され、今や詐欺師の片棒を担ぐ輩にまで落ちてしまっている。元秘書連中も大手企業からの裏金が途絶えて、やはり詐欺グループに加わっている。その中国系詐欺グループとの仲介をやっていたのが劉雄だったわけだ。竹下の野郎がその劉雄を頼ったのだとすれば、騙された可能性だってあるわけで、川島達雄が間もなく告発されることを竹下の野郎に伝えれば態度が変わると思うんだけどな」

香川の言葉を聞いて、片野坂が思わぬことを言った。

「そうですね……香川さん、取り調べをやってみませんか？」

「なんで俺がそんな役をやらなきゃならないんだ？」

「それが一番早いと思いますけど」

香川が腕組みをして目を瞑って首を傾げて数秒待って答えた。

「そうだな……身内の事件はあまりやりたくはないんだが、組織防衛だからな……」

これを聞いて片野坂は直ちに公総課長に電話を入れて用件を伝えると、公総課長も即断した。

翌日、香川が取調室で竹下の顔を見るなり言った。

「おめえが竹下という詐欺野郎か。川島達雄はまもなく刑事告発され、劉雄も国際手配が決まったぜ。どうするよ」

竹下は呆然とした顔つきで香川の顔を見た後、身体全体から力が抜けたようにガクガクと震え出した。香川はその姿に一瞥《いちべつ》をくれたが、すぐにそっぽを向いて何も言わなかった。数分後、竹下がポツリと訊ねた。

「みんな嘘だった……ということですか？」

「お前の女房が男に走ったのも、みんな奴らの罠だったんだよ」

竹下の目から涙が溢れた。香川は取調室の入り口近くのデスクで立ち合い人として取り調べに同席していた公安総務課筆頭主任を振り返って言った。

「弁解録取書と供述調書の準備をしてくれ」

取り調べは竹下に三百十ミリリットルのペットボトルの水を与えて、ぶっ続けで六時間行われた。竹下は完落ちした。

デスクに戻った香川が笑いながら片野坂に言った。

「取り調べの成否は、最初の一言なんだよ」

一月二十三日、香川がモスクワに向けて出発すると、その翌日、白澤、望月、壱岐もルクセンブルク、イスラエル、中国にそれぞれ旅立った。

二月十六日、香川が危惧していたとおりの情報が入った。近年のロシアで最も著名な反政権派指導者の、アレクセイ・ナワリヌイが収監《しゅうかん》されていた北極圏の刑務所で死亡した。死因についてロシア政府は突然死としていた。だが、これを真に受けるほど香川はロシア政府を信用していない。ナワリヌイ急死の直前に二つの動きがあったことを知っていたからだった。

一つは、ナワリヌイとロシアの治安機関所属とみられる暗殺者の交換交渉がロシアとドイツの間で最終段階に入っていたことだった。もう一つは、ウクライナ国内で反ロシア政府活動をしている「ロシア義勇軍」が北極圏にある刑務所からナワリヌイを奪還するというものだった。そして、ナワリヌイの死亡が発表された十日後、ウクライナのブダノフ軍情報総局長が「ナワリヌイ氏の死因は残念ながら血栓《けっせん》による自然死だ」と声明を出したことで、ウクライナ政府内に獅子身中の虫の存在があることをはっきりと認識した。香川はすぐに片野坂に連絡を入れた。

「このままではウクライナは自壊するだろうな。EUの動きを注視しておいた方がいいだろう」

「ナワリヌイの後継者になるような存在はいませんからね」

「これで次の大統領選挙はプー太郎の思惑どおり、投票率七十パーセント、得票率八十パーセントという、これまでに達成したことない数字での圧勝になるだろうな」

「あんなに多くの若者が亡くなっているのに、ロシア国民は本気でプーチンを支持していると思いますか?」

「プー太郎を支持しているロシア国民のうち二十から三十パーセントは岩盤支持層だが、

残りの四十から五十パーセントは混乱よりは安定を求めているのだろう。それほどロシア人の教育レベルは高くないし、何よりもプー太郎政権を恐れているからな」

「すると、ウクライナ侵攻は終わらない……ということですね」

「そうだな。当初、アメリカやEUが思っていたほど、ロシア経済は困窮していないし、武器も調達されている。おまけに北朝鮮から来る武器の精度が向上しているようだ」

「中国製の武器は流れていないのですか？」

「今のところその事実はないな。ただし、中国製武器のライセンスを北朝鮮が持っている部分があって、それが功を奏していることは否定できない。大統領選が終わった段階でプー太郎が中国を公式訪問するという情報まで、すでに出ているからな」

「習近平も受けざるを得ないのですね」

「台湾の総統選挙も終わった以上、中ロは対米関係を、形式的に敵国とした共通認識を持つことになる」

「そこに北朝鮮まで入ってくると、地政学上、日本は厳しい状況になりますね」

「今の日本の外相は悪くはないんだが、実績がないだけに動きづらいだろうな」

約一カ月後の三月、ナワリヌイの長年の側近で、首席補佐官を務めていたレオニード・ヴォルコフは、自らの安全のためにロシアを出てリトアニアに滞在していたが、そこで襲撃された。首都ビリニュスで車の中にいたところを、ハンマーと催涙ガスで襲われたのだった。

その一週間後に行われたロシアの大統領選挙は投票率が七七・四パーセントでプーチン大統領が八十七パーセント余りの得票率で圧勝した。

「思ったとおりの結果ではあるが、まさにプー太郎はやりたい放題だな。これからロシア政府内での粛清が始まることだろう」

「香川さんはモスクワですか？」

「いや、サンクトペテルブルクでバックドアの確認を行いながら、スペッツナズのダジーノフを追っている」

「彼はモスクワではないのですか？」

「それがどういう訳かサンクトペテルブルクで活動している。ガスプロム幹部との面談も多いんだ。それと少し気になるところでは、サンクトペテルブルク中心部から北西に位置する、フィンランド湾に浮かぶコトリン島のクロンシュタットによく出かけているんだ。ここにはバルチック艦隊の軍港があるからな」

「クロンシュタットですか……ロシアのウクライナ侵攻によって、それまで中立国だった北欧のフィンランドやスウェーデンもＮＡＴＯ加盟を申請する外交政策の歴史的転換を行ったことで、ロシアはフィンランド国境にも軍を派遣しなければならなくなりましたからね。おまけにロシアの脅威に対抗するために設計された非常に能力の高いスウェーデン製の戦闘機『グリペン』の登場は『スホイキラー』とも呼ばれるほどで、ロシアにとっては脅威ですからね」

「もしプー太郎が余計なことをやったら、クリミアのセバストポリだけでなくバルト海のクロンシュタットも潰されてしまう。そうなると、ロシア海軍は壊滅的打撃を受けることになるからな。ロシア海軍の太平洋艦隊だけでは心もとないだろう。本部所在地のウラジオストクはともかく、原潜基地がある、カムチャッカ半島の先端にあるペトロパブロフスク・カムチャツキーまで兵站を運ぶだけでも大変だからな。ダジーノフのメモを見ただけでも、ペトロパブロフスク・カムチャツキーの原潜基地のことをボロカスに書いているからな」

「ダジーノフはナホトカだけでなくペトロパブロフスク・カムチャツキーまで行っていたのですか……。案外プーチンは海軍の再編を考えて、ダジーノフを動かしているのかもしれませんね」

「ダジーノフは単なる女好きで、そこまで能力がある奴ではないんだけどな」

「それも、スターリンの血を受け継ぐ者への、プーチンの思い入れなのかもしれません」

「なるほど……機会があればもう一度、重要書類を持っている時にでも叩いておくかな」

「ウクライナに関して何らかの見通しが出てきそうな時にはお願いします。それよりも北朝鮮との関係はいかがですか？」

「そこなんだが、やはりプー太郎の方から黒電話頭に接近しているようだ。プー太郎の頭の中には、メドヴェージェフ同様、まだ日本攻撃の意志があると考えた方がいいな」

「北朝鮮が先兵隊になるとでもいうのですか？」

「黒電話頭は韓国を通り越して、一気に日本に攻め込む気になっているのかもしれない。外務省も日朝交渉を極秘裏にやっているようだが、その情報はプー太郎にも筒抜けになっていることを考えておくべきだな」

「その情報は極めて重大ですよ。それもダジーノフからの情報なのですね」

「そう、奴のパソコン内のメモに記されていた内容だ。スペッナズのあんちゃん、案外こまかい性格なのかもしれないな……」

「もう少し、ダジーノフを追ってみて下さい。それから四月には日本国内にある中国海外警察の拠点を一斉捜査するつもりでおりますので、その際には帰国していただきたいと思います」

「そうか、それは面白いな。お前は京都をやるのか？」

「現時点では、福岡の拠点を指揮したいと考えています」

「福岡？　そちらの方が面白いのか？」

「特殊詐欺、それも投資詐欺関連の拠点があるようなんです」

「じゃあ俺も福岡だな。あのラーメン屋にもう一度行きたいからな」

「県警本部長も紹介しますよ。なかなか面白い人です」

「福岡県警本部長から警視総監になった唯一の人材は、今、本当に苦労されているだろうからな」

「民間に天下ったままだったら楽だったでしょうが、それを振り切って日本国の将来にかかわる茨《いばら》の道に進まれましたからね。頭が下がる思いです」

「よし、福岡行きを楽しみに、極寒のロシアで一仕事するか」


この頃、望月はイスラエルのテルアビブを拠点としながら、イラン、ヨルダンで情報収集を行っていた。望月は片野坂に電話を入れた。

「ネタニヤフの強硬路線は変わりようがないようです。彼の敵はハマスであってパレスチナではないというのが言い分なのですが、ハマスの不法行為を許しているパレスチナ人に対しては同罪だという意識も兼ね備えています。ハマスの学校に通わせている親や子どもに対しても同様の感覚でいます」

「ハマスはイスラム教スンニ派でありながら、シーア派の中東域内大国イランから軍事支援を受け、対イスラエルでレバノンのシーア派組織ヒズボラと共同戦線をとっていますし、ネタニヤフが最も嫌う自爆テロをハマスも行ってきた経緯があります。そして何よりも今回のハマス掃討作戦の原因となった、昨年十月七日のハマスによるイスラエル侵略攻撃の中でも、特にレイム近郊で開催されていた音楽祭を攻撃、イスラエルの民間人六百九十五人（うち子供三十六人を含む）と外国人七十一人、治安部隊三百七十三人の計千百三十九人が惨殺された事件と、さらに、ハマスとパレスチナの過激派組織により、イスラエルにパレスチナ捕虜の釈放を強制するという目的を掲げて子供三十人を含む約二百五十人のイスラエル民間人と兵士が人質としてガザ地区に連行されたこの日は、イスラエル史上、ホロコースト以来のユダヤ人にとって最も死者の多い日となっていることを絶対に忘れないとしています」

「その気持ちはわからないでもないです。音楽祭では単なる殺害行為だけでなく、女性に対する凌辱《りょうじょく》行為も平然と行われて、それを撮影し、これをネットで公開するという愚行まで行われていますからね。もし日本でこのような事案が起こって、これに公然と動かない右翼団体がいたら、仲間から抹殺される可能性もありますからね。と、言っても、現在の日本の右翼のほとんどがヤクザもんの仮の姿……という面も否定できませんが」

「それでも、この事件が発生した当初、世界四十四カ国がハマス等を非難していましたが、その後のイスラエルの一般人を巻き込む戦闘に批判的な声が高まったのも事実です」

「しかし、私もヨルダン川西岸地区のパレスチナ人に会ってきましたが、ハマスがイスラエル攻撃中に戦争犯罪を行ったと信じていると答えた人はほとんどいませんでした。そして何よりも、パレスチナ人の大多数はイスラエルでのハマスの残虐行為の映像を見ていないのです」

　望月の話を聞いていた片野坂は頷きながら答えた。

「そんなものでしょうね。教育が遅れている戦争当事国によくあることで、ロシアもそれと似たり寄ったりなのですから、いわんや北朝鮮をや……です。そもそも、原理主義という、ある信条や教義を絶対視し、そこからの逸脱を許さない思想的姿勢を一種の学問として学ぶのはよいとしても、これを信奉してしまうのは極めて危険だということです。なぜなら原理主義という分野は二十世紀初頭に形成された概念でまだ歴史が浅く、学問的にも批判を受け入れていない段階だからです」

「歴史が明らかにしてくれる……ということですか？」

「これまでの歴史というのは勝者の理論ですから、何とも言えませんが、これからはどんな隠し事をしていても情報の伝達が早く、正当な評価を生む可能性は高いと思いますけどね」

「隠し事といえば、イランによるハマス財政支援ルートは、イランからレバノンの首都ベイルートに現金が持ち込まれ、両替商のネットワークを通じガザに運ばれたとのことです。二一年五月のガザ戦闘後に計六千八百万ドルの支援があったようです。中国からの支援は今のところ明らかになっていません」

「イランも今後どうなることやら……ですが、ヒズボラはともかく、フーシ派への経済支援は自らの首を絞めることになるのですけどね」

「一時期は『世界最悪の人道危機』とも言われたイエメン内戦の主役だったフーシ派ですが、イスラエルや米国と直接戦火を交えたくないイランが、自らの代理勢力として後押ししているのでしょうね」

「代理勢力ですか……ヒズボラも同じですよね」

「イスラエル以外の反政府勢力がヒズボラを攻撃するタイミングで、また奴らに『バドル』の無線を流してやってください」

「それはいつでも可能ですけど、反政府勢力も最近弾薬不足が続いているようで、調達ルートを探しているようです」

「イランのように自国で兵器を造っている国は中東には少ないですからね。武器商人が暗躍することになると思いますが、そのルートも探っておいて下さい」

壱岐は中国国内で再び中国人IT企業オーナーの李克哲と会っていた。

「壱岐さんはチャイナスクールのメンバーではなかったのですか?」

「中国担当だからといって、皆がチャイナスクールのメンバーとは限りません。チャイナスクールの中も中国共産党内の二大派閥に分かれていますし、その二大グループを醒めた目で見ている無派閥もいるわけです」

「そういうものなのですか……壱岐さんは無派閥だったわけですね」

「はい。太子党にしても共青団にしても、最初は別々かもしれませんが、共青団の息子の代になれば、これまた太子党……ということになってしまいますからね。太子党という呼び名自体、彼ら自身がつけたものではなく、メディアが勝手に呼んでいるだけのことですから。私は人とはグループではなく、是々非々で付き合う方が性に合っているんです」

「言われてみれば確かにそのとおりかもしれませんね。ところで現在お勤めのコンサルティング会社のオーナーはどういう人なのですか？」

「会社と言っても極めて小さな個人商店のようなものですが、私の思い通りの仕事をさせてくれる方です。アメリカでの仕事も長く、私がこれまで出会った人物の中で最も尊敬できる人です」

「そういう方と出会うことができるのも壱岐さんの運かもしれませんね。クライアントは多いのですか？」

「日本だけでなく、アメリカ、ドイツ、イギリスにもありますね。現在はそのほとんどがオーナーの人脈によるものです」

「株式会社ですよね、株式は公開していないのですか？」

「コンサルティング会社は企業や団体の機密情報を扱いますから、公開はしないつもりのようです」

「そうなると相当な資本力がないと将来性に問題があるのではないですか？」

「それも、いくつかの国際特許を取得しているようで、今回のロシアによるウクライナ侵攻の防衛でも、うちが特許を持つ衛星技術が使われているそうです」

「衛星……人工衛星の製作も行っているのですか？」

「独自の衛星も保有していますし、諜報機関を保有する国家との情報連絡調整も行っているため、日本国もクライアントの一つになっています」

「国がクライアントとなれば高度な情報力が必要となりますね。しかし政権交代が起こると、立場も変わってくるのではないですか？」

「そこが日本の民主主義の未完成なところだと思います。この数十年間に二度起こった政権交代では、現在の野党の未熟さが露呈して、国民の信頼をなくしてしまいましたが、現在は与党がそれと同じ程度に信頼を失っていますし、どうなることやら……ですよ」

「その点では逆に中国は共産党の一党独裁ですから政権交代はありませんし、今のように独裁体制になってしまうと、ただでさえ政治に無関心な国民が多いだけに、私たちも不安を覚えてしまいます」

「政治に関心があるのは共産党員だけ……ということですか？」

「関心があるのは国民の約七パーセントの共産党員と、共産党に支配されている企業関係者を含めて、十パーセント程度でしょうね」

そこで壱岐が話題を変えて訊ねた。

「中国では共産党員である公務員の世界に賄賂が当然のように必要とされているのも不思議な話ですね」

「下位の公務員、特に地方公務員は完璧な上意下達の世界です。この中で少しでも這い上がっていくためには、その上位の幹部である、中央から送られてきた者に気に入られなければなりません。そこに賄賂が必要となるのです。中国の役人社会で賄賂がなくなることはないでしょうね」

「結局は中央から送られてきた者が利益を求める構図なのですね？」

「中国共産党内での出世の決め手は出自による場合がほとんどですが、その連中との接点を得るために、さまざまな工作が必要なのですよ。その賄賂の金を作るために、理財商品のようなものを作って、裏金を捻出《ねんしゅつ》しなければならないのです。騙されるのは地方の小金持ち……という図式はこの国の歴史的な悪しき慣例ですね」

「しかし、習近平はそれを嫌っている……と言われていますが……」

「彼だって、一人娘をアメリカに留学させたり、姉やその旦那がタックスヘイブンを活用したりしていることが明らかになっています。皆、自分のことは棚に上げているのですよ」

「よくそれで反発を受けないものですね」

「一度最高権力を握ってしまえば、どうにでもできるのが共産主義国家の特徴でしょう。特に中国共産党の場合には創始者の毛沢東からして、海外に不正蓄財していたわけですからね。トップに上り詰めるというのは、それだけ用意周到であり、自らの周辺にはかつての部下を多く配置するなど、自らの問題について何らかの行動を起こそうとする者は先回りして処分してきたのですよ」

「例えば、習近平の一族は海外にどれくらいの資産を持っているのですか？」

「細かいことまではわかりませんが、姉夫婦が習近平の代理として数兆円を海外で蓄えていたことは明らかになっています。万が一、習近平が失脚して海外に逃亡しても十兆円を下らない個人資産があると言われていますからね」

「十兆円ですか……国内で腐敗撲滅と称して、敵対グループを叩いている隙に、自らは不正蓄財を繰り返していたわけですね」

「それが、歴史的にこの国のトップの姿ですよ。そんなことよりも壱岐さんは日本人の元外交官として中国のどこが気になるのですか？」

李がストレートに訊ねてきた。

「日本人として最も関心があるのは、日本のシーレーンが守られること、そして中国の台湾侵攻の時期ですね」

「シーレーンですか……尖閣諸島問題も含めて微妙な問題ですね。台湾問題に関してですが、習近平は香港政策で失敗したことを悔やんでいる……という話が届いています」

「えっ、習近平が悔やむほど、香港はダメなのですか？」

「香港は一国二制度があったからこそよかったわけで、現在、香港への海外からの旅行者は二〇一九年の香港で始まった民主化闘争以降、コロナの影響もダブルパンチになっていて壊滅的に減少しています」

「ゼロコロナ政策の失敗は明らかですが、香港が元に戻らないのは自由がなくなったことが大きいのでしょうね」

「そうですね、香港人は夜、酒を酌《く》み交わして政権の悪口を言いながらガヤガヤと騒ぐのが好きでしたからね。それが民主化闘争後のコロナの影響で家飲みを始め、白紙運動以降は誰も外で政権の悪口を言うことができなくなったため、ホームパーティーだけが自己主張できる場になってしまったわけです。ピカチュウには政策センスも全くありませんしね」

　李が笑って言った。李が言ったピカチュウとは現在の香港特別行政区行政長官である李《り》家超《かちよう》のことで、広東語読みをすると「ピカチュウ」に似ていることから、香港人は彼をピカチュウと陰で言って笑っているのだった。

「本物のピカチュウが気の毒ですが、彼の政治センスのなさは九月に行った『香港夜繽紛Night Vibes Hong Kong（ナイトバイブ香港）』の大失敗で香港人だけでなく、隣の深圳市民からも笑われていますよね」

「確かにあれは酷かったですね。香港市民からすれば大失態ともいえたオープニングセレモニーで『葬式』を演じてしまったのですからね」

「開幕式で赤い獅子ではなく、弔事用の白黒の獅子舞を出してしまった件ですね」

李が思い出したように手を叩いて笑い始めた。これを見た壱岐は思わず周囲を見回して言った。

「当局に聞かれたら大変なことになりますよ」

「これは事実だから仕方ありません。さらに中国の風習では『慶事は偶数、弔事は奇数』とされるにもかかわらず、この時は三頭の獅子だったんですよ。もし、これで私を拘束でもしようものなら、あの大失態を中国だけでなく世界中の華僑《かきょう》に広めてやりますよ。それだけでピカチュウは失脚間違いなしでしょうし、これの旗振り役をした党中央の幹部も引責辞任しなければならないでしょう」

李はさらに大きな声を出して笑った。壱岐は呆れ顔で李に言った。

「李さんは共産党員ですよね。それもエリートだ。そんなつまらないことで将来を台無しにしてはもったいないですよ」

「いや、現在の政治そのものが大失態を演じているんです。習近平も何のために一帯一路をやろうとしているのか、何のために台湾に香港と同じような圧力をかけようとしているのか。香港が大失敗していながら、これを外から醒めた目で見ている台湾人が同意すると思いますか？」

「確かにそうですが……一帯一路も香港と同じだと？」

「そりゃそうでしょう。中国と友好を結ぼうとする国々を香港のようにしてしまうのか……国民に対して相応の教育ができている国家に対してそんな疑念を持たせてしまっているでしょう。中国の金目当てで尻尾を振っているような国は、国家として存在しなくてもいい国なんですよ。あのスリランカを見てみればよくわかる。債務の罠に見事に引っ掛かった、無能な指導者を選んだ国民の責任です」

「途上国に債務の罠を仕掛けながらも、ＧＤＰ世界第二位になった中国が未だに自国を途上国と言っていることに矛盾を感じるのですが……」

「確かに中国は全国民の生活レベルを見る限りでは途上国には間違いないと思います。ただし、今や宇宙軍事とＩＴのレベルはアメリカを凌《しの》いでいるかもしれませんよ」

「宇宙軍事……ですか……自国独自の宇宙ステーションを保有しているわけで、そこが出撃拠点となっている軍事技術があることは、ほぼ間違いないでしょうからね。さらに国民総生産で言えば、現在の日本は一位のアメリカの六分の一、中国の四分の一なんですよ。どれだけ、この三十年間で日本の進歩が止まっていたかを、日本人は実感すべき時です」

「私もそう思います。さらに言えば日本は高齢化社会に対する対策も完全に手遅れになってしまいました。現在のようなインフラ活用をいつまで続けていくことができるか……これも心配ですね」

「高齢化問題に関しては、中国も深刻ですし、日本のような高レベルのインフラ整備、国民健康保険制度等に金をつぎ込むことはできないでしょう。私も中国の将来を楽観視してはいませんよ。これからが大変だと思います」

「ところで、中国がさまざまな国でさまざまな詐欺行為を行っている現実を、李さんはどう見ているのですか？」

「それは犯罪組織がやっていることで、中国政府とは何の関係もないことでしょう？」

「しかし、中国政府が海外に展開している海外警察が各種犯罪の拠点となっているとしたらどうしますか？」

「えっ」

李は初めて聞いたかのような、驚いた反応だった。これを見た壱岐が訊ねた。

「チャイニーズマフィアと言われる、中国人による犯罪組織が世界中で活動しているのをご存じですか？」

「チャイニーズマフィアは中国国内では『黒社会』と呼ばれ、海外では華僑が多く住むアメリカやカナダ、イギリスやオーストラリアといった欧米での活動が著しいことは知っています」

「犯罪活動や資金源はどのようなものが多いのですか?」

「金になるのは、麻薬密売、武器密売、詐欺、マネーロンダリング、ハッキングの五種でしょうね」

「その中の詐欺にはどんなものがあるのですか?」

「一番は不動産詐欺、その次は投資詐欺かな」

「実は、最近の世界的な株価の高騰で日本だけでなく、海外でもSNS型投資詐欺が増えているようなんです。投資すれば利益が得られると誤信させ、投資アプリ等に誘導して……」

「そこにチャイニーズマフィアが関わっている証拠はあるのですか?」

「ヨーロッパ支局からの情報ではアメリカ、カナダと日本で同一のチャイニーズマフィアが関わっていることが、SNSのログのモニタリングから判明しているそうです」

「なるほど……そして、そこに中国の海外警察も関与しているということなんですね」

「複数の海外警察拠点が中継地点であることが特定されています」

「そうでしたか……それは全く知りませんでした。チャイニーズマフィアは中国共産党というより、一部の幹部や地方との繋がりが強くなっています。海外警察が地方都市の出張所となっているのも、そこに原因があるのですが、貧しい地方は国家からの支援がない分を何とかして稼ぎ出さなければならない……そのジレンマからチャイニーズマフィアと手を組んだのかもしれません。特に、地元の不動産投資で失敗した地方幹部は、党中央に戻るための金銭的工作が必要となりますからね」

「まだ、そんな金が必要なんですね」

「習近平といえども、全ての情報が集まるわけではありません。内部調査機関の職員でも、全員が習近平に忠誠を誓っているわけではありませんからね」

壱岐はそこまで聞いて李と別れた。壱岐は片野坂から李が海外のさまざまな情報機関のエージェントと積極的に接触していることを聞いていたが、この時が李の協力者としての適格性を見切った時でもあった。

一方、望月はモサドのスタンリーとテルアビブで会っていた。

「ロシアによるウクライナ侵攻は、何となく先が見えてきた気がするが、貴国とパレスチナやムスリム原理派との戦争は、これが拡散しないように願うばかりだ。間接的に日本も巻き込まれる可能性もあるからな」

「日本が巻き込まれる可能性が高いのはイスラエルではなく台湾問題なんじゃないのか？」

「それもあるが、中国もそこまで馬鹿じゃないと思っている。二、三年後はわからないけどな」

「二、三年後か……海軍の体制が整うまで……ということか？　陸軍はボロボロのようだからな。そして陸軍だけじゃなく、最強とも言われていた宇宙軍も、最近は汚職による粛清が続いているようだからな」

スタンリーの相変わらずの情報力に望月はため息をついて言った。

「さすがに情報が早いんだな。全世界に情報ネットワークを持っている強みだな」

「ネットワークか……日本の情報機関の国外情報は、もっぱらアメリカとイギリス頼みだろうからな。健介が外交官をやっているうちに、内部組織を改革してくれると思っていたんだが……」

「外務省も他の省庁同様……というよりも、それ以上に閨閥《けいばつ》をはじめとした、過去のしがらみにがんじがらめにされた役所だ。特に僕のような亜流の者に対する風当たりは強いんだよ」

「閨閥か……親の人脈が役に立つほど外交というのは甘いものじゃないはずだけどな」

「しかしそれがつい最近まで続いていたのだから仕方ないだろう。そんなことよりネタニヤフはいつまでこの戦争を続ける気なんだ？」

「彼が言っているとおり、ハマスを壊滅させるまでだろう」

「子どもも巻き込んで……ということか？」

「ハマスの学校に通っている子どもたちが道連れになってしまうのは、そこに自分の子どもを通わせている親の責任だな。五十年来の相互の憎しみがそう簡単に消えるはずはないだろうし、中途半端な形で戦争を終結させても、五、六年後にはまた新たな連中が台頭してくる。子どもの頃から自爆テロを恐れないような教育をされている子どもたちが大勢いるんだ」

「それはパレスチナという国家の責任になるのか？」

「アラファトのような世界に情報発信できるリーダーがいないからな。必然的にハマスの言いなりの国民になっていくし、これに支援を行っているイランや、かつてのアルカーイダのような連中が存在する限り、パレスチナ、それもガザ地区の将来はないだろうな」

「イスラエルはガザ地区を乗っ取ろうとでもしているのか？」

「そんな意味のないことはやらない。ただ、現在のガザの連中には衛生的な教育が施されていないから、海が汚染されてしまうんだ。今どき、地中海で遊泳禁止なんて言っている地域はガザ地区しかないんだからな」

「戦争をするからだろう？」

「勝ち目のない戦いを挑んでくるからだ。おとなしくしていりゃイスラエルだって余計な金は使いたくないし、軍人の命だって亡くさずに済むものを、今回のように、一般人を大量虐殺したうえに人質まで捕るようなことをされたら、徹底的に殲滅してしまうしかないだろう」

「本気で言っているのか？」

「ネタニヤフの立場に立ったら……という意味だ」

「その理論でいえば、憎しみは憎しみを生み、どちらかがなくなるまでは戦いが続く……ということになってしまうが……」

「それが宗教というものだろう。誰が考え付いたかは知らない。しかし、日本でも神道という物語を作った者がいたのだろう。そしてその結果として世界で最も歴史が長い王室である皇室が残っている。その皇室だって過去には血で血を洗う内輪もめをしてきたのだろう？」

「権力を持つと最も激しいのが身内の戦いであることはどこの、いつの世でも一緒だ」

「イスラエルも、パレスチナがハマスを捨てれば、いつでも戦いを止めることはできる。しかし、彼らは今でもハマスを支援している。そしてパレスチナだけでなく、これに力を貸すイランのような国家があれば、戦争を止めたくても止めることができないのが現状なんだ。確かに人道面で過ちを犯していることは知っている。しかし、それはハマスを守ろうとしている……というよりも、奴らのアジトを未だに不作為であっても提供している事実がある以上、結果的に仕方のないことなんだ」

「いつまでも『殲滅』を掲げている以上、ハマスだって命がけの戦いを挑むしかないのではないか？　一旦停戦をして、人質をまず解放してから外交ルートを使ってもいいんじゃないのか？」

「外交ルート？　ハマスの存続を許して……ということか？」

「そこで決裂してしまえば仕方がない。しかし、今、一番大事なのは人質の解放ではないのか？　それを行わない限り、イスラエルのハマス攻撃に真の正義はないような気がする」

「正義か……それは後に歴史が判断してくれることだろう」

「そうか……いずれにしても早い終結を願っているよ」

望月はスタンリーの説明に、ガザ地区での地下組織となってしまったハマスとの闘いの早期解決が困難であることを思い知らされた。

香川が白澤に電話を入れてロヂオノフのサーバに仕掛けたバックドアの確認をしていた。

「バックドアはまだ放置されたままなのかい？」

「一応、バックドアから生成ＡＩを活用して、複数のバックドアをロヂオノフの周辺に作っておきました」

「白澤ちゃんはデータ分析ばかりで大変だっただろうし、あまり面白くなかったんじゃないのか……と思っていたんだが、そんなこともやっていたんだ……」

「データの分析は本当に勉強になりました。ただ、バックドアは多いに越したことはありません。それに、私も私なりに新たなお友達を作っていましたよ」

「お友達か……お前さんがそうやってサラッと言うと空恐ろしい気がするんだが、相手はエージェントなんだろう？」

「なんとなくそんな感じです」

「男か？　女か？」

「女性です。それもすっごい美人ですよ」

「クチンスカヤみたいな男殺しのタイプか？」

「クチンスカヤのようなイケイケではないんですけど、相手が放っておくことができないような品の良さを自然と身に備えた人です」

「歳は幾つぐらいなんだ？」

「それよりも出身を聞かないのですか？」

「そういわれると困るんだが、ロシアではないんだろう？」

「はい。ドイツ人です」

「ドイツ人なら仲間じゃないか?」

「いえ、それがどうやら旧東ドイツ系の血を深く引いているようで、どういう訳かプーチン支持の人なんです」

「危なくないか?」

「今のところ、私を仲間に勧誘しようとしていて、現在の日本の外交政策も相当勉強しているんです」

「日本の外交政策か……それができる政治家がいれば問題はないんだが、外交、防衛の専門家が今や風前の灯火となっている政権与党の主流派閥に皆無なのが悲しいところなんだが……」

「彼女は日本の政治家が個人的に海外の政治家とコンタクトを取ることができないのを憂えていました」

「海外の主要国の政治家と会うためにはロビイストを通さなければならないだろう? そのために莫大な金がかかるのが現状なんだよ。そこに個人の金をつぎ込むことができる日本の政治家は十人もいないからな。おまけに政権与党の代議士の中には中国人スパイを秘書に雇っていた馬鹿もいたくらいだからな」

「そういうレベルの国会議員は早く去って欲しいですね」

「まあな、そのドイツ人女性に関しては早めに片野坂に報告しておいた方がいいぞ。何かあってからでは遅いからな」
「承知しました」

第八章　海外警察の拠点摘発

片野坂は同僚から集まってきた情報を改めて分析しながら、日本国内の中国海外警察とチャイニーズマフィア、さらにこれとつながっている反社会的勢力をデータ化していた。

中でも投資詐欺はこれまでのオレオレ詐欺のような積極的な詐欺行為ではなく、撒き餌に群がってくる被害者の卵を如何に巧みに取り込むかという、受動的な詐欺行為に変わっていることに注目していた。そこで用いられていたのは紛《まぎ》れもなく生成ＡＩだった。

片野坂は試しに実際にネット上にあふれている、明らかに投資詐欺の入り口と思われるサイトに幾つかアクセスした。「絶対に儲かる」という話などあるはずがないにもかかわらず、これを信用してしまう被害者を苦々しく思いながら作業を続けた。『騙す手口』を生成ＡＩで分析し、ネット上にあふれている著名人の画像だけを使って、あたかもその著名人が語るかのように見せかけるソフトを実際に片野坂自身が作り出すのに、たいした時間は要しなかった。もちろん元手はいらない。そして『騙す手口』の共通点が同じ生成ＡＩから出されている文言であることがわかった。

「早くも生成ＡＩ対生成ＡＩの闘いか……」

さらに片野坂は、生成ＡＩの分析結果から『振り込め詐欺救済法』を逆手に取った新たな詐欺をも発見した。これは被害者が騙されたと警察に届け出ることによって救済法が動き出し、その後、預金保険機構の公告に基づいて金融機関から被害金の割合に基づいて被害者が分配金を受け取る仕組みである。詐欺グループが被害者になりすまして、高齢者等の他人の口座を勝手に利用する手口だった。

片野坂は日本国内で行われているＳＮＳ投資詐欺と特殊詐欺のうち、チャイニーズマフィアが主体となっているものを中心にピックアップした。特に投資詐欺に関しては金融商品取引法で禁止されている「風説の流布」という行為を用いたものと、著名人を利用した案件について現金や仮想通貨の金の流れを把握したうえで、公安部長の了承を得て警察庁警備企画課に連絡を入れた。東京都内、北海道内、京都府内、大阪府内、福岡県内の中国秘密警察の拠点の通信をそれぞれの都府県警察に全て傍受《ぼうじゅ》させたうえで、振込口座の確認、指示役、出し子、打ち子を特定していった。この中にはかつて警視庁捜査二課がフィリピン警察の協力を得て行った特殊詐欺事件のバックグラウンドとも重なるメンバーの存在が確認できた。

四月中旬、三都府県の捜査本部が一斉に海外警察と詐欺拠点合計十五カ所への捜索差押を実施した。三都府県の連絡調整は警察庁警備局警備企画課が仕切った。

警視庁は公安部公安総務課、外事第二課と刑事部捜査第二課、組対部国際犯罪対策課が合同捜査を行い、捜査責任者は公安部長だった。

京都府警は警備部外事課、刑事部捜査第二課、捜査第四課が合同捜査を行い、捜査責任者は警備部長だった。

福岡県警は警備部公安第一課、外事課と刑事部捜査第二課、暴力団対策部組織犯罪対策課が合同捜査を行い、捜査責任者は警備部長だった。福岡県警の捜査には片野坂と香川、壱岐が加わり、捜査情報の分析には白澤も加わっていた。

「片野坂、お前が入ってくれて心強いぜ」

福岡県警本部長室で本部長の岡本正雄警視監が片野坂ら三人の前で言った。片野坂は香川と壱岐を紹介すると、岡本本部長は香川に向かって笑顔で言った。

「香川さんは全国優秀者表彰の時に二度、半蔵門でお会いしていますね。四年連続受賞されたのは当時の記録でしたからね。『公安部員の鑑《かがみ》』と当時の警備部長が訓示したのをよく覚えています」

「巡査部長時代は怖いものなしでしたから、協力者獲得に全力を傾注していました」

「そうそうできるものではありません。私が公総課長の時の二年間では公安部内で二件の新規獲得が認められただけでした」

「時代にもよると思います。その後、ＩＳができた時には私の後輩がオウム事件を始めとして、公安部だけでなく幅広い情報収集と分析をして高い評価を得たものです」

「そうでしたね。ところで現在は片野坂部付と一緒というのも、新たな時代の到来に必要な人材になられたわけですね」

「いえ、片野坂部付だけでなく、新たなメンバーから学ぶところも多く、毎日が修行のようです」

香川の殊勝《しゅしょう》な話し方を微笑んで見ながら、片野坂が壱岐を紹介すると、岡本本部長が頷きながら訊ねた。

「外交官の情報収集とは全く違う手法に驚かれたのではないですか？」

「はい。香川さんと一緒にサンクトペテルブルク市で情報収集活動を行ったのは、私のこれまでの甘えた感覚が一発で吹き飛ばされてしまうほど、強烈な体験でした」

「プロ中のプロの仕事を間近で見ることができるのは幸運だと思いますよ。これからも片野坂部付を支えながら、新組織を拡充していただきたいと思っています」

岡本本部長との挨拶を終えた片野坂は警備部長室に向かった。

福岡県警の警備部長は片野坂と同じ警視正だった。警視正に昇任したのは片野坂の方が早かったが、捜査責任者が県警警備部長であったため、形式的には片野坂が県警警備部長の指揮下に入ることになった。

警備部長室には、服部公安第一課長、甘利《あまり》弘志《ひろし》捜査第二課長の二人のキャリアと岡部《おかべ》組対課長の三人の警視が同席した。

「片野坂公安部長付、本来ならば私が指揮下に入らなければならないところ、警察庁からの命令により、私が捜査責任者に任ぜられてしまいました」

「福岡県警の現場ですので、警備部長に仕切っていただくのが筋です。僕たちは県警の捜査員の皆さんが収集して下さる情報を迅速に分析して、事件の早期解明のお手伝いをさせて頂きたいと思います」

「とんでもないことです。本部長からも片野坂公安部長付の捜査手法を捜査幹部に知らしめるよう、きつく言われております」

「参考になるかどうかわかりませんが、画像解析やデータ処理によって本来の人物相関図のチャートを作成して、金銭の流れ等から諸悪の根源を見出したいと思います。特に刑事部や、全国警察の中でも唯一の福岡県警暴力団対策部の皆さんには、都道府県の垣根を越えた捜査手法について参考にしていただければありがたいと思います」

「恥ずかしながら、私は警備部長就任前には福岡県で三番目に大きい警察署の署長でしたが、『どこどこに負けるな』とハッパを掛けて参りました。県警内でも所轄の垣根を作っていた自分が恥ずかしく思います」

「いや、競争意識というのはどこの世界でも必要で、『二位ではダメなんですか？』なんて、出来の悪い教職員組織の指導原理のような発想では、誰一人育ちません。ただ、警察は社会正義の実現という同じ目的を持っている仲間ですから、しかも、同じ事件を追うとなれば、この連携と情報交換こそが捜査の命になってくることを捜査員全員が理解しておくことが重要です」

「なるほど……確かにそのとおりだと思います」

「今回、僕たちは警視庁や京都府警と競争しながら、敵の新たな拠点や事件を掘り起こし、いち早く情報交換ができるよう全力で臨む所存です。ご理解いただければ幸甚《こうじん》です」

「ところで片野坂公安部長付、福岡県警には警視庁や京都府警のようなコンピュータ犯罪の専門チームがおらず、相応の機材もないかと思いますが、いかがいたしましょうか？」

「今回は、私共が日ごろ使っているコンピュータと連動いたしますし、海外の拠点におります専門官にも全面的に協力してもらいますので、日本国内だけでなくアメリカやドイツ、イスラエルのデータも参考にして処理をして参ります。御心配には及びません」

「アメリカやドイツのデータ……ですか？」

「最終的には他国も必要とする捜査情報があれば伝えたいと思っておりますし、警視庁公安部長だけでなく、警察庁警備局担当審議官の了承も得ております」

「かしこまりました。よろしくお願いいたします」

「ところで現時点で出来上がっている最新の捜査チャートと、捜索差押場所の概要等をお見せいただきたいのですが」

「二時間前までの資料がこちらです」

警備部長が片野坂、香川、壱岐用に準備されたA四判七枚に綴《つづ》られた捜査資料を差し出した。三人はそれぞれに資料を確認した。片野坂の内容チェックは群を抜いて早かった。

「よくできていると思います」

そう言うと、片野坂は早速手持ちのバッグからパソコンと小型プリンター兼スキャナーを取り出して、捜査資料をスキャニングすると、パソコンからメールを送った。さらにPDF化された捜査資料をOCRソフトウェアによってテキスト化すると、独自に編集を始めた。

間もなく片野坂のパソコンに白澤からメールが届いた。添付ファイルを確認した片野坂が「ほう」と呟いて言った。

「中央区平尾にあるマンションの拠点で撮影された関係者の中に二名の香港公安庁の関

係者が確認できました」

　これを聞いた服部公一課長が驚いた声を出した。

「えっ、香港公安庁……ですか？」

「名簿上はそうなっていますね」

「名簿……何の名簿ですか？」

「香港公安庁の職員録のようなものですね」

「そんなものがあるのですか？」

「中国は完璧と言っていいほどの監視社会ですから、個人データには直近の画像データが必要なのです。その元データにちょっとアクセスさせてもらっているだけですが、ありがたいことに人定事項もすぐにわかるんですよ」

「ちょっとアクセスできるものなのですか？」

「ここにいる壱岐さんが、中国でその作業をしてきてくれたおかげです」

「作業と言うと、協力者を獲得してきた……ということですか？」

　服部公一課長は公安の研修を終えているだけに、公安部門関係者が用いる「作業」を「協力者獲得作業」と考えた様子だった。これに片野坂が答えた。

「人ではなく、機械に協力してもらっています。あまり詳細には言えませんけどね」

「なるほど……それで、今の画像分析は機械が勝手にやってくれたのですか？」

「そこまで機械は学んでいません。そのうちＡＩがやってくれる時が来るかもしれませんが、現時点ではルクセンブルク支局のデータ管理担当者が解析してくれて送ってくれたのです」

「今のわずかな間にヨーロッパと連絡を取り合っていたのですか？」

「もう、そういう時代に入っていますよ」

片野坂と服部公一課長の会話を聞いていた香川がようやく配布資料に目を通し終わって、片野坂に言った。

「その香港公安庁の職員を壱岐ちゃんと俺で叩くとするか……」

「そうですね。思いっきり叩いてもらって、奴らの隠し資産を徹底的に潰してしまいましょうか」

「いいね。被害者には少しばかり授業料を支払ってもらってもいいからな」

その会話の間にも白澤から次々に解析データが届いていた。

翌朝、片野坂は公安部長に連絡を入れて、福岡県警の捜査本部の立ち上げを報告して一斉捜査の時間調整を依頼した。公安部長は京都府警と連絡を取り、三日後の午前八時を「Ｘデー」とすることが決まった。

福岡県警に秘匿で開設された特別捜査本部では、二日間で四カ所の捜索差押場所、および取り調べ担当者等の任務分担が行われた。さらに各現場の監視カメラ画像の分析が並行して行われ、香港公安庁職員に対する二十四時間行動確認が進められた。

Xデー前夜、福岡県警警備部長が片野坂に言った。

「これほど的確な捜査指揮をすることができて、光栄に思います。これもひとえに片野坂公安部付のおかげだと思っています」

「いえいえ、素晴らしいメンバーを集めて下さった警備部長に感謝しております」

「かつて『公安捜査は悲観的に準備をして、楽観的に捜査を進める』と学びましたが、これほど徹底した準備をして捜査に臨むのは初めてのことで、今回、一緒に捜査ができるメンバーは、今後の警察人生の大きな財産になるかと思います」

「まあ、結果が出てからの話ですが、この間でも行動確認を行っている公安係員が懸命に香港公安庁職員を見張ってくれています。明日、何人の身柄を捕ることができるか……ですね」


翌午前八時、三都府県一斉の強制捜査が着手された。三都府県とも主要容疑者には確実な行動確認が行われており、偽造パスポートで入国していた香港公安庁職員二名を始めとして、上海、大連の公安局員も旅券法違反並びに入国時の公文書偽造同行使等の罪名で現行犯逮捕された。

さらに海外警察拠点となっていた事務所の契約者、そしてチャイニーズマフィアの幹部で特殊詐欺グループの幹部数人も出入国管理法違反、詐欺罪等の罪名で次々に逮捕された。また特殊詐欺の架け子の拠点がタイ国内にあることも判明していたため、インターポールに対して国際手配するとともに、タイ警察に対してもディフュージョン(Diffusion：指名手配)として国際協力要請を行った。捜索差押では、パソコン等二十五台、携帯電話四十五台、偽造パスポート二十通、現金約四億円を差し押さえ、架け子と受け子に闇サイトで応募して採用された六十五人に対しても第一種指名手配を行うとともに、同人らの日本国内の最終居住地への捜索差押許可状の申請が行われた。

片野坂は押収したコンピュータデータを警視庁本部のサーバに送って、リモートで自動検索をするとともに、この解析結果を白澤に送って、海外の金融機関に不正蓄財されている口座の調査を依頼した。これにはＦＢＩ、スコットランドヤード、ドイツ連邦情報局(ＢＮＤ)、モサドの協力も得て情報を共有した。

壱岐と香川は逮捕した香港公安庁職員に対して硬軟《こうなん》織り交ぜた粘り強い取り調べを行った。中でも、白澤が見つけた職員の家族情報の活用は、脅しには実に効果的だった。

「張偉高《ちょういこう》、お前も俺も所詮は下級公務員だ。お前がいくら中国共産党のために尽くしたとしても、今回の失敗で、お前の家族は、中国共産党の中に今でも密かに残されている『下放』の対象とされるだろう。将来がなくなった人生ほど辛いものはないぞ。おまけに、娘の明沢《めいたく》は優秀で来年は高考でトップクラスの大学を受験するんだろう」

張は唖然とした顔つきで、流暢な北京語を操る取調官の壱岐を見て訊ねた。

「それなら、お前は私に何をしてくれるんだ？」

「それはお前次第だ。お前が俺たちの役に立ってくれたら香港特別行政区政府の行政会議の官方成員（官職メンバー）がこっそりやっている理財商品を教えてやる」

官方成員とは香港政府の三司長十三局長のことで、香港政府の閣僚に相当する役割を担っている。その人事は行政長官が指名し、国務院が任命する。

「三司長十三局長の誰だ。そして本当にその理財商品を手に入れることができるのか？」

「三人いるが、現在はまだ局長だ。しかし、一人は必ずナンバースリーの律政司司長になる男だ。理財商品に関しては、お前も職務上よく知っている銅鑼湾の中心部にあるビジネスセンターの賃借権。そう言えば、誰だか想像がつくだろう」

「まさか、徐《じょ》・元警務処処長か？」

「どうかな、奴の弱点の証拠はお前が辞めた後に調べればすぐにわかる。ちなみに、奴が不正蓄財しているのはケイマン諸島のオープンエンド・ファンドだ。習近平も姉と娘名義でやっているけどな」

「徐ならやるかもしれないな……」

「お前の一家族位なら、一生喰っていけるだけの資産が手に入るぜ」

十秒ほど考え込んでいた張が二度頷いて壱岐に訊ねた。

「何を知りたいんだ」

「お前とチャイニーズマフィアの関係だ」

「直接の関係はない。ただ、海外警察事務所の責任者の宋文華《そうぶんか》が金を稼ぐために手を組んでいるんだ」

「宋文華は何者なんだ？」

「元々は廈門《アモイ》市副市長の息子だったんだが、父親が習近平に失脚させられて黒世界に入り、事業の才能が認められて日本に来たと聞いている」

「廈門市副市長なら習近平も経験していたな」

「あんたは何者だ？　どうしてそんなことまで知っている？」

「お前の女房の親父の名前も知っているぜ」

「お前は中国人か？」

「よく間違えられる。今は日本の警察で働いている。それで、宋文華が黒社会の者と知って、どうして公安庁のお前が接近したんだ？」

「奴の情報力は凄いんだ。神戸以西にいる香港人のことはほとんど知っているからな」

「なるほど……民主化で敗れて国外に逃げた連中も含めて……ということだな？」

「そのとおりだ。香港だけでなく、奴らは、民主化を狙って世界に散らばった連中と裏で繋がっている」

「そういうことか……すると宋文華がチャイニーズマフィアと組んでやっている悪事には目を瞑っているのだな」

「奴らには奴らの表と裏のビジネスがある。裏のビジネスには目を瞑ってやる代わりに、裏切り者連中の摘発に協力してもらっている」

「拉致して中国に連れ帰ることか？」

「拉致じゃない、逮捕だ」

「逮捕？」

「香港国家安全維持法違反容疑だ」

「容疑……か。東京や京都でも香港公安庁が動いているのか？　東京と京都でも福岡と同じようなことをやっているのか？」

「京都は北京公安庁が、東京は大連公安局がそれぞれやっていて、相互に連絡を取り合っているだけで、一緒に仕事をすることはない」

「宋文華とチャイニーズマフィアの連中がやっている裏のビジネスの内容は知っているのか？」

「どうせ詐欺と麻薬だろう」

　張は平然と答えた。これを聞いた香川が壱岐にメモを渡した。壱岐は頷いて張に質問した。

「裏の金はだれが管理しているんだ？」

「宋の妹だ。チャイニーズマフィアの幹部の女になっているはずだ」

張逮捕当日の取り調べを終えた壱岐と香川は、白澤に宋文華の個人情報の調査を依頼した。一時間後、白澤から回答が届いた。宋の妹はマッチングアプリで知り合った会社役員と同棲《どうせい》していた。その会社役員の実家は広島以西で大規模に自動車販売や不動産経営を行っており、本人は、福岡の中国海外警察の拠点がある中央区平尾の西鉄平尾駅近くの高層マンションのワンフロアを所有していた。

「目と鼻の先でしたね」

「しかし、白澤のネエチャンもマッチングアプリまで検索していたとは驚きだな。しかもこの同棲相手の会社は、この半年の間に売り上げが激減して、どうやらチャイニーズマフィアに乗っ取られているようだ。業務の一つである中古車販売では国産高級車やランドクルーザー系ばかりを輸出している。さらに法人登記を見ると、社長が急遽親族と思われる同じ姓の者に交代して、同棲相手は役員を退任している。これは企業内部でも何か起こっているな」

香川は協力者の信用調査会社の役員に電話を入れてこの企業の業務実態を確認した。

「やはり、親会社の代表取締役会長の伯父が乗り出してきてバカ甥を放逐して、甥の父親である自分の弟を社長に据《す》えたようだ。社長が替わって中古車販売と自動車整備部門の社員は半数になり、使途不明金の十数億が特別損失に計上されている」

香川は信用調査会社のデータを基に、福岡を中心とした政財界の裏事情に詳しいジャーナリストに連絡を取った。

「よう、加賀《かが》ちゃん、元気」

「おお、香川さん懐かしいですね。まだ公安ですか？」

「まあな。実は急ぎでちょっと知りたいんだけど、いいかな」

「何か楽しい話のようですね」

「ビッグバックスという会社の内情を知りたいんだが」

「いやー、マニアックなところを攻めてますね。チャイニーズマフィア関連ですか？」

「おお、すぐそこが出てくるのか？」

「バカ息子が筋の悪い女にマッチングアプリで騙されて、会社を乗っ取られそうになった件でしょう？」

「おお、それそれ。その件はどうなっているの？」

「親会社の伯父貴が出てきてチャイニーズマフィアに金を渡して、会社から手を引かせてシャンシャン手打ちになったと聞いていますよ」

「もう手打ちになったの？」

「マンション五フロア分の賃貸料はずっと取られたままのようですが、会社経営からは完全に手を引いたそうです」

「そのマンションというのは平尾の駅前の高層マンションか？」

「なんだ、よくご存じじゃないですか。何か続きがあるのですか？」

「いや、チャイニーズマフィアを追っていたら、その案件があったんでな」

「面白い続きがあったら教えて下さい。ところで香川さんは今福岡なんですか？」

「週末に行こうかと思っているんだが」

「飲みましょうよ。最近は中洲よりも西中洲にいい店が多いんですよ」

「そうかい。必ず連絡するよ」

加賀は一流紙の社会部デスクからブラックジャーナリストに転落しかけて立ち直ったジャーナリストだ。香川とは長年の友人で、その情報内容を片野坂に伝えた。

「そのマンションを徹底して調べてみますか」

片野坂は白澤に連絡を入れた。二十分後に当該高層マンションの登記簿謄本の概要が届いた。

十八階から二十二階までの五フロアの二十世帯分の賃貸経営者が宋文華の会社に名義変更されていた。さらに二十三階ワンフロアが宋文華の妹、宋明子《めいし》の名義になっていた。

「とりあえず、二十三階ワンフロアにガサをぶち込むか」

その日のうちに令状請求を行い、翌朝八時に十人の捜査員で捜索差押が開始された。

「現金約五十五億円が無造作に段ボール箱に入っていました。宋文華の妹の明子はパニック状態でしたが、まさか自分の部屋が狙われるとは考えてもいなかったようです」

壱岐が片野坂に報告すると、これに続いて香川も報告した。

「ついでと言っては何だけど、チャイニーズマフィアの構成員三人を公務執行妨害罪の現行犯として逮捕したけど、一人は拳銃を所持していたので右肩の関節を抜いておいたよ」

エピローグ

「三件の捜査本部で平均三十人の被疑者……現時点で予想被害総額二百四十億円か……まだまだ氷山の一角だな」

警視庁本部のデスクで香川の言葉に片野坂が答えた。

「一件の最高被害額は七十代男性の七億五千万円だそうです。それもＳＮＳからＬＩＮＥ経由で、一度も会ったことがない者から金《きん》の積み立て投資で使うアプリのインストールなどを指示されたそうです」

「そこまでつぎ込まれると、あまり同情したくなくなってしまうな。被害者ではあるんだろうが、自ら積極的に金儲けに走っただけのことだろう？」

「資産家ではあったのでしょうが、その年齢になると、もはや『いい勉強をした……』ではすみませんからね」

「金があったんだろう。本人にとってはたいしたことがない授業料だったかもしれないけどな。ただ、白澤のネエチャンからの情報で、一つ気になることがあって、去年から上海周辺の住人が投資目的で日本に移住する動きが活発化しているらしいんだ。日本の充実した健康保険制度や介護制度を利用するのが目的のようなんだよ」

「確かにその可能性はありますね。中国の若者にとって、両親は将来の生活にとって重荷でしかありません。上海で不動産によって利益を得た共産党中堅クラスの連中は、そのまま上海で落ちぶれるよりは早めに不動産を処分して、親は日本に送って病院に通わせ、将来的に自分たちも日本に行くことを考えている者がいるという話は聞いています。それも、円安の影響でしょうけど」

「円安か……。これから給料が上がる若者はいいが、多少の貯えと年金で生活している者にとって円安は本当に残酷《ざんこく》なんだよな」

「日銀も政府も高齢者のことまで、考えが及ばないようですね」

「しかし、そんな高齢者が何億も騙されている実態もあるわけで、あと十年ほどで公務員を終える俺にとっては複雑な気持ちになるよ。ところで望月ちゃんは今どこにいるんだい？」

「望月さんはインドに入って、旧友と情報交換中です」

「今度はインドか……。さすがに海外人脈が広いな。しかもインドはこれからの国だからな。俺が子どもの頃『インドの山奥で、修行をして……』とかいうテレビドラマの歌があったが、不思議な国だよな」

「その歌はさすがに知りませんが、若者にとって夢がある国でしょうね。なんでも望月さんの旧友というのは財閥のトップだそうですよ」

「インド財閥……マハラジャの流れか……とんでもない金持ちなんだろうな。壱岐ちゃんはまだ中国にいるのか？」

「来週帰ってくるようです。上海の凋落に落胆しているようでしたが、大好きな西安に行って元気になったようです」

「長安の都か……確かに、あそこだけはもう一度行ってみたいものだな……誰か政治家をけしかけて同行するかな」

「香川さんには、その方法しかないかもしれませんね」

「ところで、最終的にチャイニーズマフィアによる日本国内の被害総額はどれくらいだと思っているんだ？」

「二千億近くにはなると思います」

「二千億か……よくもまあそんなに騙されるものだ」

「今後はマイナンバーカードを利用した犯罪が増えることでしょう」

「マイナンバー五百万人分が中国に流出したという話もあったが、これに対する政府の対応は実にいい加減だったからな。とんでもない犯罪がこれから次々に起こってくるだろうな」

「もう一度きちんと見直して、地方公共団体に負担をかけない指示命令を出してもらいたいものです」

「デジタル庁といっても、内閣官房ＩＴ総合戦略室を下地として急場しのぎで創設した寄せ集め集団だろう？」

「あの時代は実にスピーディーにことを進める首相でしたから、走りながら考える……ということだったかもしれません」

「マイナンバーの根幹が崩れると、日本社会は再び一気に失速することになりかねないからな。中国に丸投げするような企業は徹底的に解体処分して、経営者を含めて実刑に処すくらいの罰則を作らなければならないだろう。立派な国家反逆罪になることを、行政府も忘れてはいけないはずなんだけどな……」

「そのとおりだと思いますが、地方公共団体ではなかなか対処できない部分も多いかと思います」

「そこが敵の攻撃目標になるんだろうな。俺たちも先手先手を打っておかないと、ＩＴ分野は、あっという間に侵略されてしまうぜ。そう言えば元特別捜査官の竹下滋は執行猶予がつかない実刑だったようだな」

「単なる地方公務員法違反だけでなく、特定秘密の保護に関する法律違反にも該当《がいとう》していましたからね」

「早いところスパイ防止法を作ってくれればいいんだが、今の国会議員じゃ、難しいだろうな」

「ところでダジーノフの件ですが、結果的にスターリンとの関係は摑めなかったのですね」

「そうなんだが、奴がスペッナズの将校からナホトカに飛ばされた後、大統領府からの指示でモスクワに舞い戻ったのは、奴の政治的な能力が認められた訳ではなくて、『ダジーノフ』という名前を大統領府が利用しただけだったようなんだ」

「ということは、スターリンとのつながりもなかった……ということですか?」

「奴のパソコンから、ロシア連邦軍参謀本部情報総局のデータベースに入ってみたら、奴がやっていた仕事は極東の天然ガスが主たるもので、軍事機密は別の将校から預かっただけのものだったんだ。ただ、その預かった報告をダジーノフの手によるものとして、プー太郎が邪魔になったオリガルヒを抹殺する道具に使っていたんだよ」

「なるほど、それでさすがの香川さんも、彼が優秀なのか否かの判断を狂わされてしまったのですね」

「まあな。しかし、そのおかげで、敵の中枢データに辿り着くことができたんだ。まさに怪我の功名だったけどな。組織の中にもスパイを使っているロシアの怖さを少し思い知ったよ」

「そこは警察があらゆる法令を駆使してスパイを摘発していくしかないですね」

片野坂が毅然《きぜん》とした態度で言ったので、香川はニコリと笑って片野坂の肩をポンと叩いて言った。

「二人だけだが、ちょいと飲みに行くか」

「勉強させて下さい」

片野坂も笑顔で席を立った。

この作品は文春文庫のために書き下ろされたものです

この作品は完全なるフィクションであり、登場する人物や団体名などは、実在のものと一切関係ありません

DTP制作　エヴリ・シンク

文春文庫

警視《けいし》庁《ちょう》公安部《こうあんぶ》・片野坂《かたのさか》彰《あきら》
伏《ふく》蛇《じゃ》の闇《あん》網《もう》

定価はカバーに
表示してあります

2024年10月10日　第1刷

著　者　濱《はま》　嘉《よし》之《ゆき》

発行者　大沼貴之

発行所　株式会社　文藝春秋

東京都千代田区紀尾井町 3-23　〒102-8008
TEL　03・3265・1211㈹
文藝春秋ホームページ　https://www.bunshun.co.jp
落丁、乱丁本は、お手数ですが小社製作部宛お送り下さい。送料小社負担でお取替致します。

印刷製本・大日本印刷

Printed in Japan
ISBN978-4-16-792282-5

文春文庫　最新刊

烏の緑羽
貴公子・長束に忠誠を尽くす男の目的は…八咫烏シリーズ
阿部智里

ミカエルの鼓動
少年の治療方針を巡る二人の天才心臓外科医の葛藤を描く
柚月裕子

警視庁公安部・片野坂彰 **伏蛇の闇網**
日本に巣食う中国公安「海外派出所」の闇を断ち切れ！
濱嘉之

武士の流儀（十二）
茶屋で出会った番士に悩みを打ち明けられた清兵衛は…
稲葉稔

蔦屋
'25年大河ドラマ主人公・蔦屋重三郎の型破りな半生
谷津矢車

俠飯10 懐ウマ赤羽レトロ篇
売れないライターの薫平は、ヤクザがらみのネタを探し…
福澤徹三

鎌倉署・小笠原亜澄の事件簿 西御門の館
水死した建築家の謎に亜澄と元哉の幼馴染コンビが挑む
鳴神響一

幽霊作家と古物商 夜明けに見えた真相
成仏できない幽霊作家の死の謎に迫る、シリーズ解決編
彩藤アザミ

嫌われた監督 落合博満は中日をどう変えたのか
中日を常勝軍団へ導いた、孤高にして異端の名将の実像
鈴木忠平

警視庁科学捜査官 難事件に科学で挑んだ男の極秘ファイル
オウム、和歌山カレー事件…科学捜査が突き止めた真実
服藤恵三

キャッチ・アンド・キル #MeTooを潰せ
米国の闇を暴き #MeToo を巻き起こしたピュリツァー賞受賞作
ローナン・ファロー
関美和訳

魔女の檻
次々起こる怪事件は魔女の呪いか？　仏産ミステリの衝撃作
ジェローム・ルブリ
坂田雪子　青木智美訳